Inocência

COLEÇÃO A OBRA-PRIMA DE CADA AUTOR

Inocência

Visconde de Taunay

4ª Edição

MARTIN CLARET

Direção	Martin Claret
Produção editorial	Carolina Marani Lima Flávia P. Silva Marcelo Maia Torres
Diagramação	Gabriele Caldas Fernandes Giovana Gatti Leonardo
Direção de arte e capa	José Duarte T. de Castro
Ilustração de capa	Danka Lilly / Shutterstock
Revisão	Pedro Baraldi Flávia P. Silva
Impressão e acabamento	Meta Brasil

Este livro segue o novo Acordo Ortográfico da Língua Portuguesa.

Dados Internacionais de Catalogação na Publicação (CIP)
(Câmara Brasileira do Livro, SP, Brasil)

Taunay, Alfredo d'Escragnolle Taunay, Visconde de, 1843-1899.
Inocência / Visconde de Taunay. — 4. ed. — São Paulo: Martin Claret, 2013. — (Coleção a obra-prima de cada autor; 7)

"Texto integral"
ISBN 978-85-7232-272-0

1. Romance brasileiro I. Título. II. Série

12-02487 CDD-869. 93

Índices para catálogo sistemático:

1. Romances: Literatura brasileira 869. 93

EDITORA MARTIN CLARET LTDA.
Rua Alegrete, 62 – Bairro Sumaré
01254-010 – São Paulo, SP
Tel.: (11) 3672-8144 – Fax: (11) 3673-7146
www.martinclaret.com.br
4ª reimpressão - 2024

Sumário

Apêndice

Prefácio

Inocência e o voo da borboleta

Ricardo Iannace*

> [...] Criada quase sem ver homens moços, não poderia Inocência deixar de se apaixonar pelo suposto médico, que repentinamente lhe penetra na intimidade.
>
> Lúcia Miguel Pereira[1]

Inocência (1872) é dos mais belos romances da literatura brasileira. Deve-se o adjetivo ao tratamento oferecido à linguagem e ao modo como o amor é introduzido no espírito do par romântico; deve-se, também, à descrição do espaço onde o enredo é ambientado — o sertão de Mato Grosso, divisa com o estado de Goiás —, território vasto em paisagens frescas e áridas, refletindo-se no habitante iletrado cujo conservadorismo espelha a cultura local.

Essa obra de Alfredo d'Escragnolle Taunay (1843-1899), conhecido em nossas letras como Visconde de Taunay, foi

---

* Doutor em Teoria Literária e Literatura Comparada pela Universidade de São Paulo (USP). Professor de Comunicação e Expressão na Faculdade de Tecnologia Victor Civita (FATEC) e professor do Programa de Pós-Graduação em Estudos de Literatura da Universidade Federal de São Carlos (UFSCar). Autor, entre outros, de *Retratos em Clarice Lispector*: literatura, pintura e fotografia (Ed. UFMG, 2009).

[1] PEREIRA. L. M. "Ecos românticos, veleidades realistas". História da literatura brasileira: prosa de ficção: de 1870 a 1920. 4. ed. Belo Horizonte: Itatiaia; São Paulo: Editora da Universidade de São Paulo, 1988. p. 44.

originalmente publicada em folhetim, no jornal carioca *A Nação*. O autor, nascido e falecido no Rio de Janeiro, engenheiro militar e oficial do exército, descende de pais franceses, de quem herda a paixão pelos livros e o talento para a pintura; no campo artístico, teria ainda praticado a música. Soma-se a tais afinidades a carreira política, ao atuar como deputado e senador do Império. Literato culto e vaidoso,alega que a tinta empregada em seus textos resulta de observações e anotações provenientes das visitas às terras brutas e virgens situadas nos confins do Brasil. Isso explica o fascínio pela matéria ficcional que produz: a prosa sertaneja.

O capítulo introdutório de *Inocência* ilustra essa predileção. O leitor desavisado talvez demonstre resistência às páginas iniciais, a considerar o registro exaustivo, bastante minucioso dos cerrados e trilhas ocupadas por matagais, numa entoação morosa à atmosfera selvagem. Ocorre que a natureza agreste se personifica e se sustenta como manufatura verbal, abrindo caminho para as demais seções da obra. Pouco a pouco, a trama adquire forma e encadeia episódios que se interligam a um tempo sintético e linear; tempo efêmero no qual desabrocha e perdura o cândido sentimento envolvendo o casal apaixonado dessa intriga de Taunay.

A sequência dos acontecimentos confirma as casualidades e as armadilhas da vida. João Pereira, natural de Minas Gerais, sujeito hospitaleiro incapaz de desprezar uma boa conversa, bonachão de alma generosa e largo senso de humor, encontra, a caminho da roça em que mora, um jovem de paradeiro incerto — chama-se Cirino, é do interior de São Paulo, porém criado em Ouro Preto. Lado a lado, galopam.

Tão espontânea é a simpatia pelo rapaz, que o abriga num quarto externo, agregado à modesta casa onde reside em companhia da filha Inocência, da preta velha Maria Conga e do anão Tico, que jamais se afasta da moça, protegendo-a. Se ela não estivesse prometida a um negociante de gado, Manecão, com quem deverá se casar, conforme a imposição do seu pai; e não fosse o fato de ela ter contraído malária e Cirino tratá-la como paciente, embora seja um simples curandeiro (autodidata sem diploma para o exercício da medicina), os seus destinos seriam, com certeza, muito diferentes.

Com o súbito aparecimento de Meyer — zoólogo alemão que, numa certa madrugada, conduzido pelo criado José, bate à porta de Pereira em busca de orientação e acolhimento —, a narrativa ganha novo núcleo de interesse. O viajante dedica-se à caça e ao estudo de insetos, admira a flora tropical e possui uma coleção rara de borboletas. De um lado, lê-se a investida pitoresca do naturalista à procura de mariposas; de outro lado, os encontros às escondidas (idílicos e castos) entre Cirino e Inocência, tão logo a protagonista tem a saúde recuperada. Isso tudo em paralelo ao trabalho realizado pelo boticário, que, no caso, manipula e prescreve ervas, assiste e, às vezes, até cura os seus doentes.

Vários são os predicativos de *Inocência*. Quanto à performance linguística, o português culto está em sintonia com um coloquialismo farto em expressões regionais. Nessa história narrada em terceira pessoa, a fala prosaica de algumas personagens chega a despertar graça. Contudo, há cenas melancólicas espalhadas pelos trinta capítulos, aos quais se adiciona o Epílogo. Uma delas estampa a figura do leproso Garcia. O apelo desse homem provoca compaixão. Ele aguarda atendimento, mas Cirino, a distância, adianta-lhe não existir remédio para a terrível enfermidade e certifica-o de que a moléstia é contagiosa. Antes de arredar os pés dali, decidindo-se pelo isolamento, Garcia pede água. A seguir, é arremessada ao lixo a caneca utilizada, como prova sinistra de escrúpulo e pavor.

Cumpre assinalar que a denúncia sociocultural manifestada nesse romance projeta-se apenas como pano de fundo, carece do destaque que um escritor do Realismo conferiria a ela. Veja-se, por exemplo, o *charlatanismo* de Cirino, passando-se por doutor e sobrevivendo da boa-fé de criaturas pobres e sem escolaridade; o *oportunismo* de Meyer, fixando-se, na condição de pesquisador, em sítios cujos proprietários recebem-no de braços abertos para explorar o que de valioso há nas nossas florestas (sem contar os olhos de cobiça do estrangeiro à mulher brasileira); acrescentem-se a essas evidências o *autoritarismo patriarcal*, o *machismo* e a *violência* triunfantes nos circuitos geográficos em que a honra é literalmente lavada com sangue.

Não resta dúvida de que *Inocência* atende aos preceitos estéticos do Romantismo: visão patriótica por meio da exaltação à natureza, sublimação do sentimento, resistência ao desejo carnal, juramento, fidelidade, subjetivismo, passionalidade e religiosidade — atributos mantidos na versão elaborada para o cinema, dado que a obra de Taunay recebe adaptação no ano de 1983, com figurino e fotografia extraordinários; a direção é de Walter Lima Jr., e os atores principais são Edson Celulari e Fernanda Torres. No mais, as epígrafes que abrem cada um dos capítulos do livro, extraídas de Horácio, Molière, Cervantes, Shakespeare, Walter Scott e outros, dialogam com muitas referências a então escola literária oitocentista.

O autor acerta em cheio ao afirmar que, entre os seus inúmeros títulos, incluindo-se romances, contos, relatos sobre guerra e viagem, ensaios, teatro e autobiografia, *Inocência* e *A retirada da laguna* (1871) resistiriam ao tempo. Aliás, a menina que se assenhora do coração de Cirino — dona de "uma espessa cabeleira, negra como o âmago da cabiúna" —, a mesma cabocla que oculta a esperteza, sendo-lhe as ações vigiadas e censuradas, imortaliza-se a partir do momento em que tem o próprio nome confiado a uma borboleta. Pois assim o zoólogo Meyer batiza a *espécie* de asas coloridas, em "azul metálico" e "brilho vivíssimo", que apanha dos arredores, preservando-a em "caixinha quadrada de folha-de-flandres" e a transportando para a Alemanha, nação que o condecora pela descoberta dessa joia sem igual.

Peça única de estudo ou mera relíquia de contemplação? Catalogada, a filha de Pereira metamorfoseia-se, salta os muros do sertão e pousa noutro e longínquo continente.

A José Antônio de Azevedo Castro,
amigo de infância.

Azevedo Castro,

Se nos antigos tempos da Grécia me fora possível erigir custoso templo, dedicava-o à Amizade, para no frontispício gravar o teu querido nome.

Daquele vivo sentimento permite-me hoje, amigo, dentro do círculo de fracos e limitados meios, qualquer demonstração.

Não é num valioso monumento que vou inscrever a tua lembrança; simplesmente na primeira página de uma narrativa campestre e despretensiosa, de um livro singelo e sem futuro.

Aceita-o como um dos mais espontâneos movimentos da minha alma, que nesta declaração sincera julga assentar direitos a completo indulto.

Alfredo d'Escragnolle Taunay
Rio de Janeiro, 8 de julho de 1872.

Inocência

Capítulo I

O SERTÃO E O SERTANEJO

Todos vós bem sentis a ação secreta
Da natureza em seu governo eterno;
E de ínfimas camadas subterrâneas
Da vida o indício à superfície emerge.

GOETHE, *Fausto*, 2ª parte.

Então com passo tranquilo metia-me eu por algum recanto da floresta, algum lugar deserto, onde nada me indicasse a mão do homem, me denunciasse a servidão e o domínio; asilo em que pudesse crer ter primeiro entrado, onde nenhum importuno viesse interpor-se entre mim e a natureza.

J. J. ROUSSEAU, *O encanto da solidão.*

Corta extensa e quase despovoada zona da parte sul-oriental da vastíssima província de Mato Grosso a estrada que da vila de Sant'Ana do Paranaíba vai ter ao sítio abandonado de Camapoan. Desde aquela povoação, assente próximo ao vértice do ângulo em que confinam os territórios de São Paulo, Minas Gerais, Goiás e Mato Grosso até ao rio Sucuriú, afluente do majestoso Paraná, isto é, no desenvolvimento de muitas dezenas de léguas, anda-se comodamente, de habitação em habitação, mais ou menos chegadas umas às outras; rareiam, porém, depois as casas, mais e mais, e caminha-se largas horas, dias inteiros sem se ver morada nem gente até o *retiro*[1] de João Pereira, guarda avançada daquelas solidões, homem chão o hospitaleiro, que acolhe com carinho o viajante desses

[1] Local em que os criadores de gado reúnem as reses para as contar, marcar e dar-lhes sal.

alongados páramos, oferece-lhe momentâneo agasalho e o provê da matalotagem precisa para alcançar os campos do Miranda e Pequiri, ou da Vacaria e Nioac, no Baixo Paraguai.

Ali começa o sertão chamado bruto.[2]

Pousos sucedem a pousos, e nenhum teto habitado ou em ruínas, nenhuma palhoça ou tapera dá abrigo ao caminhante contra a frialdade das noites, contra o temporal que ameaça, ou a chuva que está caindo. Por toda parte, a calma da campina não arroteada; por toda parte, a vegetação virgem, como quando aí surgiu pela vez primeira.

A estrada que atravessa essas regiões incultas desenrola-se à maneira de alvejante faixa, aberta que é na areia, elemento dominante na composição de todo aquele solo, fertilizado aliás por um sem número do límpidos e borbulhantes regatos, ribeirões e rios, cujos contingentes são outros tantos tributários do claro e fundo Paraná ou, na contravertente, do correntoso Paraguai.

Essa areia solta e um tanto grossa tem cor uniforme que reverbera com intensidade os raios do sol, quando nela batem de chapa. Em alguns pontos é tão fofa e movediça que os animais das tropas viajeiras arquejam de cansaço, ao vencerem aquele terreno incerto, que lhes foge de sob os cascos e onde se enterram até meia canela.

Frequentes são também os desvios, que da estrada partem de um e outro lado e proporcionam, na mata adjacente, trilha mais firme, por ser menos pisada.

Se parece sempre igual o aspecto do caminho, em compensação mui variadas se mostram as paisagens em torno.

Ora é a perspectiva dos cerrados,[3] não desses cerrados de arbustos raquíticos, enfezados e retorcidos de São Paulo e Minas Gerais, mas de garbosas e elevadas árvores que, se bem não tomem, todas, o corpo de que são capazes à beira das águas correntes ou regadas pela linfa dos córregos, contudo ensombram com folhuda rama o terreno que lhes

---

[2] Sem moradores.

[3] Florestas de arbustos de 3 a 4 pés de altura mais ou menos, muito chegados uns aos outros.

fica em derredor e mostram na casca lisa a força da seiva que as alimenta; ora são campos a perder de vista, cobertos de macega alta e alourada, ou de viridente e mimosa grama, toda salpicada de silvestres flores; ora sucessões de luxuriantes capões,[4] tão regulares e simétricos em sua disposição que surpreendem e embelezam os olhos; ora, enfim, charnecas meio apauladas, meio secas, onde nasce o altivo buriti e o gravatá entrança o seu tapume espinhoso.

Nesses campos, tão diversos pelo matiz das cores, o capim crescido e ressecado pelo ardor do sol transforma-se em vicejante tapete de relva, quando lavra o incêndio que algum tropeiro, por acaso ou mero desenfado, ateia com uma faúlha do seu isqueiro.

Minando à surda na touceira, queda a vívida centelha. Corra daí a instantes qualquer aragem, por débil que seja, e levanta-se a língua de fogo esguia e trêmula, como que a contemplar medrosa e vacilante os espaços imensos que se alongam diante dela. Soprem então as auras com mais força, e de mil pontos a um tempo rebentam sôfregas labaredas que se enroscam umas nas outras, de súbito se dividem, deslizam, lambem vastas superfícies, despedem ao céu rolos de negrejante fumo e voam, roncando pelos matagais de tabocas e taquaras, até esbarrarem de encontro a alguma margem de rio que não possam transpor, caso não as tanja para além o vento, ajudando com valente fôlego a larga obra de destruição.

Acalmado aquele ímpeto por falta de alimento, fica tudo debaixo de espessa camada de cinzas. O fogo, detido em postos, aqui, ali, a consumir com mais lentidão algum estorvo, vai aos poucos morrendo até se extinguir de todo, deixando como sinal da avassaladora passagem o alvacento lençol, que lhe foi seguindo os velozes passos.

Através da atmosfera nublada mal pode então coar a luz do sol. A incineração é completa, o calor intenso, e nos ares revoltos volitam palhinhas carboretadas, detritos, argueiros e grânulos de carvão que redemoinham, sobem, descem e

[4] Palavra derivada da língua geral *caá-púan* (mato isolado).

se emaranham nos sorvedouros e adelgaçadas trombas, caprichosamente formadas pelas aragens, ao embaterem umas de encontro às outras.

Por toda parte melancolia; de todos os lados tétricas perspectivas.

É cair, porém, daí a dias copiosa chuva, e parece que uma varinha de fada andou por aqueles sombrios recantos a traçar à pressa jardins encantados e nunca vistos. Entra tudo num trabalho íntimo de espantosa atividade. Transborda a vida. Não há ponto em que não brote o capim, em que não desabrochem rebentões com o olhar sôfrego de quem espreita azada ocasião para buscar a liberdade, despedaçando as prisões de penosa clausura.

Àquela instantânea ressurreição nada, nada pode pôr peias.

Basta uma noite, para que formosa alfombra verde, verde-claro, verde-gaio, acetinado, cubra todas as tristezas de há pouco. Aprimoram-se depois os esforços, rompem as flores do campo que desabotoam às carícias da brisa as delicadas corolas e lhe entregam as primícias dos seus cândidos perfumes.

Se falham essas chuvas vivificadoras, então por muitos e muitos meses, aí ficam aquelas campinas, devastadas pelo fogo, lugubremente iluminadas por avermelhados clarões, sem uma sombra, um sorriso, uma esperança de vida, com todas as suas opulências e verdejantes pimpolhos ocultos, como que raladas de dor e mudo desespero por não poderem ostentar as riquezas e galas encerradas no ubertoso seio.

Nessas aflitas paragens, não mais se ouve o piar da esquiva perdiz, tão frequente antes do incêndio. Só de vez em quando ecoa o arrastado guincho de algum gavião, que paira lá em cima ou bordeja ao chegar-se à terra a fim de agarrar um ou outro réptil chamuscado do fogo que lavrou.

Rompe também o silêncio o grasnido do caracará, que aos pulos procura insetos e cobrinhas ou, junto ao solo, segue o voo dos urubus, cujos negrejantes bandos, guiados pelo olfato, buscam a carniça putrefata.

É o caracará comensal do urubu. De parceria se atira, quando urgido pela fome, à rês morta e, intrometido como é a custo de algumas bicadas do pouco amável conviva, belisca do seu lado no imundo repasto.

Se passa o caracará à vista do gavião precipita-se este sobre ele com voo firme, dá-lhe com a ponta da asa, atordoa-o, atormenta-o só pelo gosto de lhe mostrar a incontestada superioridade.

Nada, com efeito, o mete em brios.

Pelo contrário, mal levou dois ou três encontrões do miúdo, mas audaz adversário, baixa prudente à terra e põe-se aí desajeitadamente aos saltos, apresentando o adunco bico ao antagonista, que com a extremidade das asas levanta pó e cinza, tão de perto as arrasta ao chão.

Afinal, de cansado, deixa o gavião o folguedo, segurando de um bote a serpezinha, que em custoso rasto procurava algum buraco onde fosse, mais a salvo, pensar as fundas queimaduras.

* * *

Tais são os campos que as chuvas não vêm regar.

Com que gosto demanda então o sertanejo os capões que lá de bem longe se avistam nas encostas das colinas e baixuras, ao redor de alguma nascente orlada de pindaíbas e buritis?!

Com que alegria não saúda os formosos coqueirais, núncios da linfa que lhe há de estancar a sede e banhar o afogueado rosto?!

Enfileiram-se às vezes as palmeiras com singular regularidade na altura e conformação, mas não raro amontoam-se em compactos maciços, dos quais se segregam algumas mais e mais, a acompanhar com as raízes qualquer tênue fio d'água, que coleia falto de forças e quase a sumir-se na ávida areia.

Desde longe dão na vista esses capões.

É a princípio um ponto negro, depois uma cúpula de verdura, afinal, mais de perto, uma ilha de luxuriante rama, oásis para os membros lassos do viajante exausto de fadiga, para os seus olhos encandeados e sua garganta abrasada.

Então, com sofreguidão natural, acolhe-se ele ao sombreado retiro, onde prestes desarreia a cavalgadura, à qual dá liberdade para ir pastar, entregando-se sem demora ao sono reparador que lhe trará novo alento para prosseguir na cansativa jornada.

Ao homem do sertão afiguram-se tais momentos incomparáveis, acima de tudo quanto possa idear a imaginação no mais vasto círculo de ambições.

Satisfeita a sede que lhe secara as fauces, e comidas umas colheres de farinha de mandioca ou de milho, adoçada com rapadura, estira-se a fio comprido sobre os arreios desdobrados e contempla descuidoso o firmamento azul, as nuvens que se espacejam nos ares, a folhagem lustrosa e os troncos brancos das pindaíbas, a copa dos ipês e as palmas dos buritis a ciciar a modo de harpas eólias, músicas sem conta com o perpassar da brisa.

Como são belas aquelas palmeiras!

O estípite liso, pardacento, sem manchas mais que pontuadas estrias, sustenta denso feixe de pecíolos longos e canelados, em que assentam flabelas abertas como um leque, cujas pontas se acurvam flexíveis e tremulantes.

Na base e em torno da coma, pendem, amparados por largas espatas, densos cachos de cocos tão duros, que a casca luzidia, revestida de escamas romboidais e de um amarelo alaranjado, desafia por algum tempo o férreo bico das araras.

Também, com que vigor trabalham as barulhentas aves antes de conseguir a apetecida e saborosa amêndoa! Em grupos juntam-se elas, umas vermelhas como chispas soltas de intensa labareda, outras versicolores, outras, pelo contrário, de todo azuis, de maior viso e que, por parecerem negras em distância, têm o nome de araraúnas.[5] Ali ficam alcandoradas, balouçando-se gravemente e atirando, de espaço a espaço, às imensidades das dilatadas campinas notas estridentes, quando não seja um clamor sem fim, ao quererem muitas disputar o mesmo cacho. Quase sempre, porém, estão a namorar-se aos pares, pousadas uma bem encostadinha à outra.

---

[5] Araras pretas.

Vê tudo aquilo o sertanejo com olhar carregado de sono. Caem-lhe pesadas as pálpebras, bem se lembra de que por ali podem rastejar venenosas alimárias, mas é fatalista; confia no destino e, sem mais preocupação, adormece com serenidade.

Correm as horas: vem o sol descambando; refresca a brisa, e sopra rijo o vento. Não ciciam mais os buritis; gemem, e convulsivamente agitam as flageladas palmas.

É a tarde que chega.

Desperta então o viajante, esfrega os olhos, distende preguiçosamente os braços, boceja, bebe uma pouca d'água, fica uns instantes sentado, a olhar de um lado para o outro, e corre, afinal, a buscar o animal, que de pronto encilha e cavalga.

Uma vez montado, lá vai ele a passo ou a trote, bem disposto de corpo e de espírito, por aqueles caminhos além, em demanda de qualquer pouso onde pernoite.

Quanta melancolia baixa à terra com o cair da tarde!

Parece que a solidão alarga os seus limites para se tornar acabrunhadora. Enegrece o solo; formam os matagais sombrios maciços, e ao longe se desdobra tênue véu de um roxo uniforme e desmaiado, no qual, como linhas a meio apagadas, ressaltam os troncos de uma ou outra palmeira mais alterosa.

É a hora em que se aperta de inexplicável receio o coração. Qualquer ruído nos causa sobressalto, ora o grito aflito da zabelê nas matas, ora as plangentes notas do bacurau a cruzar os ares. Frequente é também amiudarem-se os pios angustiosos de alguma perdiz, chamando ao ninho o companheiro extraviado, antes que a escuridão de todo lhe impossibilite a volta.

Quem viaja atento às impressões íntimas, estremece mau grado seu ao ouvir nesse momento de saudades o tanger de um sino muito, muito ao longe, ou o silvar distante de uma locomotiva impossível. São insetos ocultos na macega que trazem essa ilusão, por tal modo viva e perfeita que a imaginação, embora desabusada e prevenida, ergue o voo e lá vai por estes mundos a fora a doidejar e a criar mil fantasias.

* * *

Espalham-se, por fim, as sombras da noite.

O sertanejo que de nada cuidou, que não ouviu as harmonias da tarde, nem reparou nos esplendores do céu, não viu a tristeza a pairar sobre a terra, de nada se arreceia; consubstanciado como está com a solidão, para, relanceia os olhos ao derredor de si e, se no lugar pressente alguma aguada, por má que seja, apeia-se, desvencilha o cavalo e, reunindo logo uns gravetos bem secos, tira fogo do isqueiro, mais por distração do que por necessidade.

Sente-se deveras feliz. Nada lhe perturba a paz do espírito ou o bem-estar do corpo. Nem sequer monologa, como qualquer homem acostumado a conversar.

Raros são os seus pensamentos: ou rememora as léguas que andou, ou computa as que tem que vencer para chegar ao término da viagem.

No dia seguinte, quando aos clarões da aurora acorda toda aquela esplêndida natureza, recomeça ele a caminhar, como na véspera, como sempre.

Nada lhe parece mudado no firmamento: as nuvens de si para si são as mesmas. Dá-lhe o sol, quando muito, os pontos cardeais, e a terra só lhe prende a atenção quando algum sinal mais particular pode servir-lhe de marco miliário na estrada que vai trilhando.

— Bom! — exclama em voz alta e alegre ao avistar algum madeiro agigantado ou uma disposição especial de terras — lá está a peúva grande... Cheguei ao Barranco Alto. Até ao pouso de jacaré há quatro léguas bem puxadas.

E, olhando para o sol, conclui:

— Daqui a três horas estou batendo fogo.

Ocasiões há em que o sertanejo dá para assobiar. Cantar, é raro; ainda assim, à surdina; mais uma voz íntima, um rumorejar consigo, do que notas saídas do robusto peito. Responder ao pio das perdizes ou ao chamado agoniado da esquiva jaó é o seu divertimento em dias de bom humor.

É-lhe indiferente o urro da onça. Só por demais repara nas muitas pegadas, que em todos os sentidos ficam marcadas na areia da estrada.

— Que bichão! — murmura ele contemplando um rasto mais fortemente impresso no solo — com um bom onceiro[6] não se me dava de acuar este diabo e meter-lhe uma chumbada no focinho.

O legítimo sertanejo, explorador dos desertos, não tem, em geral, família. Enquanto moço, seu fim único é devassar terras, pisar campos onde ninguém antes pusera pé, vadear rios desconhecidos, despontar cabeceiras[7] e furar matas que descobridor algum até então haja varado.

Cresce-lhe o orgulho na razão da extensão e importância das viagens empreendidas, e seu maior gosto cifra-se em enumerar as correntes caudais que transpôs, os ribeirões que batizou, as serras que trasmontou e os pantanais que afoitamente cortou, quando não levou dias e dias a rodeá-los com rara paciência.

Cada ano que finda traz-lhe mais um valioso conhecimento e acrescenta uma pedra ao monumento da sua inocente vaidade.

— Ninguém pode comigo! — exclama ele enfaticamente. — Nos campos da Vacaria, no sertão do Mimoso, nos pântanos[8] do Pequiri, sou rei.

E esta presunção de realeza infunde-lhe certo modo de falar e de gesticular majestático em sua singela manifestação. A certeza que tem de que nunca poderá perder-se na vastidão, como que o liberta da obsessão do desconhecido, o exalta e lhe dá foros de infalibilidade.

Se estende o braço, aponta com segurança no espaço e declara peremptoriamente:

— Neste rumo, daqui a vinte léguas, fica o espigão mestre de uma serra *braba*, depois um rio grosso; dali a cinco léguas outro mato sujo que vai findar num brejal. Se vassuncê frechar direitinho assim umas duas horas, topa com o pouso do Tatu, no caminho que vai a Cuiabá.

---

[6] Cão caçador de onças.

[7] Rodear as nascentes dos rios, procurando sempre terreno enxuto.

[8] No interior, pronuncia-se a palavra grave e não esdrúxula, mais conforme assim com a etimologia.

O que faz numa direção, com a mesma imperturbável serenidade e firmeza, indica em qualquer outra.

A única interrupção que aos outros consente, quando conta os inúmeros descobrimentos, é a da admiração. À mínima suspeita de dúvida ou pouco caso, incendem-se-lhe de cólera as faces e no gesto denuncia indignação.

— *Vassuncê* não *credita*! — protesta então com calor — Pois encilhe o seu bicho e caminhe como eu lhe disser. Mas assunte[9] bem, que no terceiro dia de viagem ficará decidido quem é cavoqueiro[10] e embromador.[11] Uma coisa é mapiar[12] à toa, outra andar com tento por estes mundos de Cristo.

Quando o sertanejo vai ficando velho, quando sente os membros cansados e entorpecidos, os olhos já enevoados pela idade, os braços frouxos para manejar a machadinha que lhe dá o substancial palmito ou o saboroso mel de abelhas, procura então quem o queira para esposo, alguma viúva ou parente chegada, forma casa e escola, e prepara os filhos e enteados para a vida aventureira e livre que tantos gozos lhe dera outrora.

Esses discípulos, aguçada a curiosidade com as repetidas e animadas descrições das grandes cenas da natureza, num belo dia desertam da casa paterna, espalham-se por aí além, e uns nos confins do Paraná, outros nas brenhas de São Paulo, nas planuras de Goiás ou nas bocainas de Mato Grosso, por toda parte enfim, onde haja deserto, vão pôr em ativa prática tudo quanto souberam tão bem ouvir, relembrando as façanhas do seu respeitado progenitor e mestre.

---

[9] Ver o assunto, observar, atender.

[10] Qualificativo empregado para exprimir qualquer qualidade má.

[11] Enganador.

[12] Termo peculiar aos sertões de Mato Grosso — quer dizer parolar, tagarelar.

Capítulo II

O VIAJANTE

Próprio de espírito sorumbático é andar sempre calado: tagarelar é o encanto e a alma da vida.

LA CHAUSSÉE.

Comigo — respondeu Sancho — meu primeiro movimento é logo tal comichão de falar que não posso deixar de desembuchar o que me vem à boca.

CERVANTES, *D. Quixote.*

O dia 15 de julho de 1860 era dia claro, sereno e fresco, como costumam ser os chamados de inverno no interior do Brasil.

Ia o sol alto em seu percurso, iluminando com seus raios, não muito ardentes para regiões intertropicais, a estrada, cujo aspecto há pouco tentamos descrever e que da vila de Sant'Ana do Paranaíba vai ter aos campos de Camapuã.

A essa hora, um viajante, montado numa boa besta tordilho queimada, gorda e marchadeira, seguia aquela estrada. A sua fisionomia e maneiras de trajar denunciavam de pronto que não era homem de lida fadigosa e comum ou algum fazendeiro daquelas cercanias que voltasse para casa. Trazia na cabeça um chapéu de Chile de abas amplas e cingido de larga fita preta, sobre os ombros um poncho-pala de variadas cores e calçava botas de couro da Rússia bem feitas e em bom estado de conservação.

Tinha, quando muito, vinte e cinco anos, presença agradável, olhos negros e bem rasgados, barba e cabelos cortados quase à escovinha e ar tão inteligente quanto decidido.

Na mão empunhava uma comprida vara que havia pouco cortara, e com que ia distraidamente fustigando o ar ou batendo nos ramos de árvores que se dobravam ao alcance do braço.

Vinha só e, no momento em que damos começo a esta singela história, achava-se no bonito trecho de caminho que medeia entre a casa de Albino Lata e a do Leal, a sete boas léguas da sezonática e decadente vila de Sant'Ana do Paranaíba.

Nesta porção de estrada, ensombrada pelas árvores de vistoso cerrado, o leito, ainda que já bastante arenoso, é firme e parece mais álea de bem tratado jardim, do que caminho de tropas e carregadores.

Ainda aumenta os encantos daquele lance a inúmera quantidade de rolas caboclas a brincar na areia e de pombas de cascavel, cujo bater de asas produz um ruído tão caraterístico e singular.

O nosso viajante, se caminhava distraído e meio pensativo, não parecia, contudo, de gênio sombrio ou pouco divertido.

Muito ao contrário, sacudia às vezes o torpor em que vinha e entrava a cantarolar, ou assobiar, esporeando a valente cavalgadura, que na marcha que tomava ia abanando alternadamente as orelhas com o movimento cadencial da cabeça.

Numa dessas reações contra alguma preocupação, disse em voz alta, puxando por um relógio de prata, seguro em corrente do mesmo metal:

— Às duas horas pretendo sestear no paiol do Leal. Falta pouco para o meio-dia, e tenho tempo diante de mim a botar fora...

Moderou, pois, a andadura que levava o animal e mais ativamente recomeçou a zurzir os galhos das árvores, bocejando de tédio.

Também pouco tempo caminhou só, por isto que em breve ao seu lado emparelhou outro viajante, escanchado num cavalinho feio e zambro, mas muito forte, o qual, coberto como estava de suor, mostrava ter vindo quase a galope.

Homem já de alguma idade, o recém-chegado era gordo, de compleição sanguínea, rosto expressivo e franco. Trajava à mineira e parecia, como realmente era, morador daquela localidade.

— Olá, patrício! — exclamou ele conchegando a cavalgadura à da pessoa a quem interpelava. — Então se vai botando para Camapuã?

Olhou o nosso cavaleiro com desconfiança e sobranceria para quem o interrogava tão sem-cerimônia e meio enviesado respondeu:

— Talvez sim... talvez não... Mas a que vem a pergunta?

— Ah! Desculpe-me — replicou o outro rindo-se —, nem sequer o saudei... Sou mesmo um estabanado... Deus esteja convosco. Isto sempre me acontece... A minha língua fica às vezes tão doida que se põe logo a bater-me nos dentes... que é um Deus nos acuda e... não há que avisar: água vai! Olhe, por vezes já me tem vindo dano, mas que quer? É sestro antigo... Não que eu seja malcriado, Deus de tal me defenda, abrenuncio; mas pega-me tal comichão de falar que vou logo, sem tir-te, nem guar-te, dando à taramela...

A volubilidade com que foram ditas estas palavras causou certo espanto ao mancebo e o levou a novamente encarar o inopinado companheiro, desta feita com mais demora e ar menos altivo.

Notou então a fisionomia alegre e bonachã do tagarela e, com ar de simpatia, correspondeu ao comunicativo sorriso daquele que, à força, queria travar conversação.

— Pelo que vejo — disse ele —, o senhor gosta de prosear.

— Ora se! — retrucou o mineiro — Nestes sertões só sinto a falta de uma coisa: é de um cristão com quem de vez em quando dê uns dedos de parola. Isto sim, por aqui é vasqueiro. Tudo anda tão calado!... Uma verdadeira caipiragem!... Eu, não. Sou das Gerais,[1] geralista como por cá se diz; nasci no Paraibuna, conheci no meu tempo pessoas de

---

[1] De Minas Gerais.

muita educação, gente mesma de "truz" e fui criado na Mata do Rio como homem e não como bicho do monte.[2]

— Ah! O senhor é de Minas?

— Gerais, se me faz favor. Batizei-me em Vassouras, mas sou mineiro da gema. Andei ceca e meca antes de vir deitar poita neste país. Isso já faz muito tempo, pois também vou ficando velho. Há mais de quarenta anos pelo menos saí da casa dos meus pais.

E interrompendo o que dizia, perguntou:

— O senhor também é de Minas?

— Nhor-não — respondeu o outro. — Sou caipira de São Paulo: nasci na vila de Casa Branca, mas fui criado em Ouro Preto.

— Ah! Na Cidade Imperial?[3]

— Lá mesmo.

— Então é quase de casa — replicou o mineiro rindo-se ruidosamente. — Ora, quem diria! Por isso me batia a passarinha, quando vi o seu rasto fresco na areia. Aí vai, disse eu por vezes com os meus botões, um sujeitinho que não tem pressa de pousar. Também tocando o meu canivete, tratei de agarrá-lo para não fazer a viagem a olhar para o céu e a banzar. Acha que obrei mal?

— Não, senhor — protestou o moço com afabilidade. — Muito lhe agradeço a intenção. Assim alcançarei sem cansaço o Leal, onde pretendo dar hoje com os ossos.

— Oh! — exclamou o outro todo expansivo — A caminhada é a mesma. Pois, meu rico senhor, eu moro a meia légua do Leal, torcendo à esquerda, e se vosmecê não tem compromissos lá com o homem far-me-á muito favor agasalhando-se em teto de quem é pobre, mas amigo de servir. Minha tapera[4] é pouco retirada do caminho, e quem vem montado como o senhor não tem que andar contando bocadinhos de léguas.

---

[2] Mato.

[3] Título honorífico que tinha a capital de Minas Gerais.

[4] Casa velha e abandonada.

Convite tão espontâneo e amável não podia deixar de ser bem aceito, sobretudo naquelas alturas, e trouxe logo entre os dois caminhantes a familiaridade que tão depressa se estabelece em viagem.

— Com toda a satisfação irei parar em sua casa — retrucou o jovem. — Nunca vi o Leal, pois agora é a primeira vez que cruzo este sertão, e ando de pouso em pouso, pedindo um cantinho de paiol ou de rancho para passar a noite com os camaradas.

— Traz então *tropa*?

— Tropa, não; apenas dois bagageiros que vêm com as minhas cartas e uma besta à *destra*.

— Olá! O amigo viaja à fidalga. — Observou o mineiro com gesto folgazão.

— Qual!... Bastantes privações tenho já curtido.

— Decerto não as sentirá em nossa casa todo o tempo que lá quiser ficar. Não encontrará luxarias[5] nem coisas da capital, unicamente o que pode ter nestes mundos:[6] quatro paredes de pau a pique mal rebocadas, uma cama de vento, bom feijão a fartar, ervas à mineira, arroz de papa, farinha de milho torradinha, café com rapadura e talvez até um lombo fresco de porco.

— Olá! — exclamou o moço rindo-se com expansão. — Vou passar vida de capitão-mor. Não queria tanto, bastava-me...

— O que sobretudo desejo é que tenha comigo o coração na boca. Se não gostar do passadio, vá logo *desembuchando*. Na minha rancharia pousa pouca gente, porque fica para dentro da estrada... assim, talvez lhe falte alguma coisa; em todo o caso farei pelo melhor...

Depois de breve pausa, continuou:

— *Mas porém*, creio que já é ocasião, agora que nos conhecemos como dois amigos do tempo do Rojão, saber com quem lidamos. Eu, quanto a mim, me chamo Martinho

---

[5] Superfluidades de luxo.

[6] Lugares.

dos Santos Pereira e a minha história conto-lha em duas palhetadas... Sua graça, ainda que mal pergunte?

— Cirino Ferreira de Campos, — respondeu o outro viajante —, um criado para o servir.

— Obrigado — agradeceu Pereira inclinando-se cortês e levando a mão ao chapéu. — Como lhe disse há pouco, minha história é história de entrar por uma porta e sair por outra. Minha gente não é de má raça, pelo contrário; meu pai, que Deus lhe dê a glória, possuía alguma coisa de seu e deixou aos seus muitos filhos um nome limpo e respeitado. Cada qual de nós — éramos sete — tomou o seu rumo. Quanto a mim, casei muito mocinho e fui morar na Diamantina, onde abri casa de negócio. Depois de alguns anos, uns bons, outros *caiporas*, morreu minha dona e mudei-me, a princípio, para Piumí e mais tarde para Uberaba. A vida começou a desandar-me de todo, e fiz logo este cálculo: estar tão longe, antes afundar-me no mato de uma boa feita. Vendi minha lojinha de ferragens e internei-me até cá com três escravos. Há doze anos que moro nestes socavões[7] e, palavra de honra, até o presente não me tenho arrependido. Na minha *situação* há fartura, e louvado seja! Nunca passei necessidade... Não posso por isto queixar-me sem ingratidão. Deus Nosso Senhor Jesus Cristo tem olhado para mim, e me julgo bem amparado, sobretudo quando me lembro do despotismo[8] de misérias, que vai por estas terras fora... Cruzes! Nem falar nisto é bom... Diga-me, porém, uma coisa: vosmecê para onde se atira?

— Homem, Sr. Pereira, não tenho destino certo.

— Deveras? Então está caminhando à toa?

— Eu ponho-lhe já tudo em pratos limpos. Ando por estes fundões[9] curando maleitas e feridas *brabas*.

— Ah! — exclamou Pereira com manifesto contentamento — Vosmecê é doutor, não é? Físico, como chamavam os nossos do tempo de dantes.

---

[7] Buracos, lugares retirados.

[8] Grande quantidade.

[9] Sítios distantes, ermos.

— É fato — confirmou Cirino com alguma satisfação.

— Ora, pois, muito bem, cai-me a sopa no mel; sim, senhor, vem mesmo ao pintar... a talhe de fouce.

— Por quê?

— Daqui a pouco saberá... Mas diga-me ainda... Onde é que vosmecê leu nos livros, aprendeu suas histórias e bruxarias? Na corte do Império?

— Não — respondeu Cirino —, primeiro no colégio do Caraça; depois fui para Ouro Preto, onde tirei carta de farmácia.

E acrescentou com enfatuação:

— Desde então tenho batido todo o poente de Minas e feito curas que é um milagre.

— Ah! A *sabença* é coisa boa... eu também tinha jeito para saber mais do que ler e escrever, isso mesmo *malmente*; mas quem nasceu para carreiro, vira, mexe, larga e pega, sempre acaba junto ao carro. Com o que, *entonces*, vosmecê entende de curar?...

— Entendo — afirmou Cirino sem o menor constrangimento.

— Pois caiu-me muito ao jeito na mão; sim, senhor. Estou com uma menina doente de maleitas, minha filha, e por essa causa tinha ido a *Sant'Ana* buscar quina do comércio; mas lá não havia da maldita e voltava bem agoniado. Ora...

— Trago — interrompeu o outro — muito remédio nas minhas malas. Para sezões, tenho uma composição infalível.

— Já se sabe; entra composição de quina. Deveras é santa mezinha. A pequena tomou ar do campo; mas essa pouco talento[10] tem, de *maneira* que a sezão não lhe deixou o corpo.

— Há quantos dias apareceu o tremor de frio? — perguntou o intitulado doutor.

— Faz hoje, salvo engano, dez dias. Até agora era uma rapariga *forçuda*, sadia e rosada como um jambo; nem sei até como lhe entrou a maleita no corpo. Ninguém pode fiar-se na tal vila de *Sant'Ana*, é uma peste de febres. Eu bem a não

[10] Força, valentia. É quase sempre tomado no sentido material.

queria levar até lá, mas ela pediu tanto que consenti! Demais, como era para ver a madrinha, uma boa senhora, de muita circunstância,[11] a mulher do major Taques... Não conhece?

— Pois não.

— E dá-se com o major? — perguntou Pereira para abrir novo campo à sua garrulice.

— Quando pousei na vila, estive com ele.

— E não gostou? Aquilo sim é homem às direitas. Também é pau para toda a obra na Senhora Sant'Ana, é o tutu[12] de lá. Em querendo taramelar um pouco mais a meu gosto, busco o compadre. Isto arma logo uma conversa que me dá um fartão... E depois, pessoa de muitas letras... Escreve ao governo, é juiz de paz, major reformado, serve de juiz municipal, já fez a campanha dos Farrapos lá no Rio Grande do Sul para as bandas dos Castelhanos e merece muita estimação. Mora numa casa de andar[13] e tem loja muito sortida, por sinal que bem baratinha para a distância. E as histórias que conta? É um nunca acabar. O homem parece que sabe o Império de cor e salteado! Nem o vigário! Olhe, Sr. Cirino, vou dizer-lhe uma coisa, que talvez lhe pareça *embromação*: às vezes dou um pulo até a vila só para bater língua com o major, porque com esta gente daqui não se tira partido: escurraçada e arisca que é um Deus nos acuda! Então, como lhe ia contando, galopeio até lá, e pego numa mapiagem[14] que me enche as medidas. Não há...

— Gabo-lhe a pachorra — atalhou Cirino. — Mas, diga-me, sr. Pereira: farei por aqui algum negócio?

— Homem, conforme. Gente doente é mato;[15] mas também mofina[16] como ela só. Meio arredado da minha casa, fica o

---

[11] Importância.

[12] Pessoa de mais consideração e que tudo pode. Pereira fala do Martinho de Melo Taques, o qual morava com efeito na vila de Sant'Ana do Parnaíba e gozava de merecida influência.

[13] Sobrado.

[14] Conversação.

[15] Isto é: há abundância.

[16] Pouco liberal — também quer dizer: ou doente ou covarde.

Coelho, que está morre não morre há muitos anos, e é homem de boas patacas. Este, se vosmecê o curar, talvez caia com os cobres. Tudo o mais é uma *récula* de gente mais ou menos.

— Vosmecê traz bastante quina do comércio? — perguntou em seguida.

— Trago — respondeu Cirino —, mas é cara.

— Que é cara, bem sei. Pois é quanto basta, porque no fundo aqui tudo são sezões.

Começou então o bom do Sr. Pereira a desenrolar as diversas moléstias que o haviam salteado no correr da vida, raras na verdade, mas todas perigosas; e com este tema às ordens achou meios e modos de falar até quase perder o fôlego.

Recolheu-se o outro ao silêncio e ouviu talvez preocupado, ou em todo caso, muito distraidamente, o que lhe contava o seu novo amigo; saindo, de vez em quando, da apática atenção para instigar com a voz e o calcanhar a cavalgadura, quando esta parecia querer por si tomar descanso ou buscava comer os rebentões mais apetitosos do capim a grelar.

Afinal notou Pereira o tal ou qual abatimento do companheiro.

— Vosmecê a modo que está triste? disse ele. Deixou alguma coisa de seu lá por trás?

— Homem, para ser franco — respondeu Cirino dando um suspiro —, deixei; e essa coisa é uma dívida... dívida de jogo.

— Isso é mau — retrucou o mineiro fechando um tanto a cara. — Por causa desse vício e das mulheres é que as cruzes nascem à beira das estradas. Mas é *coco*[17] grosso?

— Trezentos mil réis.

— Já é *gimbo*[18] graúdo. E com quem jogou?

— Com o Totó Siqueira, de Sant'Ana. Por isto pretendeu atrasar-me a viagem; mas prometi mandar-lhe tudo do Sucuriú por um camarada e passei-lhe um papel. No que estou pensando é se acharei até lá meios de cumprir a palavra.

---

[17] Dinheiro.

[18] Quantia.

— Se lhe pagarem como devem, com certeza. Em todo o caso aperte um pouco com os doentes.

— Não, imagina — replicou Cirino com verdadeiro sentimento — quanto me tem amofinado essa maldita dívida. Não pelo dinheiro, que dele faço pouco caso, mas por ter pegado em cartas, coisa que nunca tinha feito na minha vida; isto sim...

— Pois meu rico senhor — prosseguiu Pereira —, sirva-lhe esta de lição e tome tento com a gente do sertão, não com esses que moram nas suas casas, sossegados e amigos de servir, mas com viajantes, homens de tropas e carreiros. Isso sim é uma súcia de jogadores, que andam armados de baralhos e vísporas e, por dá cá aquela palha, empurram uma faca na barriga de um cristão ou descarregam uma garrucha na cabeça de um companheiro, como se fosse em melancia podre. Depois, o demônio do jogo, quando entra no corpo de um desgraçado, faz logo ninho e de lá pincha fora a vergonha. Da má vida com raparigas airadas, fadistas e mulheres à toa, ainda a gente endireita; mas com cartas e sortes, só na caldeira de Pedro Botelho é que se cuida em mudar de rumo. Quem lhe fala teve um tio morador nas Traíras, para cá de Camapuã cinco léguas, que trabalhava todo o ano na terra para vir jogar até perder o último *cobre* nas rancharias do Sucuriú.

Pereira, de posse de tão largo assunto, contou mil histórias, umas lúgubres, outras jocosas, verídicas, inventadas na ocasião ou reproduzidas.

Haviam, no entretanto, os dois caminhado bastante. Inclinara-se no horizonte o sol, e a brisa da tarde já vinha soprando do lado do poente, viva, perfumosa.

— Nós — observou o mineiro —, com a nossa conversa deixamos os nossos animais vir cochilando. Também já está aqui a minha estradinha. Meta-se nela, Sr. Cirino; em frente ia parar no Leal. Minha fazendola começa neste ponto à beira do caminho e vai por aí a fora até bem longe, um mundo de alqueires de terra, que nem tem conta.

Ao dizer estas palavras, tomou ele a dianteira e dando a direita à estrada geral, enveredou por uma aberta larga e muito sombreada que levava com voltas e tortuosidades à margem rasa de copioso e límpido ribeirão, de álveo areento, todo ele. Que sítio risonho, encantador, esse, ensombrado por majestosa e elegante ingazeira, toda pontuada das mimosas e balsâmicas florezinhas!

Os animais, ao perceberem o bater da água, apertaram o passo e, entrando na fresca corrente quase até os peitos, estiraram o pescoço e puseram-se a beber ruidosamente, avançando aos poucos de encontro ao fio caudal, para buscarem o que houvesse mais puro em linfa.

— Não deixe a sua besta se *empanzinar* — observou Pereira. — Upa! — continuou ele puxando pela rédea do cavalo e batendo-lhe amigavelmente na pá do pescoço. — Upa, Canivete! Vamos matar a fome no milho!

Transposto o ribeirão, alargava-se a vereda e, depois de cortar copada mata, abria-se numa verdadeira estrada, que os dois cavaleiros tomaram a meio galope.

Transmontava afinal o sol, quando, além de ralo matagal, surgiu a ponta de um mastro de São João, que o mineiro saudou com mostras de grande alegria, como sinal precursor da querida vivenda.

Antes, porém, de nela penetrarmos, digamos quem era aquele mancebo que viajava ornado do pomposo título de doutor, e, o que mais é, aplicando remédios e preconizando curas milagrosas.

Capítulo III

O doutor

Semeai promessas: a ninguém causam desfalque, e o mundo é rico de palavras. A esperança quando outros nela creem faz ganhar muito tempo.

OVÍDIO, *A arte de amar.*

Ao morreres, dota a algum colégio ou a teu gato.

POPE.

Sganarelo. — *De toda parte vem gente procurar-me, e se as coisas continuarem assim, sou de parecer que de uma vez devo dedicar-me à medicina. Acho que de todos os ofícios é este o preferível, porque, ou se faça bem ou mal, sempre no fim há dinheiro.*

MOLIÈRE, *O médico à força.*

Nascera Cirino de Campos, como dissera a Pereira, na província de São Paulo, na sossegada e bonita vila de Casa Branca, a qual demora umas 50 léguas do litoral. Filho de um vendedor de drogas, que se intitulava boticário e a esse ofício acumulava o importante cargo de administrador do correio, crescera debaixo das vistas paternas até a idade de doze anos, completos os quais fora enviado, em tempos de festas e a títulos de recordações saudosas, a um velho tio e padrinho, morador na cidade de Ouro Preto.

Esse parente, solteirão, de gênio rabugento, misantropo, e dado às práticas da mais extrema carolice, recebeu o pequeno com mau modo e manifesto descontentamento, tanto mais quanto a presença de um estranho vinha interromper os hábitos de completa solidão a que se acostumara desde longos anos.

Era homem que trajava ainda à moda antiga, usando de sapatos de fivela, calções de braguilha, e cabeleira empoada com o competente rabicho.

A sua reputação de pessoa abastada era, em toda a cidade de Ouro Preto, tão bem firmada quanto a de refinado sovina, chegando a voz pública a afirmar que o seu dinheiro, e não pouco, estava todo enterrado em numerosos buracos no chão da alcova de dormir.

— Meu amigalhote — disse o tal padrinho a Cirino, poucos dias depois da chegada —, fique sabendo que por qualquer coisinha lhe sacudo a poeira do corpo. Dê-se por avisado e ande direitinho que nem um fuso.

O menino, transido de medo, passou a tarde a chorar num canto sombrio da casa, onde relembrou, até lhe vir o sono, a alegre vida de outrora, os folguedos que fazia com os camaradas na viçosa relva do Cruzeiro à entrada da vila de Casa Branca e sobretudo os carinhos da saudosa mamãe.

Em seguida àquela admoestação preventiva fora o tio à casa de uns padres que tinham influência na direção do Colégio do Caraça e com eles arranjara a admissão do afilhado naquele estabelecimento de instrução.

Como finório que era, conseguiu este resultado sem muita dificuldade, pagando-o, a juros compostos, com tentadoras promessas.

— Por ora — resmoneou ele —, nada poderei fazer pela educação do rapaz; mas... enfim... um dia... estou já velho, e tratarei de mostrar que não me esqueci dos bons padres que tanto me ajudam hoje.

Lançada, assim, a eventualidade de uma verba testamentária, ficou decidida a entrada de Cirino na casa colegial.

O pressentimento da falta de proteção natural torna as crianças dóceis e resignadas. Também não tugiu nem mugiu o caipirazinho ao penetrar no internato em que devia passar tristonhamente os melhores anos da sua adolescência.

Ótimo negócio fizera incontestavelmente o velho tio. Ia tão somente desembolsando boas palavras e, por estar agarrado à vida, chegou até a levar ao cemitério dois dos padres que se haviam prendido às esperanças de valiosa recordação.

Afinal como tinha por seu turno que pagar o tributo universal, um belo dia morreu quando menos se esperava, deixando muito recomendado um seu testamento, que foi, com efeito, aberto com sofreguidão digna de melhor êxito.

Testamento havia, força é confessar; não já testamento, mas extenso arrazoado todo da letra do velho; barras de ouro, porém, ou maços de notas, nem sombra.

Esfuracou-se a casa de alto a baixo, levantaram-se os soalhos, escutaram-se todas as paredes, quebraram-se os móveis; nada apareceu, nada denunciou esconderijo de riquezas, nem coisa que com isso se avizinhasse.

Descobriu-se então que aquele carola fora um pensador desabusado, antigo admirador de Xavier e Tiradentes, que nunca tivera vintém e vivera como filósofo, grazinando lá consigo mesmo, de tudo e de todos.

Era o seu testamento uma gargalhada meio de gosto, meio de ironia, atirada de além-túmulo e corroborada pelo legado sarcástico que, em pomposo codicilo, fazia aos padres do Caraça da sua biblioteca, "a fim", — dizia ele" —, de ajudar a educação dos mancebos e auxiliar as boas intenções dos seus honrados e virtuosos diretores".

Procuraram-se os tais livros, e topou-se com um baú cheio de obras, em parte devoradas pelo cupim, que foram, incontinenti, entregues às chamas de um grande auto de fé. Eram as *Ruínas* de Volney, o *Homem da Natureza*, as poesias eróticas de Bocage, o *Dicionário filosófico* de Voltaire, o *Citador* de Pigault-Lebrun, a *Guerra dos Deuses* de Parny, os romances de Marquês de Sade e outras produções de igual alcance e quilate, algumas até em francês, mas anotadas por leitor assíduo e mais ou menos convencido.

A consequência desse pesado gracejo póstumo, que destruía de raiz o conceito de uma vida inteira, foi a imediata exclusão de Cirino do colégio do Caraça.

Tinha 18 anos, e, como era vivo, conseguiu, apesar da natural pecha que lhe atirava o parentesco com o estrambótico e defunto protetor, ir servir de caixeiro numa botica velha e manhosa, onde entre drogas e receituários lhe foram voltando os hábitos da casa paterna.

Leve era o trabalho, e o aviamento de prescrições tão lento que os ingredientes farmacêuticos ficavam meses inteiros nos embaçados e esborcinados frascos à espera de que alguém se lembrasse de tirá-los daquele bolorento esquecimento.

Em localidade pequena, de simples boticário a médico não há mais que um passo. Cirino, pois, foi aos poucos e com o tempo criando tal ou qual prática de receitar e, agarrando se a um Chernoviz, já seboso de tanto uso, entrou a percorrer, com alguns medicamentos no bolso e na mala da garupa, as vizinhanças da cidade à procura de quem se utilizasse dos seus serviços.

Nessas curtas digressões principiou a receber o tratamento de doutor. Então, para melhor o firmar, depois de se ter despedido da botica em que servia, matriculou-se na escola de farmácia de Ouro Preto com a intenção de tirar a carta de boticário, que o presidente de Minas Gerais tem o privilégio de conferir, dispensando documentos de qualquer faculdade reconhecida.

Antes, porém, de conseguir a posse daquele lisonjeiro documento, fez-se Cirino, num dia de capricho, de partida decidida e começou então a viajar pelos sertões povoados a medicar, sangrar e retalhar, unindo a alguns conhecimentos de valor positivo outros que a experiência lhe ia indicando ou que a voz do povo e a superstição lhe ministravam.

Toda a sua ciência assentava alicerces no tal Chernoviz. Também era o inseparável *vade-mécum* seu livro de ouro; Homero à cabeceira de Alexandre. Noite e dia o manuseava, noite e dia o consultava à sombra das árvores ou junto ao leito dos enfermos.

"Contém Chernoviz", dizem os entendidos, muitos erros, muita lacuna, muita coisa inútil e até disparatada; entretanto no interior do Brasil é obra que incontestavelmente presta bons serviços, e cujas indicações têm força de evangelho.

Conhecia Cirino o seu exemplar de cor e salteado; abria-o com segurança nos trechos que desejava consultar e graças a ele formara um fundo de instrução real e até certo ponto exata, a que unira o estudo natural das utilíssimas e ainda pouco aproveitadas ervinhas do campo.

A fim de aumentar os seus recursos em matéria médica vegetal, foi a pouco e pouco dilatando as excursões fora das cidades, para as quais voltava, quando se via falto de medicamentos ou quando, digamo-lo sem rebuço, queria gastar nos prazeres e folias o dinheiro que ajuntara com a clínica do sertão.

Afinal, afeito a hábitos de completa liberdade, resolvera empreender viagem para Camapuã e sul de Mato Grosso, não só com o intuito de estender o raio das operações, como levado do desejo de ver terras novas e longínquas.

Curandeiro, simples curandeiro, ia por toda parte granjeando o tratamento de doutor, que gradualmente lhe foi parecendo, a si próprio, título inerente à sua pessoa e a que tinha incontestável direito.

Bem formado era o coração daquele moço, sua alma elevada e incapaz de pensamentos menos dignos; entretanto no íntimo do seu caráter se haviam insensivelmente enraizado certos hábitos de orgulho, repassado de tal ou qual charlatanismo, oriundo não só da flagrante insuficiência científica, como da roda em que sempre vivera.

Afastava-se em todo caso, ainda assim com os seus defeitos, do comum dos médicos ambulantes do sertão, tipos que se encontram frequentemente naquelas paragens, eivados de todos os atributos da mais crassa ignorância, mas rodeados de regalias completamente excepcionais.

Por toda parte entra, com efeito, o doutor; penetra no interior das famílias, verdadeiros gineceus, tem o melhor lugar à mesa dos hóspedes, a mais macia cama, é, enfim, um personagem caído do céu e junto ao qual acodem logo, de muitas léguas em torno, não já enfermos, mas fanatizados crentes, que durante largos anos se haviam medicado ou por conselhos de vizinhos ou por suas próprias inspirações e que na chegada desse Messias depositam todas as ardentes esperanças do almejado restabelecimento.

Capítulo IV

A casa do mineiro

Está a ceia na mesa. Torne o bom acolhimento desculpável o mau passadio.
WALTER SCOTT, *Ivanhoé*.

Quando assomaram os dois viajantes à entrada do terreiro que rodeava a vivenda de Pereira, correram-lhe ao encontro quatro ou cinco cães altos e magros, que aos pulos saudaram o dono da casa com uma cainçada de alegria.

Puseram-se algumas galinhas a girar atarantadas, ao passo que vários galos, já empoleirados na cumeeira da morada, bradavam novidade e uns porcos e bacorinhos aqui e acolá se erguiam dentre palhas de milho e, estremunhados, olhavam para os recém-chegados com olhos pequenos e cheios de sono.

Do interior da habitação, não tardou a sair uma preta idosa, mal vestida, trazendo atado à cabeça um pano branco de algodão, cujas pontas pendiam até o meio das costas.

— Olá, Maria Conga — perguntou Pereira. — Que há de novo por cá?

— A bênção, meu senhor — pediu a escrava chegando-se com alguma lentidão.

— Deus te faça santa — respondeu o mineiro. — Como vai a menina? *Nocência*?

— Nhã está com *sezão*.

— Isto sei eu, rapariga de Cristo; mas como passou ela de trasantontem para cá?

— Todo dia, vindo a hora, nhã bate o queixo, nhor-sim.

— Está bem... É que o mal ainda não abrandou... Daqui a pouco, veremos. E a *janta*?... Está pronta? Venho varado de fome. Que diz, Sr. Cirino? — indagou, voltando-se para o companheiro.

— Não se me dava também de comer alguma coisa. Temos razão para...

— Pois então — interrompeu Pereira — ponha pé no chão e pise forte, que o terreno é nosso. Minha casa, já lho disse, é pobre, mas bastante farta e a ninguém fica fechada.

Deu logo o exemplo, e descavalgou do cavalinho zambro, o qual foi por si correndo em direção a uma dependência da casa com formas de tosca estrebaria.

Apeou-se igualmente Cirino, mas, ao penetrar numa espécie de alpendre de palha que ensombrava a frente toda, mostrou repentina e viva contrariedade no gesto e na fisionomia.

— Ora, Sr. Pereira — exclamou ele batendo com o tacão da bota num sabugo de milho —, só agora é que me lembro que as minhas cargas vão todas tomar caminho do Leal e aqui me deixam sem roupa, nem medicamentos. Que maçada! Devíamos ter esperado na boca da sua picada.

Respondeu-lhe o mineiro todo desfeito em expansivo riso:

— Olé, pois o doutor é tão novato assim em viagens? Então pensa que lá não deixei aviso seguro à sua gente? Não se lembra de um ramo verde que pus bem no meio da estrada real?

— É verdade — confirmou Cirino.

— E então? Daqui a pouco a sua camaradagem está batendo o nosso rasto. Entremos, que a fome já vai apertando.

Consistia a morada de Pereira num casarão vasto e baixo, coberto de sapé, com uma porta larga entre duas janelas muito estreitas e mal abertas. Na parede da frente que, talvez com o peso da coberta, bojava sensivelmente fora da vertical, grandes rachas longitudinais mostravam a urgência de sérias reparações em toda aquela obra feita de terra amassada e grandes paus a pique.

Ao oitão da direita existia encostado um grande paiol construído de troncos de palmeiras, por entre os quais iam rolando as espigas de milho, com o contínuo fossar dos porquinhos, que dali não arredavam pé.

Corrido na frente de toda a vivenda, via-se um alpendre de palha de buriti, sustentado por grossas taquaras, ligeiro apêndice acrescentado por ocasião de alguma passada festa, em que o número de convidados ultrapassara os limites de abrigo da hospitaleira habitação.

Internamente era ela dividida em dois lanços: um, todo fechado, com exceção da porta por onde se entrava, e que constituía o cômodo destinado aos hóspedes, outro, à retaguarda, pertencia à família, ficando, portanto, completamente vedado às vistas dos estranhos e sem comunicação interna com o compartimento da frente.

Era de barro compacto e socado o chão desta sala, vendo-se nele sinais de que às vezes ali se acendia fogo: pelo que estavam o sapé do forro e o ripamento revestidos de luzidia e tênue camada de picumã que lhes dava brilho singular como se tudo fora jacarandá envernizado.

— Isso aqui — disse Pereira penetrando na sala e sentando-se numa tripeça de pau —, não é meu, é de quem me procura. Poucos vêm cá decerto parar, mas enfim, é sempre bom contar com eles... Minha gente mora na dependência dos fundos.

E apontou para a parede fronteira à porta de entrada, fazendo um gesto para mostrar que a casa se estendia além.

— Sr. Pereira — disse Cirino recostando-se a uma sólida marquesa —, não se incomode comigo de maneira alguma... Faça de conta que aqui não há ninguém.

— Pois então — retorquiu o mineiro — deite-se um pouco, enquanto vou lá dentro ver as novidades. A hora é mais de comer que de cochilar; mas espere deitadinho e a gosto, o que é sempre mais cômodo do que ficar de pé ou sentado.

Não desprezou o hóspede o convite. Tirou o pala, puxou as botas e, cruzando-as, fez dos canos travesseiros, em que descansou a cabeça.

Quem se coloca em posição horizontal, depois de vencidas umas estiradas léguas, adormece com certeza. Depressa veio, pois, o sono cerrar as pálpebras do recém-chegado e entumecer-lhe o peito com sossegada respiração.

Dormiu talvez hora e meia, e mais houvera dormido se não fosse acordado pelo tropel de animais que paravam, e por grita de gente a pôr cargas em terra.

Assomou Pereira à porta com ar jovial.

— Então, que lhe disse eu?

— De fato, estou agora sossegado.

— E o senhor tomou uma boa data[1] de sono.

— Quem sabe uma hora?

— Boa dúvida, se não mais. Fiquei todo esse tempo ao lado de *Nocência*, que de frio batia o queixo, como se estivesse agora em Ouro Preto, quando cai geada na rua.

— Então não vai melhor?

— Qual!... Depois que o senhor tiver comido, há de ir vê-la. Está, pobrezinha, tão desfeita que parece doente de uns três meses atrás.

— Felizmente — observou Cirino com alguma enfatuação —, aqui estou eu para pô-la de pé em pouco tempo.

— Deus o ouça — disse Pereira com verdadeira unção.

— Patrícios! Ó gente! — gritou ele em seguida para os dois camaradas chegados de pouco — vão mecês sentar naquele rancho, ali. Perto há boa água, e lenha é o que não falta: basta estender o braço. Olhem, deem ração de fartar aos animais. Aproveitem o milho, enquanto há: é a *sustância* desses bichos. Aqui, vendo-o baratinho. Um atilho[2] por um cobre[3] e não são espigas chochas, nem grão soboró.[4] Eh! lá! Maria Conga, vamos com isso!... *Janta* na mesa!...

Foram o chamado e as indicações de Pereira cumpridos sem demora.

Apareceu a velha escrava, que estendeu em larga e mal aplainada mesa uma toalha de algodão, grosseira, mas muito alva, sobre a qual derramou duas boas cuias de farinha de milho. Depois, emborcou um prato fundo de louça azul, e ao lado colocou uma colher e um garfo de metal.

---

[1] Quantidade, porção.

[2] Um atilho compõe-se de quatro espigas amarradas.

[3] Dois vinténs.

[4] Grão falhado.

— Sente-se, doutor — disse Pereira para Cirino. — Agora não "manduco" com mecê, porque já petisquei lá dentro. Desculpe se não achar a comida do seu agrado.

Vinha nesse momento entrando Maria Conga com dois pratos bem cheios e fumegantes, um de feijão cavalo, outro de arroz.

— E as ervas? — perguntou Pereira. — Não há?

— Nhor-sim. Eu trago já — respondeu a preta, que com efeito voltou daí a pouco.

Tornou o mineiro a desculpar-se da insuficiência e mau preparo da comida.

— Não lhe dou lombo de porco, mas o prometido não cai em esquecimento, isto lhe posso assegurar.

— Estou muito contente com o que há — protestou com sinceridade Cirino.

E, de fato, pelo modo por que começou a comer, repetindo animadas vezes dos pratos, deu evidentes mostras de que falava inteira verdade.

— Maria — disse Pereira para a escrava, que se fora colocar a alguma distância da mesa com os braços cruzados —, traz agora mel[5] e café com doce.[6]

— Ah! — exclamou Cirino com patente satisfação estirando os braços — fiquei que nem um ovo. O feijão estava de patente. Louvado seja Nosso Senhor Jesus Cristo, que me deu esse bom agasalho.

— Amém! — respondeu Pereira.

— Agora, amigo meu — disse o moço depois de pequena pausa —, estou às suas ordens; podemos ver a sua doentinha e aproveitar a parada da febre para mim[7] atalhá-la de pronto. Em tais casos, não gosto de adiantamentos.

Cobriu-se o rosto do mineiro de ligeira sombra: franziram-se os sobrolhos, e vaga inquietação lhe pairou na fronte.

---

[5] Melado.

[6] Rapadura de açúcar.

[7] É esta ocorrência comum no interior de todo o Brasil, e sobretudo na província de São Paulo.

— Mais tarde — disse ele com precipitação.

— Nada, meu senhor — retrucou Cirino. — Quanto mais cedo, melhor. É o que lhe digo.

— Mas que pressa tem mecê? — perguntou Pereira com certa desconfiança.

— Eu? — respondeu o outro sem perceber a intenção. — Nenhuma. É mesmo para bem da moça.

Acenderam-se os olhos de Pereira de repentino brilho.

— E como sabe que minha filha é moça? — exclamou com vivacidade.

— Pois não foi o senhor mesmo quem mo disse na prosa do caminho?

— Ah!... é verdade. Ela ainda não é moça... quatorze, quinze anos, quando muito... quinze e meio... Uma criança, coitadinha!...

— Enfim, — replicou o outro —, seja como for. Quando o senhor quiser, venha procurar-me. Enquanto espero, remexerei nas minhas malas e tirarei alguns remédios para tê-los mais à mão.

— Muito que bem — aprovou Pereira. — Bote os seus trens[8] naquele canto e fique descansado: ninguém bulirá neles. Quanto à minha filha... eu já venho... Dou um pulo lá dentro, e... depois conversaremos.

---

[8] Trem na província de Mato Grosso é uma das palavras mais empregadas e com as mais singulares acepções. Neste caso significa objetos, cargas etc.

Capítulo V

Aviso prévio

Onde há mulheres, aí se congregam todos os males a um tempo.

MENANDRO.

Nunca é bom que um homem sensato eduque seus filhos de modo a desenvolver-lhes demais o espírito.

EURÍPEDES, *Medeia.*

Filhos, sois para os homens o encanto da alma.

MENANDRO.

Estava Cirino fazendo o inventário da sua roupa e já começava a anoitecer, quando Pereira novamente a ele se chegou.

— Doutor — disse o mineiro —, pode agora mecê entrar para ver a pequena. Está com o pulso que nem um fio, mas não tem febre de qualidade nenhuma.

— Assim é bem melhor[1] — respondeu Cirino.

E, arranjando precipitadamente o que havia tirado da canastra, fechou-a e pôs-se de pé.

Antes de sair da sala, deteve Pereira o hóspede com ar de quem precisava tocar em assunto de gravidade e ao mesmo tempo de difícil explicação.

Afinal começou meio hesitante:

— Sr. Cirino, eu cá sou homem muito bom de gênio, muito amigo de todos, muito acomodado e que tenho o coração perto da boca, como vosmecê deve ter visto...

---

[1] Locução muito usual no interior.

— Por certo — concordou o outro.

— Pois bem, mas... tenho um grande defeito; sou muito desconfiado. Vai o doutor entrar no interior da minha casa e... deve portar-se como...

— Oh, Sr. Pereira! — atalhou Cirino com animação, mas sem grande estranheza, pois conhecia o zelo com que os homens do sertão guardam da vista dos profanos os seus aposentos domésticos — posso gabar-me de ter sido recebido no seio de muita família honesta e sei proceder como devo.

Expandiu-se um tanto o rosto do mineiro.

— Vejo — disse ele com algum acanhamento — que o doutor não é nenhum *pé-rapado*, mas nunca é bom facilitar... E já que não há outro remédio, vou dizer-lhe todos os meus segredos... Não metem vergonha a ninguém, com o favor de Deus, mas em negócios da minha casa não gosto de bater língua... Minha filha *Nocência* fez dezoito anos pelo Natal, e é rapariga que pela feição parece moça de cidade, muito ariscazinha de modos, mas bonita e boa deveras... Coitada, foi criada sem mãe, e aqui nestes fundões.[2] Tenho outro filho, este um latagão, barbado e grosso,[3] que está trabalhando agora em porcadas para as bandas do Rio.

— Ora, muito que bem, — continuou Pereira caindo aos poucos na habitual garrulice — quando vi a menina tomar corpo, tratei logo de casá-la.

— Ah! É casada? — perguntou Cirino.

— Isto é, é e não é. A coisa está apalavrada. Por aqui costuma labutar no costeio do gado para São Paulo um homem de mão-cheia, que talvez o senhor conheça... o Manecão Doca...

— Não — respondeu Cirino abanando a cabeça.

— Pois isso é um homem às direitas, desempenado e trabucador[4] como ele só... Fura estes sertões todos e vem tangendo[5] pontas de gado que metem pasmo. Também dizem

---

[2] Sertões.

[3] Gordo.

[4] Trabalhador.

[5] Verbo muito usado no interior.

que tem bichado[6] muito e ajuntado cobre grosso, o que é possível, porque não é gastador nem dado a mulheres. Uma feita que estava aqui de pousada... Olhe, mesmo nesse lugar onde estava mecê inda agorinha, falei-lhe em casamento... isto é, dei-lhe uns toques... porque os pais devem tomar isso a si para bem de suas famílias;[7] não acha?

— Boa dúvida — aprovou Cirino —, dou-lhe toda a razão; era do seu dever.

— Pois bem, o Manecão ficou *ansim* meio em dúvida; mas quando lhe mostrei a pequena, foi outra cantiga... Ah! Também é uma menina!...

E Pereira, esquecido das primeiras prevenções, deu um muxoxo expressivo, apoiando a palma da mão aberta de encontro aos grossos lábios.

— Agora, está ela um tanto desfeita; mas quando tem saúde é coradinha que nem mangaba do areal. Tem cabelos compridos e finos como seda de paina, um nariz mimoso e uns olhos matadores... Nem parece filha de quem é...

A gabos imprudentes era levado Pereira pelo amor paterno.

Foi o que repentinamente pensou lá consigo, de modo que, reprimindo-se, disse com hesitação manifesta:

— Essa obrigação de casar as mulheres é o diabo!... Se não tomam estado, ficam *jururus* e *fanadinhas*... se casam, podem cair nas mãos de algum marido malvado... E depois, as histórias!... Ih, meu Deus, mulheres numa casa, é coisa de meter medo... São redomas de vidro que tudo pode quebrar... Enfim, minha filha, enquanto solteira, honrou o nome de meus pais... O Manecão que se aguente, quando a tiver por sua... Com gente de saia não há que fiar... Cruz! botam famílias inteiras a perder, enquanto o demo esfrega um olho.

Essa opinião injuriosa sobre as mulheres é, em geral, corrente nos nossos sertões e traz como consequência imediata e prática, além da rigorosa clausura em que são mantidas, não só o casamento convencionado entre parentes

---

[6] Feito bichas, ganho dinheiro.

[7] Filhas.

muito chegados para filhos de menor idade, mas sobretudo os numerosos crimes cometidos, mal se suspeita possibilidade de qualquer intriga amorosa entre pessoa da família e algum estranho.

Desenvolveu Pereira todas aquelas ideias e aplaudiu a prudência de tão preventivas medidas.

— Eu repito — disse ele com calor —, isso de mulheres, não há que fiar. Bem faziam os nossos do tempo antigo. As raparigas andavam direitinhas que nem um fuso... Uma piscadela de olho mais duvidosa, era logo pau... Contaram-me que hoje lá nas cidades... arrenego!... Não há menina, por pobrezinha que seja, que não saiba ler livros de letra de forma e garatujar no papel... que deixe de ir a *fonçonatas* com vestidos abertos na frente como *raparigas fadistas* e que saracoteiam em danças e falam alto e *mostram os dentes* por dá cá aquela palha com qualquer *tafulão* malcriado... pois pelintras e beldroegas não faltam... Cruz!... Assim também é demais, não acha? Cá no meu modo do pensar, entendo que não se maltratem as coitadinhas, mas também é preciso não dar asas às formigas... Quando elas ficam taludas, atamanca-se uma festança para casá-las com um rapaz decente ou algum primo, e acabou-se a história...

— Depois — acrescentou ele abrindo expressivamente com o polegar a pálpebra inferior dos olhos —, cautela e faca afiada para algum meliante que se faça de[8] tolo e venha engraçar-se fora da vila e termo... Minha filha...

Pereira mudou completamente de tom:

— Pobrezinha... Por esta não há de vir o mal ao mundo... É uma pombinha do céu... Tão boa, tão carinhosa!... E feiticeira! Não posso com ela... Só o pensar em que tenho de entregá-la nas mãos de um homem, bole comigo todo... É preciso, porém. Há anos... devia já ter cuidado nesse arranjo, mas... não sei... cada vez que pensava nisso... caía-me a alma aos pés. Também é menina que não foi criada como as mais... Ah! Sr. Cirino, isto de filhos, são pedaços do coração que a gente arranca do corpo e bota a andar por esse mundo de Cristo.

---

[8] Fazer-se de, brasileirismo corrente no interior do país.

Umedeceram-se ligeiramente os cílios do bom pai.

— O meu mais velho para, Deus sabe onde... Se eu morresse neste instante, ficava a pequena ao desamparo... Também, era preciso acabar com esta incerteza... Além disso, o Manecão prometeu-me deixá-la aqui em casa, e deste modo fica tudo arranjado... isto é, remediado, filha casada é traste que não pertence mais ao pai.

Houve uns instantes de silêncio.

— Agora — prosseguiu Pereira com certo vexame — que eu tudo lhe disse, peço-lhe uma coisa: veja só a doente e não olhe para *Nocência*... Falei assim a mecê, porque era de minha obrigação... Homem nenhum, sem ser muito chegado a este seu criado, pisou nunca no quarto de minha filha... Eu lhe juro... Só em casos destes, de extrema percisão...

— Sr. Pereira — replicou Cirino com calma —, já lhe disse e torno-lhe a dizer que, como médico, estou há muito tempo acostumado a lidar com famílias e a respeitá-las. É este meu dever, e até hoje, graças a Deus, a minha fama é boa... Quanto às mulheres, não tenho as suas opiniões, nem as acho razoáveis nem de justiça. Entretanto, é inútil discutirmos, porque sei que isso são prevenções vindas de longe, e quem torto nasce, tarde ou nunca se endireita... O senhor falou-me com toda a franqueza, e também com franqueza lhe quero responder. No meu parecer, as mulheres são tão boas como nós, senão melhores. Não há, pois, motivo para tanto desconfiar delas e ter os homens em tão boa conta. Enfim, essas suas ideias podem quadrar-lhe à vontade, e é costume meu antigo a ninguém contrariar, para viver bem com todos e deles merecer o tratamento que julgo ter direito a receber. Cuide cada qual de si, olhe Deus para todos nós, e ninguém queira arvorar-se em palmatória do mundo.

Tal profissão de fé, expendida em tom dogmático e superior, pareceu impressionar agradavelmente a Pereira, que fora aplaudindo com expressivo movimento de cabeça a sensatez dos conceitos e a fluência da frase.

Capítulo VI

Inocência

Nesta donzela é que se acham juntas a minha vida e a minha morte.

HENOCH, *O livro da amizade.*

Jamais vira coisa tão perfeita como o seu rosto pálido, os olhos franjados de sedosos cílios muito espessos e o ar meigo e doentio.

GEORGE SAND, *Os mestres gaiteiros.*

Tudo, em Fenela, realçava a ideia de uma miniatura. Além do mais, havia em sua fisionomia e, sobretudo, no olhar extraordinária prontidão, fogo e atilamento.

WALTER SCOTT, *Peveril do Pico.*

Depois das explicações dadas ao seu hóspede, sentiu-se o mineiro mais despreocupado.

— Então — disse ele —, se quiser, vamos já ver a nossa doentinha.

— Com muito gosto — concordou Cirino.

E saindo da sala, acompanhou Pereira, que o fez passar por duas cercas e rodear a casa toda, antes de tomar a porta do fundo, fronteira a magnífico laranjal, naquela ocasião todo pontuado das brancas e olorosas flores.

— Neste lugar — disse o mineiro apontando para o pomar — todos os dias se juntam tamanhos bandos de graúnas, que é um barulho dos meus pecados. *Nocência* gosta muito disso e vem sempre coser debaixo do arvoredo. É uma menina esquisita...

Parando no limiar da porta, continuou com expansão:

— Nem o senhor imagina... Às vezes, aquela criança tem lembranças e perguntas que me fazem *embatucar*... Aqui, havia um livro de horas da minha defunta avó.

... Pois não é que um belo dia ela me pediu que lhe ensinasse a ler?... Que ideia!

... Ainda há pouco tempo me disse que quisera ter nascido princesa... Eu lhe retruquei: E sabe você o que é ser princesa? — Sei — me secundou[1] ela com toda a clareza, — é uma moça muito boa, muito bonita, que tem uma coroa de diamantes na cabeça, muitos lavrados[2] no pescoço e que manda nos homens... Fiquei meio tonto. E se o senhor visse os modos que tem com os bichinhos?!... Parece que está falando com eles e que os entende... Uma bicharia,[3] em chegando ao pé de *Nocência*, fica mansa que nem ovelhinha parida de fresco... Se fosse agora a contar-lhe histórias dessa rapariga, seria um não acabar nunca... Entremos, que é melhor...

Quando Cirino penetrou no quarto da filha do mineiro, era quase noite, de maneira que, no primeiro olhar que atirou ao redor de si, só pôde lobrigar, além de diversos trastes de formas antiquadas, uma dessas camas, muito em uso no interior; altas e largas, feitas de tiras de couro engradadas. Estava encostada a um canto, e nela havia uma pessoa deitada.

Mandara Pereira acender uma vela de sebo. Vinda a luz, aproximaram-se ambos do leito da enferma que, achegando ao corpo e puxando para debaixo do queixo uma coberta de algodão de Minas, se encolheu toda, e voltou-se para os que entravam.

— Está aqui o doutor — disse-lhe Pereira — que vem curar-te de vez.

— Boas noites, dona — saudou Cirino.

Tímida voz murmurou uma resposta, ao passo que o jovem, no seu papel de médico, se sentava num escabelo junto à cama e tomava o pulso à doente.

---

[1] Respondeu.

[2] Chamam-se lavrados na província de Mato Grosso colares de contas de ouro e adornos de ouro e prata.

[3] Animal.

Caía então luz de chapa sobre ela, iluminando-lhe o rosto, parte do colo e da cabeça, coberta por um lenço vermelho atado por trás da nuca.

Apesar de bastante descorada e um tanto magra, era Inocência de beleza deslumbrante.

Do seu rosto irradiava singela expressão de encantadora ingenuidade, realçada pela meiguice do olhar sereno que, a custo, parecia coar por entre os cílios sedosos a franjar-lhe as pálpebras, e compridos a ponto de projetarem sombras nas mimosas faces.

Era o nariz fino, um bocadinho arqueado; a boca pequena, e o queixo admiravelmente torneado.

Ao erguer a cabeça para tirar o braço de sob o lençol, descera um nada a camisinha de crivo que vestia, deixando nu um colo de fascinadora alvura, em que ressaltava um ou outro sinal de nascença.

Razões de sobra tinha, pois, o pretenso facultativo para sentir a mão fria e um tanto incerta, e não poder atinar com o pulso de tão gentil cliente.

— Então? — perguntou o pai.

— Febre nenhuma — respondeu Cirino, cujos olhos fitavam com mal disfarçada surpresa as feições de Inocência.

— E que temos que fazer?

— Dar-lhe hoje mesmo um suador de folhas de laranjeira da terra a ver se transpira bastante e, quando for meia-noite, acordar-me para vir administrar uma boa dose de sulfato.

Levantara a doente os olhos e os cravara em Cirino, para seguir com atenção as prescrições que lhe deviam restituir a saúde.

— Não tem fome nenhuma — observou o pai. — Há quase três dias que só vive de beberagens. É uma ardência contínua, isso até nem parecem maleitas.

— Tanto melhor — replicou o moço. — Amanhã verá que a febre lhe sai do corpo, e daqui a uma semana sua filha está de pé com certeza. Sou eu que lho afianço.

— Fale o doutor pela boca de um anjo — disse Pereira, com alegria.

— Hão de as cores voltar logo — continuou Cirino.

Ligeiramente enrubesceu Inocência e descansou a cabeça no travesseiro.

— Por que amarrou esse lenço? — perguntou em seguida o moço.

— Por nada — respondeu ela com acanhamento.

— Sente dor de cabeça?

— Nhor-não.

— Tire-o, pois: convém não chamar o sangue. Solte, pelo contrário, os cabelos.

Inocência obedeceu e descobriu uma espessa cabeleira, negra como o âmago da cabiúna e que em liberdade devia cair abaixo da cintura. Estava enrolada em bastas tranças, que davam duas voltas inteiras ao redor do cocoruto.

— É preciso — continuou Cirino — ter de dia o quarto arejado e pôr a cama na linha do nascente ao poente.

— Amanhã de manhãzinha hei de virá-la — disse o mineiro.

— Bom, por hoje então, ou melhor, agora mesmo, o suador. Fechem tudo, e que a dona sue bem. À meia-noite, mais ou menos, virei aqui dar-lhe a mezinha. Sossegue o seu espírito e reze duas Ave-Marias para que a quina faça logo efeito.

— Nhor-sim — balbuciou a enferma.

— Não lhe dói a luz nos olhos? — perguntou Cirino, achegando-lhe um momento a vela ao rosto.

— Pouco... um nadinha.

— Isso é bom sinal. Creio que não há de ser nada.

E levantando-se, despediu-se:

— Até logo, sinhá-moça.

Depois do que, convidou Pereira a sair.

Este acenou para alguém que estava num canto do quarto e na sombra.

— Ó Tico — disse ele —, venha cá...

Levantou-se, a este chamado, um anão muito entanguido, embora perfeitamente proporcionado em todos os seus membros. Tinha o rosto sulcado de rugas, como se já fora entrado em anos; mas os olhinhos vivos e a negrejante guedelha mostravam idade pouco adiantada. Suas perninhas um tanto arqueadas terminavam em pés largos e chatos que, sem grave desarranjo na conformação, poderiam pertencer a qualquer palmípede.

Trajava comprida blusa parda sobre calças que, por haverem pertencido a quem quer que fosse muito mais alto, formavam embaixo volumosa rodilha, apesar de estarem dobradas. À cabeça, trazia um chapéu de palha de carandá sem copa, de maneira que a melena lhe aparecia toda arrepiada e erguida em torcidas e emaranhadas grenhas.

— Oh! — exclamou Cirino ao ver entrar no círculo de luz tão estranha figura. — Isso deveras é um tico[4] de gente.

— Não anarquize[5] o meu Tonico — protestou sorrindo-se Pereira. — Ele é pequeno... mas bom. Não é, meu *nanico*?

O homúnculo riu-se, ou melhor, fez uma careta mostrando dentinhos alvos e agudos, ao passo que deitava para Cirino olhar inquisidor e altivo.

— O senhor vê, doutor — continuou Pereira —, essa criaturinha de Cristo ouve perfeitamente tudo quanto se lhe diz e logo compreende. Não pode falar... isto é, sempre pode dizer uma palavra ou outra, mas muito a custo e quase a estourar de raiva e de canseira. Quando se mete a querer qualquer coisa, é um barulho dos seiscentos, uma gritaria dos meus pecados, onde aparece uma voz aqui, outra acolá, mais cristãzinhas no meio da barafunda.

— É que não lhe cortaram a língua — observou Cirino.

— Não tinha nada que cortar — replicou Pereira. — De nascença é o defeito e não pode ser remediado. Mas isto é um diabrete — que cruza este sertão de cabo a rabo, a todas as horas do dia e da noite. Não é verdade, Tico?

O anão abanou a cabeça, olhando com orgulho para Cirino.

— Mas é filho aqui da casa? — perguntou este.

— Nhor-não; tem mãe à beira do Rio Sucuriú, daqui a quarenta léguas, e envereda de lá para cá num instante, vindo a pousar pelas casas, que todas o recebem com gosto, porque é bichinho que não faz mal a ninguém. Aqui fica duas, três e

---

[4] Pedaço.

[5] Ridicularize.

mais semanas e depois dispara como um mateiro[6] para a casa da mãe. É uma espécie de cachorro de Nocência. Não é, Tico?

Fez o mudo sinal que sim e apontou com ar risonho para o lado da moça.

Pereira, depois de todas aquelas explicações que o anão parecia ouvir com satisfação, disse, voltando-se para este, ou melhor abaixando-se em cima da sua cabeça:

— Agora, meu filho, vai ao curral grande e apanha para mim[7] uma mãozada de folhas de laranjeira da terra... daquele pé grande que encosta na *tronqueira*.

Mostrou o homúnculo com expressivo gesto que entendera e saiu correndo.

Ia Cirino deixar o quarto, não sem ter olhado com demora para o lugar onde estava deitada a enferma, quando Pereira o chamou:

— Ó doutor, *Nocência* quer beber uma pouca de água... Fará mal?

— Aqui não há limões doces? — indagou o moço.

— É um nunca acabar... e dos melhores.

— Pois então faça sua filha chupar uns gomos.

Pereira, depois de ter paternalmente arranjado e disposto os cobertores ao redor do corpo da menina, acompanhou Cirino que, parado à porta de saída, estava mirando as primeiras estrelas da noite.

— Vosmecê achou, doutor — perguntou o mineiro com voz um tanto trêmula —, algum perigo no que tem aquele anjinho?

— Não, absolutamente não, respondeu Cirino. — Verá o senhor que, daqui a três dias, sua filha não tem mais nada.

— Malditas febres!... Quando não derrubam um cristão, o amofinam anos inteiros... Eu não quisera que minha filha ficasse esbranquiçada, nem feia... As moças quando não são bonitas é que estão doentes... Ah! Mas ia me esquecendo dos limões-doces... Que cabeça!...

---

[6] Veado do mato.

[7] Esse *para mim* é acréscimo obrigatório em certas locuções do sertão.

Adiantou-se Pereira no terreiro e, pondo as mãos junto à boca, chamou com voz forte:

— Ó Tico!

Prolongado grito respondeu-lhe a certa distância.

O mineiro pôs-se a assobiar com modulações à maneira dos índios.

Houve uns momentos de silêncio, depois veio correndo o anão e, chegando-se para perto, mostrou por sinais que não ouvira bem o recado.

— Uns limões doces, já!... *Nocência* está com sede...

Disparou o pequeno como uma seta, sumindo-se logo na densa escuridão que já se espessara entre as árvores do pomar.

Capítulo VII

O naturalista

A minha filosofia toda resume-se em opor a paciência às mil e uma contrariedades de que a vida está inçada.

HOFFMANN, *O reflexo perdido.*

Serena e quase luminosa corria a noite. No puro campo do céu cintilava, com iriante brilho, um sem-número de estrelas, projetando na larga fita da estrada do sertão misteriosa e dúbia claridade.

Pelo caminhar dos astros havia de ser quase meia-noite; e, entretanto, a essa hora morta, em que só vagueiam à busca de pasto os animais bravios do deserto, vinham a passo lento, pelo caminho real, dois homens, um a pé, outro montado numa besta magra e já meio estafada.

Mostrava o pedestre ser, como de feito era, um simples camarada, e vinha com grossa e comprida vara na mão tangendo diante de si lerdo e orelhudo burro, sobre cujo lombo se erguia elevada carga de canastras e malinhas, cobertas por um grande ligal.

Quem estava montado e cavalgava todo encurvado sobre o selim, com as pernas muito estiradas e abertas, parecia entregue a profunda cogitação. Devia ser homem bastante alto e esguio e, como o observamos, apesar da hora adiantada da noite, com olhos de romancista, diremos desde já que tinha rosto redondo, juvenil, olhos gázeos, esbugalhados, nariz pequeno e arrebitado, barbas compridas, escorrido bigode e cabelos muito louros. O seu traje era o comum em viagem: grandes botas, paletó de alpaca em extremo folgado, e chapéu do chile desabado. Trazia, entretanto, a tiracolo, umas quatro ou cinco caixinhas de lunetas ou quaisquer outros instrumentos especiais, e na mão segurava um pau fino e roliço, preso a uma sacola de fina gaze cor-de-rosa.

Homem de meia-idade, de fisionomia vulgar e balorda, era o camarada, e, pelos modos e impaciência com que fustigava o animal de carga, indicava não estar afeito ao gênero de vida que exercia.

Em silêncio e na ordem indicada, caminhava a tropinha: o burro carregado na frente, logo atrás o inábil recoveiro; em seguida, fechando a marcha, o viajante encarrapitado na magra cavalgadura.

Houve momento em que, depois de algumas pauladas de incitamento, pareceu querer o cargueiro protestar contra o tratamento que tão fora de hora recebia e, fincando os pés na areia, resolutamente parou.

Provocou a relutância, porém, uma chuva de verdadeiras cacetadas que ecoaram longe e se confundiam com os brados e pragas do camarada.

— Burro do diabo! — berrava ele. — Mil raios te partam, bicho danado! Arrebenta de uma vez!... *Vá* para os infernos! Entrega a carcaça aos urubus!

Durante uns bons minutos, o cavaleiro, que fizera parar o seu animal, esperou pacientemente qualquer resultado: ou que a renitente azêmola se desse afinal por convencida e avançasse, ou então estourasse.

— *Juque* — disse ele de repente, com acento fortemente gutural e que denunciava a origem teutônica —, se porretada chove assim no seu lombo, *vóce* gosta?

O homem a quem haviam dado o nome de Juca, voltou-se com arrebatamento:

— Ora, *Mochú*, isto é um perverso sem-vergonha, que deve morrer debaixo do pau. Esta vida não me serve!...

— Mas, *Juque* — replicou o alemão com inalterável calma —, quem sabe se a cangalha não está ferindo a pobre criatura?

— Qual! — bradou o camarada. — Isso é manha só. Conheço esse safado, esse infame, esse...

E, levantando o varapau, descarregou tal paulada no traseiro do animal que lhe fez soltar surdo gemido de dor.

— *Juque* — observou o patrão em tom pausado —, quem sabe se na frente há pau caído ou pedra, que não deixa ele ir para diante?

— Pedra, *Mochu*, e pau na cabeça até rachá-la, é de que precisa este ladrão...

— Vê, *Juque* — insistiu o alemão.

— Ora, *Mochu*...

— Vê, sempre...

Saiu resmungando o camarada de detrás do burrego e deu a volta.

Na frente avistou logo o ramo quebrado que Pereira deixara cair no meio da estrada para desviar os companheiros de Cirino.

— Uê! Uê! — exclamou com muita surpresa. — Aqui esteve alguém e pôs este sinal para que não se passasse...

— Eu não disse a *vóce*... — replicou o cavaleiro com voz até certo ponto triunfante. Asno tem razão: para diante há alguma coisa.

— Mas na vila — contestou José — nos disseram que o caminho vai sempre direitinho sem atrapalhação nenhuma...

— Na vila disseram isso — confirmou o outro.

— E então?

— E então? repetiu o alemão.

Houve uns segundos de silêncio.

Depois o cavaleiro acrescentou com a mesma imperturbável serenidade, e como que achando explicação muitíssimo natural:

— Na vila muita gente não sabe caminho. É...

— Mil milhões de diabos — interrompeu o camarada todo frenético —, levem o gosto de andar por esses matos do inferno a horas tão perdidas! Eu bem disse a *Mochu*, ninguém viaja assim. Isto é uma calamidade...

— *Juque* — atalhou por seu turno o patrão — o que é que adianta estar a berrar como um danado?... Olhe, antes, se por aí você não vê algum caminho do lado.

Obedeceu o outro e sem dificuldade achou a entrada da picada que levava à morada de Pereira.

— Está aqui, *Mochu*, está aqui! — anunciou ele com alegria. — É um trilho que corta a estrada e vai dar nalguma casa pertinho:

Mudando repentinamente de tom, observou com voz tristonha:

— Contanto que até lá não haja alguma légua de beiço...

— Ah! Eu não disse... — respondeu o alemão. — Agora toque burro devagarinho; ele anda que nem vento.

Pareceu o animal compreender o alcance moral da vitória que acabara de colher e prestes enveredou pela trilha com alento novo e até desusada celeridade.

A razão é que também daí a pouco sorvia ele, teimoso e marralheiro bicho, como soem ser os da sua espécie, a bela água do ribeirão, em que se haviam refrescado as cavalgaduras de Cirino e de Pereira.

Capítulo VIII

Os hóspedes da meia-noite

Sei, sim, sei que é noite!

XAVIER DE MAISTRE, *Viagem ao redor do meu quarto.*

Não tardou muito que os dois noturnos viajantes começassem a ouvir os latidos furiosos dos cães que, no terreiro de Pereira, denunciavam aproximação de gente suspeita junto à casa entregue à sua vigilante guarda.

— Por aqui perto fica algum rancho, *Mochu* — avisou o camarada. — Havemos enfim de descansar hoje... Mas, que gritaria faz a cachorrada!... São capazes de nos engolir antes que venha alguém saber se somos cristãos ou não... Safa! Que canzoada!... Ó *Mochu*, o senhor deve ir na frente... rompendo a marcha...

— Você — respondeu o alemão — bate neles com cacete...

— Nada — retrucou José com energia —, isso não é do ajuste... Quem está montado, caminhe adiante... Ainda por cima agora essa!

Depois de resmonear algum tempo, exclamou:

— Ah! espere, já me lembrei de uma coisa... O filho do velho é mitrado...

E, dizendo esta palavra, de um só pulo montou na anca do cargueiro, que, ao sentir aquele inesperado acréscimo de peso, parou por instantes e com surdo ronco procurou lavrar um protesto.

— *Juque* — observou o alemão sem a menor alteração na voz —, assim burro quebra cadeira. Depois morre... e *vóce* tem de levar as cargas dele às costas...

Quis o camarada encetar nova discussão, mas a esse tempo chegavam ao terreiro, onde o ataque furioso dos cães justificou a medida preventiva de José, o qual entrou, todo encolhido atrás das cargas, a gritar como um possesso:

— Ó de casa! Eh! Lá, gentes! Ó amigos!

Aumentou a algazarra da cachorrada por tal modo que os tropeiros de Cirino, pousados no rancho próximo, acordaram e bradaram juntos:

— Que diabo é isso? Temos matinada de lobisomens?

Abriu-se nesse momento a porta da casa e apareceu Cirino à frente de Pereira, trazendo este uma vela que com a mão aberta amparava da brisa noturna.

— Quem vem lá? — clamaram os dois a um tempo.

— Camarada e viajante — respondeu com voz forte e simpática o alemão, achegando-se à luz e tratando de descer da cavalgadura. — Quem é o dono desta casa?

— Está aqui ele — respondeu Pereira levantando a vela acima da cabeça para dar mais claridade em torno de si.

— Muito bem — replicou o recém-chegado. — Desejo agasalho para mim e para o meu criado e peço muitas desculpas por chegar tão tarde.

Aproximara-se também o José, cuidando logo, no meio de muxoxos e pragas, de pôr em terra a carga do burrinho, o qual amarrara pelo cabresto a uma vara fincada no chão.

— Mas — observou Cirino — que faz o senhor por estas horas mortas a viajar?

— Deixe o homem entrar — atalhou Pereira — e acomodar-se com o que achar... Pois, meu senhor, desapeie. Bem-vindo seja quem procura teto que é meu.

— Obrigado, obrigado! — exclamou com efusão o estrangeiro.

E, apresentando a larga mão, apertou com tal força as de Cirino e Pereira que lhes fez estalar os dedos.

Em seguida, penetrou na sala e tratou logo de arranjar os objetos que trazia a tiracolo, colocando-os cuidadosa e metodicamente em cima da mesa, no meio dos olhares de espanto trocados por quantos o estavam rodeando.

Na verdade, digna de reparo era aquela figura à luz da bruxoleante vela de sebo; compridas pernas, corpo pequeno, braços muito longos e cabelos quase brancos, de tão louros que eram.

— Será algum bruxo? — perguntou a meia voz Cirino a Pereira.

— Qual! — respondeu o mineiro com sinceridade. — Um homem tão bonito, tão bem limpo![1]

Entrara José com uma canastra ao ombro e, descarregando-a no canto menos escuro do quarto, julgou dever, sem mais demora, declinar a qualidade e importância da pessoa que lhe servia de amo.

— O senhor aqui é doutor — disse ele apontando para o alemão e dirigindo-se para Cirino...

— Doutor? — exclamou este com despeito.

— Sim, mas doutor que não cura doenças. É *alamão*, lá da *estranja*, e vem desde a cidade de São Sebastião do Rio de Janeiro caçando *anicetos* e picando *barboletas*...

— *Barboletas*? — interrompeu com admiração Pereira.

— Acui cui![2] Por todo o caminho vem apanhando bichinhos. Olhem... aquele saco que ele traz...

— O meu camarada — avisou com toda a tranquilidade e pausa o naturalista — é muito falador. Os senhores tenham paciência... Ande, *Juque*, deixe de tagarelar!

— Não — protestou Pereira levado de curiosidade —, é bom saber com quem se lida... Então o senhor vem matando "anicetos"? Mas para que, Virgem Santíssima?!...

— Para quê? — retrucou o camarada descansando as mãos na cintura. — O patrão e eu já temos mandado mais de dez caixões todos cheinhos lá para as terras dele...

— Depois o país fica sem borboletas — respondeu Cirino, num assomo de despeitado patriotismo.

— Mas como é que o senhor se chama? — perguntou Pereira, voltando-se para o alemão que estava virado para a

[1] Bem vestido.
[2] Afirmação usada pelo povo, correspondente a *sim*.

parede a contemplar um desses grandes e sombrios lepidópteros, da espécie dos esfinges.

— *Juque* — disse ele sem lhe importar a interpelação e acenando para o camarada —, depressa... um alfinete, dos grandes... dos maiores...

—Temos história — avisou José, fazendo expressivo sinal a Cirino, — o senhor vai ver...

O naturalista, de posse de um comprido acúleo, fincou-o com segura e adestrada mão bem no meio do inseto, o qual começou a bater convulsamente as asas e girar em torno do centro a que estava preso.

— A pita! A pita! — exclamou o patrão. — Vamos, *Juque*.

Satisfez José o pedido, depois de abrir uma malinha, onde já estavam enfileirados e espetados vinte ou trinta bonitos bichinhos.

— É uma *satúrnia*... e não comum — murmurou o alemão fisgando num pedaço de pita o novo espécime, sobre o qual derramou algumas gotas de clorofórmio, de um vidrinho que sacou dum dos muitos bolsos da sobrecasaca.

— O senhor é viajante zoologista, não é? — perguntou Cirino, depois que viu terminada a operação.

O interrogado levantou a cabeça com surpresa e respondeu todo risonho:

— Sim, senhor; sim, senhor! Como é que o senhor o soube? Viajante naturalista, sim, senhor! Eu vejo que o senhor é muito instruído... Muito bem, muito bem! Muita instrução!

E, abrindo uma carteira de notas, escreveu logo umas linhas tortuosas.

— Ah! Este também é doutor — disse Pereira com certo orgulho por hospedar em sua casa sabichão de tal quilate.

— Oh! Doutor? Doutor? Muito bem, muito bem. Doutor que *curra*?

— Sim, senhor — respondeu com gravidade o próprio Cirino.

— Ah!... Ah! — Muito bem.

Pereira, porém, voltara à carga.

— Mas, como é que o senhor se chama?

— Meyer — respondeu o alemão. — Para o servir.

— *Maia*?[3] — perguntou o mineiro.

— Não, senhor, Meyer; sou da Saxônia, da Alemanha.

— Isto deve ser o mesmo que Maia na terra dele — observou Pereira, abaixando um pouco a voz.

O camarada José, entretanto, trouxera para dentro todas as malas e canastras e sem cerimônia alguma intrometeu-se na conversação.

— Este *Mochu* — disse — vem de muito longe só por causa dessas histórias de *barboletas*, e com o negócio ganha coco grosso... Quanto a mim...

— *Juque* — atalhou Meyer com fleuma —, vai "bota" os animais no pasto.

— Não — disse Pereira —, solte-os no terreiro até raiar o dia; roerão o que acharem; há por aí muito resto de milho nos sabugos...

— Pois é o que fiz — declarou o camarada. — Mas como lhes dizia, sou carioca do Rio de Janeiro, chamo-me José Pinho e venho de bem longe acompanhando este *alamão*, que é um homem muito de bem.

— É verdade? — indagou Pereira, olhando para Meyer.

Este esbugalhou mais os olhos e confirmou tudo com um sinal gutural que ecoou em toda a sala.

— Ele o que tem — continuou José — é que é muito teimoso. Eu lhe digo, sempre: *Mochu*, isso de viajar de noite é uma tolice e uma canseira à toa... Qual! Pensa lá no seu bestunto que assim é melhor. Também a gente anda por essas estradas a fora como se fosse alma do outro mundo a penar... Algum currupira... ou boitatá... Cruzes!

— Pois, senhor *Maia* — disse Pereira —, tome posse desta sala, e faça de conta que é sua... Se quiser uma rede...

— Muito obrigado, muito obrigado!... Minha cama é canastra. Não se incomode...

— Amanhã então conversaremos — concluiu Pereira, esfregando as mãos de contente.

---

[3] O ditongo *ei* pronunciando-se em alemão *ai*, muito natural é a pergunta de Pereira e as confusões que faz com esse nome.

Prometia-lhe na verdade a companhia boas ocasiões de dar largas à volubilidade, sobretudo com o tal José Pinho, filho da Corte do Rio de Janeiro e, pelo que parecia, tagarela de grande força.

— Assim, pois — disse Pereira —, durmam bem o restante da noite.

E abriu a porta para se retirar.

— Ui! — exclamou ele olhando para o céu. — Doutor, já passa muito da meia-noite... Com a breca, o Cruzeiro está virando de uma vez...

Cirino, que tornara a deitar-se, com presteza calçou as botas e tomou uns papeizinhos que de antemão preparara e pusera a um canto da mesa.

— Não faz mal — disse — já estou com tudo pronto e em tempo havemos de dar o remédio. Vá o senhor deitar uma pouca de café num pires e acorde sua filha, caso esteja dormindo, como é muito natural depois do suador.

Saiu então Pereira, levando a vela e, acompanhado de Cirino, deu volta à casa para buscar a entrada dos aposentos interiores.

Ficaram, pois, o alemão e seu criado em completa escuridão; ambos, porém, já estirados a fio comprido, um em cima das canastras, tendo por travesseiro roliça maleta, outro sobre o ligal aberto e estendido no meio do aposento.

— Ó *Mochu* — perguntou José, que mastigava qualquer coisa — está já ferrado?

— Ferrado? — replicou Meyer levantando a cabeça. — Que é isso agora?

— Pergunto se já pegou no sono.

— Pois, *Juque*, se eu falo, como é que posso estar dormindo?

— Então não quer petiscar?

— Comer, não é?

— Está visto.

— Oh! Se tivesse!... Pensava agora nisso...

— Pois eu estou "manducando"... Quer um bocadinho?

— Que é que *vóce* me dá?

— Rapadura com farinha de milho... Está deveras de patente!... Gostoso como tudo...

— Então, *Juque*, passe-me um pouco.

Levantou-se o ofertante com toda a boa vontade e às apalpadelas começou a procurar a cama do patrão, o que só conseguiu depois de ter esbarrado na mesa e numas cangalhas velhas atiradas a um canto da sala.

Afinal agarrou num dos pés do naturalista, a quem entregou uma nesga de rapadura e uns restos de farinha embrulhados em papel, pitança mais que sóbria, que foi devorada com satisfação pelo bom do saxônio.

Capítulo IX

O medicamento

Não tendes que labutar com doente muito grave, e eis o serviço que de vós espero...

HOFFMANN, *A porta entaipada.*

Quem me poderá dizer por que me parece tão duro o leito?... Por que passei esta noite que se me figurou tão longa, sem gozar um momento de sossego?... Surge a verdade: em meu seio penetraram as agudas setas do amor.

OVÍDIO, *Elegia II.*

Quando Cirino entrou no quarto de Inocência, já estava ela acordada. Sentara-se o pai à cabeceira da cama, a cujos pés se acocorara Tico, o anão, sobre uma grande pele de onça.

— Então — perguntou o médico tomando o pulso à mimosa doente, como se sente?

— Melhor — respondeu ela.

— Suou bastante?

— Ensopei três camisas.

— Muito bem... Agora a senhora está com a pele fresquinha que mete gosto. Isso de sezões, não é nada, se a gente acode a tempo e o sangue não tem maus humores. Mas quando tomam conta do corpo, nem o demo com ela pode. Que é do café? — pediu ele em seguida a Pereira.

— Já vem já... Homem, vou eu mesmo buscá-lo, lá à cozinha. A Maria Conga está ficando uma verdadeira lesma. Venha para aqui e espere-me um *nadinha.*

Levantando-se então da cadeira, indicou-a a Cirino, a quem fez sentar antes de sair.

Ficou este, pois, ao lado da menina e, como sobre o lindo rosto batesse de chapa a luz colocada numa prateleira da parede, pôs-se a contemplá-la com enleio e vagar, ao passo que da sua parte o anão lhe deitava olhares inquietos e algo sombrios.

Pousara Inocência a cabeça no travesseiro e, para ocultar a perturbação de se ver tão de perto observada, fingia dormir. Pelo menos tinha as grandes pálpebras cerradas e o rosto sereno; mas arfava-lhe apressado o peito e, de vez em quando, fugaz rubor lhe tingia as faces descoradas.

Pereira tardava; e Cirino com os olhos fixos, a fisionomia meditativa e um pouco de palidez, que denunciava a íntima comoção, não se fartava de admirar a beleza da gentil doente.

Uma vez, entreabriu os olhos e a medo atirou um olhar que se cruzou com o do mancebo, olhar rápido, instantâneo, mas que lhe repercutiu direto ao coração e lhe fez estremecer o corpo todo.

Sem saber por que, batia-lhe o queixo e um arrepio de frio lhe circulava nas veias.

— Sente mais febre? — perguntou Cirino muito baixinho.

— Não sei — foi a resposta, e resposta demorada.

— Deixe-me ver o seu pulso.

E tomando-lhe a mão, apertou-a com ardor entre as suas, retendo-a, apesar dos ligeiros esforços que para retrair empregou ela por vezes.

Nisso, entrou Pereira. Inocência fechou com presteza os olhos e Cirino voltou-se rapidamente, levando um dedo aos lábios para recomendar silêncio.

— Está dormindo — avisou com voz sumida.

— Ora — disse Pereira no mesmo tom —, a tal Maria Conga deixou entornar a cafeteira, de *maneiras* que precisei fazer outra porção. Demorei muito?

— Não — respondeu Cirino com toda a sinceridade.

— Mas agora — observou Pereira —, é mister acordar a pequerrucha.

— Não há outro remédio.

Chegou-se o pai à cama e, com todo o carinho, chamou:

— *Nocência*! *Nocência*! E como não a visse despertar logo, sacudiu-a com brandura até que ela abrisse uns olhos espantados.

— Apre! Que sono! — disse o bondoso velho. — Num instante que fui lá dentro?!... Vamos, são horas de tomar a mezinha.

Deitara Cirino sulfato de quinina no café e diluía-o vagarosamente.

— Olhe, dona — aconselhou ele —, beba de um só trago e chupe, logo depois, uns gomos de limão doce.

— Então é muito mau? — choramingou a doente.

— É amargo, mas num gole mecê toma isto.

— Papai, — recalcitrou a moça. — Não quero... eu não quero.

— Ora, filhinha do meu coração, não se *canhe;*[1] é preciso... Amanhã há de você sentir-se boa; não é doutor?

— Com certeza, se tomar esta poção — assegurou Cirino.

— Depois, quando eu ir lá à vila, hei de trazer para você uma coisa bonita... uns lavrados.[2] Ouviu?

— Nhor-sim.

— Ande, Tico — acrescentou o mineiro voltando-se para o anão — vai depressa buscar limão doce; na cozinha há um meio cascado.[3]

— Tome, dona — implorou por seu turno Cirino, aproximando o pires da boca da formosa medicanda.

Levantou esta uns olhos súplices e, agarrando resolutamente o remédio, bebeu-o todo de um jato.

Depois deu um suspiro de enjoo e ficou com os lábios entreabertos, à espera que o adocicado sumo do limão lhe tirasse o amargor do medicamento.

— Então! — exclamou Pereira. — Era maior o medo que a coisa em si! Você tomou a dose numa *relancina*.

---

[1] Acanhar-se, amofinar-se.

[2] Contas de ouro.

[3] Em toda a província de Mato Grosso e em geral no interior diz-se cascar por descascar. Dizem até cascar um boi por esfolá-lo, tirar-lhe o couro.

— Amanhã de manhã, ou melhor, hoje de madrugada, temos que engolir outra dose, declarou Cirino. Depois, a dona, poderá levantar-se.

— Ainda outra? — protestou Inocência com gesto de amuo.

— Nhã, sim; é de toda a *percisão* — replicou o amoroso médico, modificando pela suavidade da voz a dureza das prescrições.

— Decerto — corroborou também Pereira.

— Depois deve mecê deixar de comer carne fresca, ervas, ovos ou farinha de milho por um mês inteiro, e de provar leite por muito tempo. Há de sustentar-se só de carne de sol bem seca, com arroz quase sem sal e por cima tomará café com muito pouco doce.[4]

— Fica ao meu cuidado — asseverou Pereira — olhar para o rejume.[5]

— Agora, durma bem e não se assuste de lhe aparecer zoeira nos ouvidos e até de se sentir mouca. Isto é da mezinha; pelo contrário, é muito bom sinal.

— Estes doutores sabem tudo — murmurou Pereira, dando ligeiro estalo com a língua.

Não se descuidou Cirino, antes de se retirar, de novamente tomar o pulso e, à conta de procurar a artéria, assentou toda a mão no punho da donzela, envolvendo-lhe o braço e apertando-o docemente.

Saiu-se mal de tudo isso porque se tratava da cura de alguém, para si arranjava enfermidade e bem grave.

Com efeito, de volta à sala dos hóspedes, não pôde mais conciliar o sono e, sem que houvesse conseguido fruir um só momento de descanso, viu raiar a aurora. Parecia-lhe que o peito ardia todo em chamas a subirem-lhe às faces, abrasando-lhe o pensamento.

Aquele venusto rosto que contemplara a sós, aqueles formosos olhos, cujo brilho a furto percebera, aquele colo alabastrino que a medo se descobrira, aquelas indecisas

---

[4] Açúcar.

[5] Corruptela de "regime"

curvas de um corpo adorável, todo aquele conjunto harmonioso e encantador que vira à luz de frouxa vela, fatalmente o lançavam nesse pélago semeado de tormentos que se chama paixão!

Efeitos de tão temível mal já ia o mísero sentindo. Inquieto se revolvia (fato virgem!) no duro leito, ao passo que a respiração isocrônica e ruidosa do companheiro de hospedagem, o alemão Meyer, respondia ao sonoro ressonar do gárrulo José Pinho.

Capítulo X

A carta de recomendação

Aquele bom velho, cuja benévola hospitalidade não tinha limites, julgara do seu dever tratar do melhor modo possível a Waverley, fosse ele o último camponês saxônio... Mas o título de amigo de Fergus fê-lo considerar como precioso depósito, merecedor de toda a sua solicitude e da mais atenta obsequiosidade.

WALTER SCOTT, *Waverley*.

Quando Meyer abriu os olhos, já achou Cirino de pé, arranjando uma canastrinha.

— Oh! — exclamou ele em tom de louvor. — O senhor madruga muito.

— É verdade — replicou o outro, um tanto melancólico.

— E *Juque* ainda dorme!... Este *Juque* parece mais um tatu do que um homem... Todo dia o estou acordando...

E juntando o feito ao dito, foi o pachorrento amo sacudir o criado. Depois de se espreguiçar à vontade, sentou-se este no couro em que dormira, e pôs-se a esfregar com todo o vagar os olhos papados ainda cheios de sono.

— Deus esteja com vossuncês — disse ele entre dois bocejos. — Ora, *Mochu*, o senhor acordou-me no melhor do sono. Estava sonhando que voltara para o Rio de Janeiro e ia acompanhando uma música pelo largo do Rocio afora. Conhece o largo do Rocio? — perguntou a Cirino.

— Não — respondeu-lhe este.

— Xi! Que largo! Hein, *Mochu*?

E novo bocejo cortou-lhe a descrição da louvada praça.

— *Juque* — exclamou Meyer coçando a barba com ar alegre, — o dia hoje está claro e bonito. Havemos de apanhar pelo menos umas doze borboletas novas.

— E quanto me dá *Mochu*, se eu agarro vinte e cinco?

— Vinte e cinco? — repetiu o alemão com alguma dúvida.

— Sim, vinte e cinco... e até mais, vinte e seis. Diga, quanto me dá?

— Oh! Eu dou a você dois mil réis.

— Está dito, fecho o negócio. Eu cá sou assim, pão, pão, queijo, queijo; tão certo como chamar-me José Pinho, seu criado, carioca de nascimento e batizado na freguesia da Lagoa, lá para as bandas do Brocó, e...

— Agora — interrompeu Meyer — vá buscar água para lavar a cara, e tire sabão e pente na canastra.

— Olhe, senhor doutor — continuou o camarada sentado sempre e voltando-se para o lado de Cirino —, esta minha vida é levada de seiscentos mil diabos. Nós saímos do Rio já há mais de dois anos; não é, *Mochu*?

— Vinte e três meses — retificou Meyer.

— Pois bem: desde esse tempo estamos a viajar como se fosse penitência de confissão. E não é só isso, não, senhor. Todos os dias ando pelo menos nove léguas correndo aqui e acolá, dando voltas, caindo, atrás dos bichos voadores...

— *Juque*! — tentou atalhar Meyer — Olhe...

— Pois é o que lhe digo — prosseguiu José Pinho. — Tenho hoje uma raiva daquelas porcarias todas... Nem sei por que Nosso Senhor Jesus Cristo foi criar esta súcia de criaturas sem préstimo... Enfim, Ele é quem sabe... Quanto a mim, se pudesse, atacava fogo em todas as lagartas, porque da lagarta é que nascem esses *anicetos*, que estão enchendo mundos... Mas veja, senhor doutor, lá na terra deste homem, — (coitado, é bem bonzinho e me estima muito)! — valem esses bichos mais do que ouro em pó... Também, se o *Mochu* não gostasse de mim, *havéra* de ser muito ingrato... Outro como eu não encontra mais, não, senhor... Tenha a santa paciência... não, senhor, isto é o que lhe posso afiançar.

No meio desse fluxo de palavras, Meyer fora em pessoa procurar na canastra o pente e o sabão.

Mostrando os objetos ao falador, ordenou com energia:

— Cale a boca, *Juque*, cale a boca, tagarela! Vá buscar água já; senão... não levo *vóce* ao mato hoje.

Levantou-se de pronto José Pinho e meio a resmungar saiu, tomando uma das canastras.

— Esse camarada — disse Meyer depois de algum silêncio e para explicar o seu procedimento — é uma pessoa muito boa... fiel e inteligente. Mas... fala demais. É-me precioso, porque apanha barboletas com muito talento e jeito.

Entrando José Pinho e ouvindo o final do elogio, depôs, com ar de grave importância, a bacia no chão.

Diante dela, e depois de tirar do nariz os óculos, colocou-se logo Meyer, ou antes acocorou-se e, em relação ao tronco, tão compridas eram as suas pernas, que, inclinado por sobre a água, lhe ficava a cabeça à altura dos joelhos.

Levou a ablução uns largos minutos e foi com os cabelos grudados ao casco e escorrendo água que ele se levantou, justamente quando entrava Pereira.

Nesse momento, assumira o tipo daquele homem proporções do mais pasmoso grotesco; entretanto, tão vária é a apreciação de cada um, tão caprichoso o julgamento individual, que o mineiro, acercando-se de Cirino, disse baixinho:

— Vosmecê já reparou, amigo, como este *estranja* é figura bonita? Tão *arvo*! e que olhos que tem!... As mulheres hão de perder a cachola por causa deste bicharrão... Então, Sr. *Maia*, continuou interpelando em voz alta o seu espécime de beleza masculina — que tal passou a noite?

— Oh! Sr. Pereira!... Desculpe, se o não vi... Estava sem óculos... Já lhe respondo... espere um bocadinho.

E ainda todo molhado, correu a tomar os óculos, que assentou em cima dos salientes lúzios.

— Agora, muito bem... Dormi, meu bom amigo, como quem não tem pecados...

— Então — observou Cirino —, quase mau grado seu, tenho-os eu; porque, da meia-noite para cá, não pude mais pregar olho...

— Isso é volta de algum namoro? — replicou Pereira, batendo-lhe com força no ombro e rindo-se.

Cirino descorou ligeiramente.

— Sim, vosmecê é moço... deixou lá por Minas algum *rabicho*, e de vez em quando o coração lhe comicha... Está na idade...

— Pode muito bem ser — apoiou Meyer com gravidade.

— Não é? — insistiu Pereira. — Ora, confesse... não lhe fica mal... Isso é volta de enguiço...

— Juro-lhes — balbuciou Cirino.

— Oh! Se é — confirmou José Pinho, que julgou dever meter o bedelho na conversa. — Eu no Rio de Janeiro... Negócio de saias, é de pôr um homem tonto. Não lhes conto nada, mas uma vez...

Voltou-se o alemão para ele com calma, e, interrompendo-o:

— *Juque*, vá ver onde estão burrinhos e não bote sua colher, quando gente branca está falando com o seu patrão.

E, como o camarada quisesse retorquir:

— Ande, ande, — verberou sempre sereno —, discussão nunca serviu para nada.

Deu José meia dúzia de muxoxos abafados e foi embora, praguejando entre dentes.

Novamente supôs Meyer dever desculpá-lo.

— Bom homem — disse —, bom homem... porém, fala terrivelmente!

— Mas agora me conte, — perguntou Pereira com ar de quem queria certificar-se de coisa posta muito em dúvida — deveras o senhor anda *palmeando* estes sertões para fisgar *anicetos*?

— Pois não — respondeu Meyer com algum entusiasmo —, na minha terra valem muito dinheiro para estudos, museus e coleções. Estou viajando por conta de meu governo, e já mandei bastantes caixas todas cheias... É muito precioso!

— Ora, vejam só! — exclamou Pereira. — Quem *haverá* de dizer que até com isso se pode *bichar*! Cruz! Um homem desses, um doutor, andar correndo atrás de vaga-lumes e voadores do mato, como menino às voltas com cigarras! Muito se aprende neste mundo! E quer o senhor saber uma coisa? Se eu não tivesse família, era capaz de ir com vosmecê por esses fundões *afora*, porque sempre gostei de lidar com pessoas de qualidade e instrução... Eu sou assim... Quem me conhece, bem sabe... Homem de repentes... Vem me cá uma ideia muito estrambótica às vezes, mas embirro e acabou-se; porque, se há alguém esturrado e teimoso, é este seu criado... Quando empaco, empaco de uma boa vez... Fosse no tempo de solteiro, e eu me botava com o senhor a catar toda essa bicharada dos sertões. Era capaz de ir dar com os ossos lá na sua terra... Não me olhe pasmado, não... Isso lá eu era... Nem que tivesse de passar canseiras como ninguém... O caso era meter-se-me a tenção nos cascos... Dito e feito; acabou-se... Fossem buscar o remédio onde quisessem... mas duvido que o achassem.

— Como vai a doente? — perguntou distraidamente Cirino, cortando aquela catadupa de palavras.

— Ora estou muito contente. Já tomou nova dose, e parece quase boa. Está com outra feição. O senhor fez um milagre...

— Abaixo de Deus e da Virgem puríssima, — concordou Cirino com toda a modéstia.

— O senhor não cura? — perguntou Pereira a Meyer.

— *Nô* senhor. Sou doutor em Filosofia pela Universidade de Iena, onde...

— Isso é nome de bicho? — atalhou o mineiro.

— *Nô* senhor. É uma cidade.

— Ninguém diria... Pois, Senhor *Maia* — continuou Pereira apontando para Cirino —, ali está com quem moléstias não brincam.

— Ah! — rouquejou o alemão abrindo ainda mais os olhos. — Estimo muito conhecê-lo como notabilidade... Nestes lugares aqui é muito raro...

— Se é! — exclamou Pereira. — Felizmente passou por cá nem de propósito, para pôr de pé a menina... uma filha minha... Caiu-me a talho de fouce e...

Não pôde Cirino furtar-se a um movimento de vanglória. Com ar grave interrompeu:

— Não fale nisso, senhor Pereira; o caso era simples. Febre das enchentes... não vale quase nada. Vi logo o que era de urgência; um simples suador, duas ou três doses de sulfato de quinina... e ficou tudo sanado... É simplicíssimo... O estômago não estava sujo... não havia necessidade de vomitório...

Ouvira Meyer estas indicações terapêuticas com os olhos muito fitos em quem as dava; depois, voltando-se para Pereira, disse com um aprobatório aceno de cabeça:

— *Pom* médico! *Pom* médico!

Desse momento em diante, votou Cirino ao alemão a mais decidida simpatia; e Pereira, presenciando o congraçamento daqueles dois homens, de si para si ilustres e incontestáveis sabichões, sentiu-se feliz por abrigá-los a um tempo em sua humilde vivenda.

— Então — disse o mineiro voltando à questão das borboletas —, com o que o seu governo paga-lhe bem, não, senhor *Maia*?

— Suficientemente... demais, todas as autoridades deste belo país muito me ajudam. Tenho muitos ofícios... cartas de recomendação. Olhe, quer ver? *Juque*, *Juque*! — chamou Meyer, sem reparar que o criado há muito se fora do quarto. — Dê-me... É verdade, foi levar os burrinhos à água... Não faz mal... Mostro-lhe já tudo...

E, procurando entre as cargas uma malinha coberta de pano impermeável, abriu-a e tirou um maço de cartas cuidadosamente numeradas, com fitas de diversas cores.

— Isto é para Miranda, em Mato Grosso. Isto para Coxim, Cuiabá... para Poconé, Diamantino... isto são cartas cujos donos não encontrei, e que hão de voltar para as pessoas que as escreveram.

— E são muitas? — perguntou Pereira.

— Três ou quatro. Vejamos... uma é para o senhor João Manuel Quaresma, no Pitangui; esta, para o senhor Martinho dos Santos Perreira, em Piumi...

— Que é? — perguntou o mineiro levantando-se de um pulo e mostrando muita admiração. — Leia outra vez... leia por favor...

Meyer obedeceu.

— Mas este nome é o meu! — exclamou Pereira. — Esta carta então é para mim...

— Hu, hu! — gaguejou o alemão boquiaberto. — É muito *currioso* isso!

— Sou eu, sou eu mesmo! — continuou o mineiro abrindo os diques à volubilidade. — Está claro, claríssimo!... Quando me escreveram, pensavam que eu ainda morava lá em Piumi. Pois, se nunca contei a ninguém em que *buraqueira* me vim meter... Abra a carta sem susto... Oh! Senhora Sant'Ana, que dia hoje! Quem diria? Uma carta! Uma carta nestas alturas! Pode ler, Senhor Maia... Estou doido por saber quem se deu ao trabalho de me escrever... Martinho dos Santos Pereira, de Piumi... sou eu! Que dúvida: não há dois. Veja só o nome... pelo amor de Deus, o nome de quem me *direge* a carta.

Rompeu o alemão com alguma dúvida e escrúpulo o selo; correndo com os olhos a lauda escrita, procurou a assinatura e pausadamente leu "Francisco dos Santos Pereira".

— Gentes! — bradou o mineiro no auge da alegria. — Meu irmão... o Chiquinho!... E eu que o fazia morto e enterrado!... Nosso Senhor o conserve por muitos anos!... O Chiquinho!... Já se viu coisa *ansim*?... Como se anda neste mundo hein, Senhor Cirino? Quem *havéra* de dizer que este homem, que aqui chegou ontem por acaso e alta noite, havia de trazer na canastra uma carta de um irmão que não vejo há mais de quarenta anos?!... Ora essa!... São voltas deste mundo... As pedras se encontram... Foi em 1819... não, em 20... Mas... depressa... leia a carta... vamos ver o que me diz o Chiquinho... Da família passava por ser o de mais juízo; também era o mais velho de todos nós... O Roberto, o caçula... Seja o senhor muito bem-vindo nesta casa... Depois de tantos anos, trazer-me notícias de minha gente!

Cortou Meyer aquele movimento de efusão que prometia ir longe, começando a ler com todo o vagar ou, melhor, a soletrar a carta, cujos garranchos, que não letras, por vezes se viu obrigado a encostar aos olhos para decifrar.

"Martinho", — dizia a despretensiosa epístola, "dirijo-te estas mal traçadas linhas só para saber da tua saúde e dizer que o portador desta é um senhor de muita leitura e vai para os sertões brutos, viajando e estudando países e povos. Veio-me do Rio de Janeiro muito recomendado. Peço que o agasalhes, não como a um transeunte qualquer, mas como se fosse eu em pessoa, teu irmão mais velho e chefe da nossa família..."

— Pobre mano! — exclamou Pereira meio choroso.

"É homem", continuou Meyer, "de bastante criação. Adeus, Martinho. Eu estou estabelecido na Mata do Rio, numa fazendola. Tenho cinco filhos, três machos e duas *famílias,*[1] estas casadas, e que me deram netos; já faz bastante tempo. Não estou muito quebrado de forças. Há mais de oito anos que não tenho notícias tuas. Soube que o Roberto tinha morrido no *Paranan*..."

— Roberto?... Coitado do Roberto! — atalhou Pereira com voz angustiosa.

E repentinamente, representando-lhe à memória os tempos da infância, arrasaram-se-lhe os olhos de lágrimas.

"Sem mais *aquela*", concluiu Meyer —, "adeus. Felicidade e saúde. Teu irmão, Francisco dos Santos Pereira."

— Deveras — disse o mineiro depois de breve silêncio, adiantando-se para o alemão e apresentando-lhe a destra aberta. — O senhor me deu um fartão de alegria. Toque nesta mão e, quando ela se levantar para bulir num só cabelo de sua cabeça ou de alguém da sua família, qualquer que seja o agravo que me possam fazer, seja ela logo cortada por Deus, que nos está ouvindo.

— Obrigado, Senhor Pereira — respondeu com animação o outro, retribuindo o aperto de mão e corroborando-o com um concerto de garganta.

— Sim, senhor — continuou o mineiro. — Esta carta vale, para mim, mais que uma letra do Imperador que governa o Brasil. É o que lhe digo, Senhor *Maia*...

— Meyer — corrigiu o alemão apoiando com força na última sílaba —, Meyer.

— Ah! É verdade. É preciso traduzir Meyer, Meyer. Agora já atinei com a coisa. Mas como ia lhe dizendo, esta casa é sua. Meu irmão, o meu irmão mais velho deu-me ordem que eu o recebesse como se fosse ele mesmo em pessoa, o Chico;... acabou-se. O senhor é como se fosse dos meus. Não há que ver, é o que ele quer. Entendi logo; o mais é ser muito

---

[1] Filhas.

bronco e, com o favor de Deus, não me tenho nesta conta. O senhor ponha e disponha de mim, da minha tulha, das minhas terras, meus escravos, gado... tudo o que aqui achar. Parta e reparta... Quem está falando aqui não é mais dono de coisa nenhuma... é o senhor... Meu irmão me escreveu, é escusado pensar que não sei respeitar a vontade de meus superiores e parentes. É como se recebesse uma ordem do punho do senhor D. Pedro II, filho de D. Pedro I, que pinchou os emboabas[2] para fora desta terra do Brasil e levantou o Império nos campos do Ipiranga, lá para os lados de São Paulo de Piratininga, onde houve em seu tempo colégio de padres e fradaria grossa[3] e donde os *mamalucos* saíam para ir por esses mundos a fora bater índios brabos e caçar onças, botando bandeiras até na costa do Paraguai e no salto do Paraná, tanto assim que deram nas reduções[4] e trouxeram de lá uma imundície[5] de gente amarrada, por sinal que muitos amolaram a canela em caminho, e só chegaram uns cento e tantos, tão magros que...

Enfiava Pereira todas estas frases com surpreendedora rapidez, ao passo que Meyer o contemplava extático, à espera que a torrente de palavras lhe desse tempo e ocasião de exprimir algum vocábulo de agradecimento.

Só, porém, minutos depois, e a custo, é que ele pronunciou um áspero e retumbante:

— Obrigado!

E acrescentou em seguida:

— Mas o senhor fala que nem cachoeira. E não cansa?

— Qual! — replicou o mineiro com ufania. — A gente da minha terra é de seu natural calada; eu, não; mesmo porque fui criado em povoados de muita civilidade...

Tomando esse novo tema, começou novamente a discorrer, mostrando visível contentamento por achar na

---

[2] Portugueses.

[3] Em qualidade.

[4] Aldeias formadas pelos padres jesuítas no Paraguai.

[5] Grande quantidade.

estimável pessoa do Senhor Guilherme Tembel Meyer um ouvinte de força, incapaz de pestanejar e cuja fixidez de olhos era prova evidente de que tomava interesse por todos os assuntos possíveis de conversação.

Capítulo XI

O almoço

Comam e bebam; nada de cerimônias comigo. Minha casa é franca; eu também. Façam provisão de alegria e de mim disponham sem constrangimento.

PLAUTO, *Miles gloriosus.*

Levantou-se de repente Cirino da marquesa em que se sentara. — Tenho vontade de amanhã seguir viagem...

— Que, doutor? — protestou Pereira. — Partir já? Isso nunca... Vosmecê ainda não curou de todo minha filha. Pago-lhe todos os prejuízos da sua estada aqui... se for preciso.

— Oh! Sr. Pereira — reclamou por seu turno o jovem —, isso quase me ofende...

— Desculpe-me, e muito; mas, antes de duas semanas, não o deixo sair daqui...

— Porém...

— Doentes não lhe hão de faltar. A minha rancharia vai ser visitada como se fosse casa de presepe, e o senhor não poderá dar vazão aos que o vierem procurar. Olhe, hoje mesmo mandei avisar o Coelho, e daqui a pouco está ele cá, rente como pão quente. Atrás do primeiro, virá uma chusma dos meus pecados... Então quer deixar *Nocência* como ainda está?...

— Verdade é — balbuciou Cirino.

— Pois então? Nem pensar nisso é bom. Deixe tudo por minha conta; vosmecê há de aqui arranjar os seus negócios.

— Já que o senhor o diz... Eu tinha receio de vexá-lo. Uma vez que cá venham doentes...

— Hão de vir, esteja sossegado...

— Ficarei — decidiu Cirino — quanto tempo for do seu agrado.

— Ora, muito que bem — exclamou Pereira esfregando as mãos com sincera satisfação —, estou como quero. Quanto ao Sr. *Maia*... Meyer, quero dizer, este há de criar raízes nesta casa...

— Isso também não — tenho tempo marcado pelo meu governo...

— Bem, bem; mas em todo caso, fará uma boa temporada conosco. É pena que o Manecão não chegue, porque apressávamos o casório, e arranjávamos uma festança como nunca se viu nestes matarrões... Mas estou aqui a dar com a língua nos dentes, sem pensar que os nossos estômagos ainda esperam sua matula.[1] O almoço não pode tardar; é um pulo só... Se consentem vou ver lá dentro.

Ao dizer estas palavras, saiu da sala, voltando pouco depois acompanhado de Maria, a velha escrava que trazia a toalha da mesa e a competente cuia de farinha.

— À mesa! — gritou Pereira. — Almoço hoje com vosmecês. Sr. Meyer, o senhor comerá dora em diante comigo e com a menina, lá no interior da casa; ouviu?

E voltou-se para Cirino.

— Bem sabe — explicou logo —, é como se fosse o Chiquinho.

Depois de pronta a mesa, sentaram-se os três alegremente.

— Olhe, Sr. Meyer — disse o mineiro servindo o alemão —, isto é feijão cavalo e do melhor. Misture-o com arroz e ervas, deite-lhe uns salpicos de farinha...

Começou o naturalista a mastigar com a lentidão de um animal ruminante, interrompendo de vez em quando o moroso exercício para exclamar:

— Delicioso, com efeito! Muito delicioso.

Comia Cirino pouco e em silêncio.

— Na Alemanha — observou Meyer contemplando um grão de feijão —, a maior fava não chega a este tamanho. Aqui a fava de lá teria polegada e meia pelo menos. Um almoço, assim, havia de custar na Saxônia dois tálers, ou pelo câmbio que deixei no Rio de Janeiro, 2.500 réis...

---

[1] Comida.

Interrompeu-o Pereira com gesto cômico.

— Dois mil e quinhentos? Ora, que terra essa! Como é que se chama?

— Sac-sônia — respondeu o alemão com gravidade.

— Saco-sonha — exclamou Pereira. — Não conheço... Mas então lá muita gente há de andar a morrer de fome...

— Pelos últimos cálculos — replicou Meyer com várias pausas durante as quais introduzia enormes colheradas da mistura que lhe aconselhara o anfitrião —, é sabido que em Londres morrem no inverno oito pessoas à mingua, em Berlim cinco, em Viena quatro, em Pequim doze, em Iedo sete, em...

— Salta! — atalhou Pereira exultando de prazer — então viva cá o nosso Brasil! Nele ninguém se lembra até de ter fome. Quando nada se tenha que comer, vai-se no mato, e fura-se mel de jataí e mandori, ou chupa-se miolo de macaubeira. Isto é cá por estas bandas; porque nas cidades, basta estender a mão, logo chovem esmolas... Assim é que entendo uma terra... o mais é desgraça e consumição...

— Decerto! — corroborou o alemão. — O Brasil é um país muito fértil e muito rico. Dá café para meio mundo beber e ainda há de dar para todo o globo, quando tiver mais gente... mais população...

— Bem eu sempre digo — acudiu Pereira tocando no ombro de Cirino e deitando-lhe uns olhos de triunfo. — Lá fora é que nos conhecem, nos fazem justiça... Não acha, patrício? Homem, agora reparo... vosmecê está tão calado!... Meio casmurro, que é isso? Sempre aquele negócio?

De fato, Cirino, depois que ouvira o convite a Meyer para conviver no interior da casa de Pereira, tornara-se sombrio, inquieto, meditabundo. O corpo ali estava, mas a sua imaginação vigiava zelosa o quartinho onde repousava aquela menina febricitante, tão bela na sua fraqueza e palidez enferma.

— Se são mulheres — ponderou Pereira —, deixe-se disso; não há maior asneira... É fazenda que não falta.

No meio dos exercícios mandibulares, julgou Meyer que o seu hospedeiro considerava o sexo feminino do ponto de vista meramente estatístico e acreditou conveniente assentar melhor a ideia, um tanto vagamente aventada.

— Na raça eslava — disse dogmaticamente — a proporção é de duas mulheres para um homem; na germânica, há aproximadamente número equivalente; na latina, de dois homens para uma mulher. Na França, a proporção para o lado masculino é de...

— Mas o senhor contou? — interrompeu Pereira. — Deixe-lhe dizer uma coisa: eu cá não engulo araras...

— *Ni* eu — afirmou Meyer com alguma surpresa e energia —, nem sei como o senhor me vem falar nessas aves agora... Se as considera como raça, deve saber que os trepadores têm a carne dura, preta e...

Riu-se Pereira do equívoco e, explicando-o, continuou a discutir com o seu interlocutor, que não discrepava uma linha dos seus princípios do método e escrupulosa polidez.

— Pode o senhor falar um ano inteiro — disse o mineiro para concluir —, mas quanto a mim, não entendo patavina das suas contas e *jigajogas*. Quem me tira da tabuada, bota-me no mato... E agora, vamos agradecer a Deus Nosso Senhor Jesus Cristo o ter-nos dado esta comida, ainda que insuficiente e mal temperada.

E, unindo o exemplo à palavra, levantou-se e, de mãos postas ao peito, orou em voz baixa com unção, no que foi imitado pelos dois hóspedes.

— Esteja convosco o Senhor — disse ao terminar, em voz alta, persignando-se.

— Amém — responderam Cirino e Meyer.

— Agora — anunciou o mineiro saindo da mesa —, vou dar um giro pela minha roça, onde estão na capina três negros cangueiros,[2] um dos quais é o meu fazendeiro;[3] depois, hei de visitar uns conhecidos meus, avisando-os da sua chegada, doutor. Ah! Acrescentou todo desfeito em amável sorriso, falta mostrar-lhe minha filha, Sr. Meyer.

---

[2] Sem préstimo.

[3] Fazendeiro, no sertão de Mato Grosso, não é proprietário das terras, mas o capataz, o feitor.

— Sua filha! — exclamou o alemão. — Então tem filhos?

— Sim, senhor. Não se lembra que o seu vulto[4] é o do mano Chiquinho? Pois então? Que maior prova lhe posso dar de confiança e amizade?... Não é verdade, Sr. Cirino?

— Sem dúvida — balbuciou a custo o mancebo.

— Minha filha chama-se *Nocência* e só hoje é que se levantou da cama... Esteve doentinha... Assim mesmo, não sei se as maleitas a deixaram... O corpo é às vezes caroável[5] dessas malditas e...

— Isso está ao meu cuidado — atalhou Cirino com alguma pressa. — Ainda ao meio-dia há de tomar quina...

— Vosmecê faça o que for melhor... Quer vir, Sr. Meyer ?

— Pois não! — Pois não! — respondeu amavelmente o alemão.

— É a única pessoa da família que tenho aqui, além de um *marmanjão* que está agora na carreira[6] por essas estradas, agenciando a vida... Então, vamos! Venha também — continuou ele voltando-se para Cirino — um cirurgião é quase de casa.

Saíram, pois, os três. Pereira na frente, seguiu o oitão da direita, e, abrindo uma tranqueira do cercado dos fundos, entrou pela cozinha, onde a velha preta Conga estava lavando pratos e arrumando louça numa prateleira.

---

[4] Pessoa.

[5] Acostumado, afeito.

[6] Trabalho.

CAPÍTULO XII

A APRESENTAÇÃO

Quem, porém, mostrava mais surpresa e admiração era Sancho Pança. Nunca, em dias de sua vida, vira perfeição igual.

CERVANTES, *D. Quixote*, Cap. XXIX.

Ao bálsamo, fazem as moscas, que nele morrem, perder a suavidade do perfume. Uma parvoíce, ainda que pequena e de pouca dura, dá motivo a não se ter em conta nem sabedoria nem glória.

ECLESIASTES, *X*.

Depois de atravessarem um quarto bastante escuro, chegaram os visitantes à sala de jantar, vasto aposento ladrilhado, mas sem forro, a um canto do qual estava a filha do mineiro, mais deitada do que sentada numa espécie de canapé de taquara.

Tinha os pés sobre uma bonita pele de tamanduá-bandeira, onde se acocorara, conforme o hábito, o anão a quem Pereira chamara Tico.

Ao ver chegar tanta gente, abriu a formosa menina uns grandes olhos de espanto; quis toda enleada erguer-se, mas não pôde, e, corando ligeiramente, teve como que um delíquio de fraqueza.

Aproximara-se logo Cirino com vivacidade.

— A dona — disse ele para Pereira — está tão fraca que mete dó.

Chegou-se o pai juntamente com Meyer e, tomando as mãos da filha, perguntou-lhe com voz meiga e inquieta:

— Sente-se pior, meu benzinho?

— Nhor-não — respondeu ela.

— Pois então!... É preciso não entregar o corpo à moleza... Abra os olhos... Olhe... está aqui este homem (e apontou para Meyer) que é *alamão* e trouxe uma carta do tio de mecê, o Chico, lá da Mata do Rio. Quero mostrar que, para mim, vale tanto como se fosse esse próprio parente a nós chegado. Por isso é que venho apresentá-lo...

Ela nada articulou.

— Vamos, diga... Tenho muito gosto em lhe conhecer... diga.

Com vagar e acanhamento, repetiu Inocência estas palavras, ao passo que Meyer lhe estendia a mão direita, larga como uma barbatana de cetáceo, e franca como o seu coração.

— Gosto, muito gosto tenho eu — disse ele com três ou quatro sonoros arrancos de garganta. — Só o que sinto é vê-la doente... Mas o doutor não nos deixará ficar mal; não é, Sr. Cirino?...

E apoiou esta pergunta com um "hein?" que ecoou por toda a sala.

— A senhora — respondeu o interpelado — precisaria tomar por alguns dias um pouco de bom vinho do Porto, em que se pusesse casca de quina do campo... Mas, onde achar agora vinho? Só na vila de Sant'Ana...

— Vinho? — perguntou Meyer.

— Sim.

— Vinho do Porto?

— Melhor ainda.

— Pois tudo se arranja, na minha canastra tenho uma garrafa do *mais superfino* e com a maior satisfação a ofereço à filha do meu *pom* amigo o Sr. Pereira.

— Oh! Sr. Meyer —agradeceu este com efusão —, não sabe quanto lhe fico...

— Qual! Não tem obrigação, não, senhor. Além do mais, sua filha é muito bonita, muito bonita, e parece boa deveras... Há de ter umas cores tão lindas que eu daria tudo para vê-la com saúde... Que moça!... Muito bela!

Estas palavras que o inocente saxônio pronunciara *ex abundantia cordis* produziram extraordinário abalo nas pessoas que as ouviram.

Tornou-se Pereira pálido, franzindo os sobrolhos e olhando de esguelha para quem tão imprudentemente elogiava assim, cara a cara, a beleza de sua filha. Inocência enrubesceu que nem uma romã; Cirino sentiu um movimento impetuoso, misturado de estranheza e desespero, e, lá da sua pele de tamanduá-bandeira, ergueu-se meio apavorado o anão.

Nem reparou Meyer e com a habitual ingenuidade prosseguiu:

— Aqui, no sertão do Brasil, há o mau costume de esconder as mulheres. Viajante não sabe de todo se são bonitas, se feias, e nada pode contar nos livros para o conhecimento dos que leem. Mas palavra de honra, Sr. Pereira, se todas se parecem com essa sua filha, é coisa muito e muito digna de ser vista e escrita! Eu...

— O senhor não quer retirar-se? — interrompeu Pereira com modo áspero.

— Pois não! — replicou o alemão.

E como despedida acrescentou, dirigindo-se para Inocência:

— Chamo-me Guilherme Tembel Meyer, seu humilde criado, e estimo muito conhecê-la por ser a senhora filha de um amigo meu e prender a gente com o seu lindo rosto...

Estendeu então a mão, fez um movimento de cabeça, e acompanhou ao mineiro que já ia saindo, branco de cólera concentrada.

— E que me diz o senhor desse homem? — perguntou a Cirino a meia voz e puxando-o de parte.

— Reparei muito nos seus modos — respondeu-lhe o outro no mesmo tom.

— Nem sei como me contenha... Estou cego de raiva... Que presente me mandou o Chico!... É uma peste, este diabo *melado*...[1] Vê uma rapariguinha e enche logo as bochechas para lhe dizer meia dúzia de pachuchadas e graçolas... Não está má esta!... É um perdido. Nada... Isto não me cheira bem: vou ficar de olho nele...

---

[1] Chamam-se melados os animais cuja cor é castanho-amarelado.

— Faz muito bem — apoiou Cirino.

— Vejam só — continuou Pereira retendo o sou interlocutor para deixar Meyer distanciar-se —, em boas me fui eu meter!... Se não fosse a tal carta do mano, o cujo dançava ao som do cacete... Malcriadaço! Uma mulher que daqui a dois dias está para receber marido... Deus nos livre que o Manecão o ouvisse... Desancava-o logo, se não o cosesse a facadas... Vejam só, hein?... Sempre é gente de outras terras... Cruz! Também vi logo... um latagão bonito... todo faceiro... *havéra* por força de ser rufião.[2]

Ouvia-o Cirino em silêncio.

— E mulher — prosseguiu o mineiro com raivosa volubilidade, é gente tão levada da breca, que se lambe toda de gosto com ditinhos e requebros desta súcia de embromadores. Com elas, digo eu sempre, não há que fiar... Má hora me trouxe este *alamão*... Mil raios o rachem!... E logo o Chico... Tenho agora que ficar de alcateia... meter-me em tocaia[3] e fazer fojos para que o bracaiá[4] não me entre no galinheiro. Ora que tal!

— Também, breve se vai ele embora — lembrou Cirino a modo de consolo.

— Que o demo o leve quanto antes — replicou Pereira. — Já estou todo enfernizado com o tal homem...

Neste momento, como que de propósito, voltava-se Meyer para os dois:

— Sr. Pereira — disse ele —, ficarei em sua casa talvez umas duas semanas. Os burrinhos vão engordar no seu pasto e eu hei de fazer compridas viagens nessa sua fazenda, apanhando tudo o que nela encontrar... Ouviu?

Reprimiu o interpelado um gesto de viva contrariedade e, levado pelo instinto e dever de hospitalidade, de pronto respondeu, embora secamente:

— Fique duas semanas, ou dois meses ou dois anos. Já lho disse: a casa é sua, e palavra de mineiro não volta atrás. Quem está aqui não é o senhor, é meu irmão mais velho.

---

[2] Namorador.

[3] Fazer esperas.

[4] Gato-do-mato.

Agarrando então com força na mão de Cirino, acrescentou em voz surda e angustiada:

— Olhe, doutor; veja só isso! Que lhe dizia eu?... Ah! Meu Meyer, quer se engraçar comigo, não é? Mas cá fico... e, uma vez avisado, nem dois, nem três me botam poeira nos olhos... Não é com essa! *Nocência* nasceu filha de pobre, mas, graças a Maria Santíssima, tem ainda pai com braço forte e muito sangue nas veias para defendê-la dos garimpeiros e cruzadores de estrada... Ele que não brinque com o Manecão; é homem de cabelinho na venta e se lhe bota a mão em cima, esfarela-lhe os ossos, como se fora veadinho do campo enroscado por sucuri.

Ia, contudo, Meyer, de todo ponto alheio ao temporal provocado por suas inconsideradas palavras; e, sem dúvida, estimulado em suas reminiscências pela vista da menina que acabava de admirar, cantarolava entre dentes uma velha valsa alemã, dançada talvez com alguma loura patrícia em épocas remotas e de menos rigorismo científico.

Capítulo XIII

Desconfianças

Muitas vezes, somos iludidos pela confiança; mas a desconfiança faz que sejamos por nós mesmos enganados.

PRÍNCIPE DE LIGNE.

Quando o nosso saxônio entrou na sala em que estavam as suas cargas, vinha tão contente do gasalhado recebido, da firmeza do tempo, das futuras caçadas de borboletas, que despertou a atenção do seu camarada José.

Estava este encostado a uma canastra, a esgaravatar, de faca comprida em punho, a planta dos pés, verificando se alguma pedrinha da estrada não havia encrostado na grossa e já insensível sola.

— Homem — disse ele com familiaridade — *Mochu* está hoje muito alegre... Viu passarinho verde ?

— *Passarrinho* verde? — perguntou Meyer. — Que é isso? Não vi *passarrinho* nenhum... Vi uma moça muito bonita...

— Olé... melhor ainda... Conte-me isso... e quem é ela?

— É a filha cá do Sr. Pereira.

— Parabéns! Parabéns! — exclamou José com toda a indiscrição — Moça bonita é fruta rara por estas matarias e brenhas do inferno... Quanto a mim, ainda não botei o olho senão em velhas "corcorócas" e serpentões... Outra coisa é no Rio... Não se lembra *Mochu*, da procissão de São Jorge?... Aí é que sai à rua uma tafularia de deixar a gente tonta de uma vez, de queixo caído. Umas tão alvas!... Outras cor de café com leite... crioulas chibantes.

— *Juque* — repreendeu o alemão revestindo-se de ar severo — não tome confiança com gente que não é da sua classe...

— Mas eu não disse nada de mau, *Mochu* — desculpou-se o criado recolhendo-se meio enfiado ao silêncio e voltando ao exame dos pés.

Quem estava em cima de um braseiro era Pereira. Decididamente, aquele hóspede o punha a perder, proclamando assim com a trombeta da fama que vira Inocência e com ela conversara, que a achava do seu gosto... uma rapariga já noiva! Quantas incongruências, que perigos, ó Santos do Paraíso!

Tornava-se caso de muita prudência. Qualquer passo menos pensado acarretaria consequências irremediáveis.

Necessário é penetrar-se a força dos sentimentos que sobressaltavam o mineiro, para bem aquilatar os transes por que passava e achar natural que seguisse uma linha de proceder toda de dúvida e vacilações.

Se, de um lado, criava involuntária admiração por Meyer e, rodeando-o, em sua imaginação, do prestígio de uma beleza irresistível, via aumentar o seu receio em abrigar tão perigoso sedutor; do outro, sentia as mãos presas pelas obrigações imperiosas da hospitalidade, a qual, com a recomendação expressa de seu irmão mais velho, assumia caráter quase sagrado. Juntem-se a isso os preconceitos sobre o recato doméstico, a responsabilidade de vedar o santuário da família aos olhos de todos, o amor extremoso à filha, em quem não depositava, contudo, como mulher que era, confiança alguma, as suposições logo ideadas acerca da impressão que naturalmente aquele estrangeiro produzira no coração da sua Inocência, já quase pertencendo ela a outrem, e as colisões que previu para manter inabalável a sua palavra de honra, palavra dada em dois sentidos agora antagônicos — um mundo enfim de cogitações e de terrores. E tudo isto revolvendo-se na cabeça de Pereira, refletia-se com sombrios traços de inquietação em seu rosto habitualmente tão jovial.

— Por que razão é — perguntou ele a José Pinho para desviar aquela conversa que tanto o magoava — que vosmecê chama *Mochu* ao Sr. Meyer?

Sorriu-se o carioca com ar de superioridade e respondeu desembaraçadamente:

— Ah! É um modo de falar...

— Como assim?

— Já lhe ponho tudo em pratos limpos... Vosmecê não lhe chama senhor?

— Chamo.

— Pois, então?... Eu também lhe chamo assim, mas falo em francês, *Mochu* quer dizer senhor, nessa língua.

— Ah! — replicou Pereira dando-se por convencido — então é isso? Pensei que fosse outra coisa...

— *Juque* — avisou Meyer que estava a remexer nas canastras —, prepare tudo; nós vamos ao mato agora mesmo...

— Venha comigo — propôs o mineiro com voz insinuante. — Eu lhe apontarei lugares onde há dessa bicharia miúda, coisa nunca vista.

— Com muito gosto — concordou o alemão.

E voltando-se para o camarada:

— Ande, *Juque* — ordenou ele —, bote a pita para fora, caixas de folha-de-flandres, clorofórmio, rede pronta... Depressa homem, depressa!

José Pinho, instigado por estas palavras, entrou a voltear de um lado para o outro, como que atarantado com o excesso de serviço.

— Minhas lentes — pediu o naturalista —, o saco para os bichos de casca grossa... Depressa... Vou ajudá-lo.

E, por seu turno, começou a tirar das canastras os objetos de que necessitava, enfiando a tiracolo dois ou três talabartes finos que sustentavam umas caixinhas encouradas. Numa delas, havia um copo de prata com a competente corrente; noutra, um faqueiro de peças dobradiças e de metal do príncipe. Também assentou ao flanco uma frasqueira defendida de choques externos por fino trançado de vime e que continha aguardente, comprada de fresco na vila de Sant'Ana do Paranaíba.

Não contente com o peso de todos esses apêndices à sua pessoa, cingiu largo talim com uma espécie de patrona de folha de flandres e que sustentava um grande facão inglês, um revólver e uma espada de caça.

Depois de ter vagarosamente arranjado sobre si cada uma dessas peças com grande espanto de Pereira e até de Cirino, substituiu Meyer os óculos habituais por outros, de vidros afumados, muito grandes e convexos, destinados a protege-lhe amplamente os olhos dos ardores do sol. Muniu-se, além disso, de outro singular meio de preservação: uma rodela ampla de pano branco forrado de verde, que aumentava as abas do chapéu do chile, descansando em parte sobre elas.

Com esse traje ficou decerto a mais estapafúrdia figura que algum cristão encontrar poderia naquelas trezentas léguas em derredor; entretanto, Pereira, ofendido com aqueles cuidados de prevenção meramente científica, que lá no seu bestunto qualificava de faceirice feminil:

— Veja só — disse ele para Cirino — como esse maricas gosta de se enfeitar!... Você não me engana, não, senhor *alamão* das dúzias...

Mirava-se nesse momento o naturalista, para verificar se lhe faltava alguma coisa.

— Estou pronto — exclamou afinal — e muito desejoso de entrar no mato.

— Ponham-te a tinir os carrapatos — resmoneou Pereira.

— Ah! — disse Meyer — e as minhas luvas?... *Juque,* procure na canastra nº 2, à esquerda no segundo canto.

Sacou o camarada umas grandes luvas de lã, brancas, muito largas, já usadas e sujas, nas quais o alemão enfiou de um jato as mãos espalmadas.

— Agora, sim! — anunciou ele com satisfação.

E, dando um sonoro e prolongado *hum*! empunhou a rede de apanhar borboletas.

Depois, levando um dedo à testa:

— Ah! — exclamou — e o vinho! Não me ia esquecendo?... O vinho para sua filha, Sr. Pereira, sua linda filha.

Encolheu o mineiro com furor os ombros e disse em parte a Cirino:

— Fez-se de esquecido só para falar na menina... Veja bem. Esse *calunga* não me bota areia nos olhos.

E acrescentou alto, recebendo a garrafa que o camarada José Pinho tirara de uma das canastras:

— Agradeço o seu presente, Sr. Meyer, mas se... lhe faz a menor falta... a menina há de curar-se sem isto...

— Não, não, não, não — respondeu o saxônio com uma série de negativas que pareciam não dever ter fim.

— Neste mundo — rosnou Pereira mais para si do que para ser ouvido —, ninguém mete prego sem estopa; mas com sertanejos... não se brinca.

Cirino tomara a garrafa.

— Isto — afirmou ele — acaba com certeza a cura.

E, esquivando-se de pronunciar o nome e a qualidade da pessoa de quem estava tratando:

— Ela há de ter hoje algum apetite e poderá levantar-se um pouco, pois já tomou o seu caldinho.

— Então, ao meio-dia — recomendou Pereira muito baixinho a Cirino —, vosmecê mande chamar a nossa doente e dê-lhe a mezinha. Ouviu? Já avisei lá dentro...

Cirino abanou a cabeça, tomando ar misterioso.

— Eu por mim estarei de olho vivo no bichão... Parece-me suçuarana à espreita de veadinhas campeiras... Não terá este vinho algum feitiço?

Contestou o outro com energia tal possibilidade.

— Eu sei lá, insistiu Pereira. — Esses namoradores são capazes de muita coisa... Nunca ouviu contar histórias de pirlas[1] e beberagens... hein? Diga-me, nunca?

— Sossegue, Sr. Pereira acudiu Cirino, — hei de examinar o líquido... Tenho certeza de que não haverá novidade.

— Muito que bem... Então, ao meio-dia em ponto... chame a Maria Conga ou o Tico. *Nocência* há de arrastar-se até cá... e o doutor lhe dará a dose...

— Ela sair já? — objetou Cirino com admiração. — Não, senhor; em tal não consinto... Irei dar-lhe o remédio... Não me custa nada...

Pereira ficara meio perplexo.

— Não sei...

E com súbita resolução:

---

[1] Pílulas.

— Pois bem, virei da roça até cá... Se eu não aparecer, então o senhor dê um pulo e faça-lhe tomar a poção... Quanto a este *alamão melado*, levo-o para longe e não o trago senão bem tarde e tão moído do passeio que só há de pensar em dormir.

Com Pereira se dava um fato natural e comezinho nas singularidades do mundo moral.

À medida que as suspeitas sobre as intenções do inocente Meyer iam tomando vulto exagerado, nascia ilimitada confiança naquele outro homem que lhe era também desconhecido e que a princípio lhe causara tanta prevenção quanto o segundo.

É que as dificuldades e colisões da vida, quando se agravam, tão fundo nos incutem a necessidade do apoio, das simpatias e dos conselhos de outrem, que qualquer aliado nos serve, embora de muito mais proveito fora bem pensada reserva e menos confiança em auxiliares de ocasião.

Capítulo XIV

Realidade

Cordélia. — *Há de o tempo desvendar o que hoje esconde a discreta hipocrisia.*

SHAKESPEARE, *O Rei Lear*, Ato I.

Depois que Cirino viu sumir-se Pereira com os dois companheiros além do laranjal da casa, seguindo em direção à roça por uma vereda pedregosa e cheia de seixos rolados, nos quais iam as patas dos animais batendo; depois que teve certeza de que ficara só naquela vivenda, entrou em grande agitação.

Ora passeava pelo quarto rápida e inquietantemente; ora media-o com passo lento em muitas direções; ora, enfim, saía para o terreiro e ali, com a cabeça descoberta, ficava a olhar atentamente para diversos lados, abrigando com a mão aberta os olhos dos vivíssimos raios do sol.

Prometia o dia ser muito cálido. Por toda parte chiavam as estrídulas cigarras, e ao longe se ouvia o metálico cacarejar das seriemas nos campos.

Às vezes, encarava Cirino o sol; depois tapava os olhos deslumbrados e, tomado de vertigem, voltava para a sala, onde recomeçava os seus passeios.

Por que, porém, não descansava o mancebo?

Entrando familiarmente pela sala a dentro, os bacorinhos se haviam abrigado dos ardores do dia e, deitados debaixo de uns jiraus, ressonavam, presa de gostoso sono.

Tudo quanto vivia apetecia a sombra e o repouso. Fora, o sol reverberava violento em seus fulgores, e as sombras das árvores iam cada vez mais diminuindo. Até uma égua com o esguio e peludo poldrinho deixara o distante pasto e viera abrigar-se, à proteção da casa, junto à qual parara já meio a cochilar.

À enervadora ação do calor estival, juntavam sua influência as monótonas modulações de umas chulas e modinhas, cantadas ao som da viola de três cordas pelos camaradas de Cirino, acomodados no rancho junto ao paiol de milho.

A tudo, entretanto, resistia o jovem, e com ascendente desassosssego consultava o seu relógio de prata, tirando-o cada instante do bolso.

Passaram-se segundos, minutos e horas. Afinal soltou ele um suspiro de alívio:

— Meio-dia!... Cuidei que nunca havia de chegar!...

Saindo todo animado para o terreiro, chamou com voz forte:

— Maria... Ó Maria Conga!...

Ninguém lhe respondeu. Só do lado da cozinha ladravam os cães.

Depois de esperar algum tempo, rodeou Cirino toda a casa, como fizera com Pereira e, encostando-se à cerca que impedia a aproximação do lanço dos fundos, tornou a chamar:

— Ó Maria?... Maria!... Está dormindo, minha velha?

Vendo que os gritos ficavam sem resposta, saltou então o cercado e foi caminhando para a porta da cozinha, devagar, porém, e como que a medo.

— Ó Maria!... Minha *tia*!... Olá! Ó de casa! — chamava ele.

Afinal apareceu não a velha escrava, mas o anão Tico, que pareceu, com imperioso movimento de cabeça, indagar a causa daquele intempestivo alarma.

— Que é da Maria Conga? — perguntou Cirino chegando-se a ele.

Por meio de moderada gesticulação, mas muito expressivamente, deu Tico a entender que a preta fora ao córrego lavar roupa.

— E não há mais ninguém em casa? — inquiriu o outro.

Mostrou o anão, com singular expressão de orgulho e despeito, que ali estava ele e deitou um olhar de cólera para o imprudente curioso.

— Bem — replicou Cirino sorrindo-se —, vá você então dizer à sinhá dona que já chegou a hora de tornar o remédio. Trago o vinho, e é preciso quanto antes preparar café.

Desapareceu Tico, fazendo um aceno ao intitulado médico para que esperasse fora.

— Ora! — exclamou este com aborrecimento e tom de chacota. — Aqui ao sol?... Não está má esta!... E que tal o mestre *nanica*?...

Sem mais cerimônia entrou, pois, na casa, penetrando no quarto que ficava entre a cozinha, teatro da atividade de Maria Conga e a sala de jantar, onde se dera a apresentação de Meyer a Inocência.

Daí a pouco, ouviu passos arrastados e aos seus olhos mostrou-se Inocência embrulhada em uma grande manta de algodão de Minas, de variegadas cores, e com os longos e formosos cabelos caídos e puxados todos para trás. Os grandes e aveludados olhos orlados de fundas olheiras, e o quebrantamento do semblante, muita fraqueza denunciavam ainda; entretanto, as cetinosas faces como que se apressavam a tomar cores, à semelhança de rosas impacientes de desabrochar e expandir-se vivazes e alegres. Ao chegar à porta, não a transpôs; mas encostando-se à grossa trave que fazia de umbral, ali ficou parada, indecisa, com o olhar turbado e esquivo.

Ao vê-la, deu Cirino com timidez alguns passos ao seu encontro; depois, por seu turno estacou junto a uma cadeira de comprido espaldar, antigo e sólido traste trazido por Pereira da sua casa de Piumi:

Após longa pausa, em que por vezes se cruzaram incertos os olhares, perguntou com esforço:

— Então... minha senhora... como está?... Sente-se melhor?

— Melhor, obrigada — respondeu Inocência com voz aflautada e muito trêmula.

— Comeu já alguma coisa?

— Nhor-sim... uma asa de frango, mas com... bastante vontade.

— Sente o corpo abatido?

— A canseira está passando... ontem muito mais...

A pouco e pouco, fora Cirino recuperando o sangue-frio e se aproximando da moça, que mais se apegou à umbreira, como que a procurar abrigo e proteção.

De um lado da porta ficou ela; do outro Cirino, ambos tão enleados e cheios de sobressalto que davam razão às olhadas de espanto com que os encarava Tico, empertigado bem defronte dos dois em suas encurvadas perninhas.

— Pois chegou a hora de tomar o remédio...

— Já, seu doutor? — implorou Inocência.

— Nhã-sim.

— Eu não tenho mais nada...

— E, para cortar de uma vez as sezões... Olhe, se elas voltassem... era um grande desgosto para mim...

— Mas é tão mau — objetou ela.

— Não é bom *deveras*... mas *bem melhor* é voltar à saúde... Com um bocadinho de coragem, a gente engole tudo sem muito custo... Já que lhe amarga tanto... beberei também um pouco...

— Oh! Não! — protestou Inocência.

— É para lhe mostrar... que quero sentir... o que mecê sente.

Fez-se a menina da cor da pitanga, levantou uns olhos surpresos e voltou logo o rosto para fugir dos olhares ardentes de Cirino.

— A mezinha? — pediu ela por fim, toda comovida.

— Ah! É verdade! — exclamou Cirino. — Ande, Tico: vá buscar café à cozinha. Lave bem um pires... percebeu?

O anão fitou o moço com altivez e não se mexeu.

— Você é surdo?

— Não — respondeu Inocência. — Tico, às vezes, por manha é que se faz *ansim* de mouco.

Voltando-se então para o homúnculo, insistiu com voz meiga e carinhosa:

— Vai Tico; é para mim, ouviu?

Transformou-se repentinamente a fisionomia do anão. Pairou-lhe nos lábios inefável sorriso, meneou a cabeça duas ou três vezes com a força de uma afirmação, mas, colérico, enrugou a testa e moveu olhos inquietos e duvidosos.

Inocência teve que repetir o recado.

— Já lhe disse, Tico: *vai* buscar o café.

A esta quase ordem não ousou ele resistir, mas saiu devagarinho, voltando-se várias vezes antes de entrar na cozinha, onde muito pouco se demorou.

Neste entrementes tomara Cirino o pulso de Inocência e, sem pensar no que fazia, quebrando a débil resistência da menina, cobrira-lhe de beijos o braço e a mãozinha que havia segurado.

— Meu Deus! — balbuciou ela — que é isto?... Olhe, aí vem Tico.

Recuou então o mancebo e, para melhor disfarçar a comoção, adiantou-se para o anão que vinha trazendo na mão direita uma vasilha de folha-de-flandres, e na outra um pires com colher.

— Muito bem — disse ele —, ponha tudo em cima da mesa.

E preparando rapidamente o medicamento, apresentou-o a Inocência, que sem hesitação o sorveu todo.

— Deixe-me um pouco — exorou com ternura Cirino —, um pouco só... Se é tão mau... sofra eu também.

— Não — respondeu ela com alguma energia —, por que havéra de mecê sofrer?

E, ou por efeito do inexprimível e desconhecido abalo que experimentara no estado de debilidade a que chegara, ou por ser aquela a hora em que costumava a febre salteá-la, o certo é que teve de encostar-se ou melhor, agarrar-se ao umbral para não cair a fio comprido no chão.

— Oh! — exclamou com angústia Cirino — a senhora vai desmaiar.

Transpondo então o limiar da porta, tomou nos braços a pálida donzela, sem relutância encostou a desfalecida cabeça ao seu ombro e, com o hálito ofegante, aos poucos lhe foi fazendo voltar às faces o precioso sangue.

— Estou melhor — balbuciou ela procurando afastar a cabeça de Cirino.

— Não faça de forte à toa — acudiu este. — Vamos até aquela cadeira.

E, com toda a lentidão e cuidado, foi levando a convalescente até sentá-la, desembaraçando-a, depois, dos muitos cabelos que, todos revoltos, lhe haviam invadido o colo e se esparziam sobre o rosto.

— Quanto cabelo! — exclamou Cirino meio risonho.

Com muita atenção seguira Tico as peripécias de toda aquela cena. Ao ver Inocência perder quase os sentidos, soltou um grito surdo de desespero; depois, foi seguindo-a até a cadeira e, ajoelhado diante dela, contemplou-a com inquietação.

Cirino quis aproveitar a ocasião para um congraçamento.

— Então está com cuidado, Sr. Tico?... Não é nada... sua ama fica boa logo... Não é o que você quer?

Ao ouvir esta interpelação, levantou-se o anão e correspondeu ao simpático anúncio do moço com um olhar de desprezo e pouco caso, como que a dizer:

— Não se meta comigo, que não quero graças com você, médico de arribação!

— Agora — disse Cirino voltando-se para Inocência —, vai mecê beber dois goles deste vinho... Verá logo que sustância há de sentir dentro do corpo.

Desarrolhou então com a ponta da comprida faca que tirou do cinto, a garrafa de vinho oferecida por Meyer, e num caneco de louça branca apresentou à moça um pouco do ruborante líquido.

Molhou a doentinha os lábios e gratificou o obsequioso mancebo com um sorriso encantador.

Decididamente lhe agradava aquele médico: curava do seu corpo enfermo e entendia-lhe com a alma. Raros homens que não seu pai e Manecão, além de pretos velhos, tinha até então visto; mas a ela, tão ignorante das coisas e do mundo, parecia-lhe que ente algum nem de longe poderia ser comparado em elegância e beleza a esse que lhe ficava agora em frente. Depois, que cadeia misteriosa de simpatia a ia prendendo àquele estranho, simples viajante que via hoje, para, sem dúvida, nunca mais tornar a vê-lo?

Quem sabe, se a meiguice e bondade que lhe dispensava Cirino não eram a causa única desse sentimento novo, desconhecido, que de chofre nascia em seu peito, como depois da chuva brota a florzinha do campo?

A muito obriga a gratidão.

Rápidos correram esses pensamentos pela mente de Inocência, ao passo que as suas pupilas se iam erguendo até se fixarem em Cirino, límpidas, grandes, abertas, como que dando entrada para ele ler claro o que se lhe passava na alma.

— Sinto-me tão bem — disse ela com metal de voz muito suave, tão leve de corpo, que parece nunca mais hei de ficar *mofina*.

— Não, não, de certo! — exclamou Cirino — Nunca mais! Além disso, aqui estou e...

Com a sua chegada, interrompeu Maria Conga, a velha negra, aquele começo de diálogo. Vinha da fonte com volumosa trouxa de roupa que entrou a estender em compridos bambus, assentos horizontalmente sobre forquilhas fincadas no chão.

Despedindo-se então Cirino de Inocência:

— Agora lhe disse ele risonho e pegando-lhe a mão —, sossegue um pouco: depois tome um caldo e... queira-me bem.

— Gentes! Por que lhe não *havéra* de querer? — perguntou ela com ingenuidade. — Mecê nunca me fez mal...

— Eu — retrucou Cirino com fogo —, fazer-lhe mal? Antes morrer... Sim... dona... da minha alma, eu...

E, sem concluir, disse repentinamente:

— Adeus!

Depois, com passo lento, foi se retirando e passou diante da janela junto à qual ficara Inocência sentada.

— Olhe! — recomendou ele recostando-se ao peitoril. — Cuidado com o sereno...

— Nhor-sim...

— Não beba leite...

— Mecê já disse.

— Coma só carne de sol...

— Já sei...

— Então, adeus... adeus, menina bonita!

E, a custo, despegou-se daquele lugar, onde quisera ficar, até que de velhice lhe fraquejassem as pernas.

Capítulo XV

Histórias de Meyer

Grande felicidade é ter um filho prudente e instruído, mas, quanto a filhas, é para todo o pai carga bem pesada.

MENANDRO, *Os primos.*

Com a tarde voltaram Meyer, José Pinho e Pereira e, pouco depois deles, três avelhantados escravos; estes dos trabalhos agrícolas, aqueles de grandes excursões entomológicas.

Vinha o mineiro meio risonho e em altos gritos acordou Cirino, que, deitando-se a dormir, sonhara todo o tempo com a graciosa doente.

— Olá, amigo! Olá, doutor! — chamou Pereira com voz retumbante, — isso é que é vida, hein? Enquanto nós trabalhamos, eu e o Mochú do José, você está nessa cama de veludo!...

— É verdade — concordou o moço —, apenas os senhores se foram estendi as pernas e até agora enfiei um sono só...

— E o remédio da menina? — perguntou Pereira abaixando a voz.

— Ora, senhor, e eu que me esqueci!... Não faz mal... se ela não teve febre... Ah! espere... agora me lembro!... Eu lhe dei... estou ainda tonto de sono.

Riu-se Pereira.

— Estes doutores matam a gente, como se fosse cachorro sem dono... Num momento lhes passa da cachola se deram ou não mezinhas e venenos a cristãos...

Vendo que Meyer saíra da sala, mudou repentinamente de tom, prosseguindo em voz baixa e muito rapidamente:

— Então, sabe que o tal *alamão* levou todo o dia, só querendo puxar conversa sobre a menina?

— Deveras?

— É o que lhe digo... E... eu com as mãos atadas por aquele oferecimento de levá-lo a comer lá dentro!... Nada, nem que desconfie e se arrenegue dos meus modos... não me pisa em quarto de família... Deus te livre!...

Com efeito, à hora da ceia, Meyer manifestou surpresa de comer na mesma sala; não que tivesse motivo para desejar outro qualquer local; mas, metódico como era, gravara na mente a promessa de Pereira e, por delicadeza, supunha dever lembrar-lha.

As desculpas que o mineiro apresentou foram arranjadas de momento e ajudadas vitoriosamente por Cirino, carregando este com a responsabilidade de haver recomendado à enferma muito sossego, quase completa solidão.

De modo muito expansivo se manifestou também o reconhecimento de Pereira.

— Estou conhecendo — disse ele em aparte e apertando a mão de Cirino — que o doutor é homem sério e com quem se pode contar... Deixe estar... o Manecão há de ser amigo seu... Isso há de sê-lo... Pessoas de bem devem conhecer-se e estimar-se... Ora, veja o tal *cujo*... que temível, hein?... Não faz mal, há de ter o pago.

Se Pereira se mostrava contrariado e inquieto, muito pelo contrário parecia o naturalista nadar em mar de rosas.

— Sr. doutor — declarou ele a Cirino à mesa da ceia —, por muitos motivos estou em extremo contente com a minha estada aqui... Hoje achei mais bichinhos curiosos do que em todas as zonas por que tenho andado.

— Vosmecê nem imagina — interrompeu Pereira dirigindo-se para Cirino — o que faz este senhor quando está dentro do mato. Ainda há de quebrar o pescoço nalgum barranco a que se atire, pois caminha com as ventas para o ar... Não sei como não tem ambos os olhos furados... não repara em galhos nem em nada... só o que quer é agarrar *anicetos*... Já o avisei umas poucas de vezes; agora, sua alma, sua palma...

Judiciosas eram as advertências do mineiro e bem cabidas, tanto assim que numa das tardes seguintes voltou Meyer todo arranhado e com um gilvaz tão grande que imediatamente deu nas vistas de Cirino.

— Que foi isso, Sr. Meyer? — perguntou ele com admiração. — O senhor andou por aí a fora aos trambolhões com alguma onça?

— Oh! Não é nada — respondeu fleumaticamente o alemão.

— E a sua roupa vem suja de barro... toda rota...

Desatou Pereira a rir.

— Isso são histórias desse homem. Bem lhe dizia eu que mais dia menos dia isso havia de acontecer. Meu amigo não sabe do ditado: ...“Fia-te na Virgem e não corras, verás o tombo que levas!”... Também foi um dia em que me ri a mais não poder. Tomei um fartão... Imagine vosmecê que o tal Sr. Meyer, como já lhe contei, anda pulando dentro da mata como se fosse veado mateiro... O José Pinho, que é mitrado, vai sempre pela estrada limpa...

— Preguiçoso — atalhou Meyer a modo de observação.

— Juízo tem ele — prosseguiu o mineiro —, mas, como ia dizendo cá, o senhor com seus arrancos e saltos parece anta disparada. Em aparecendo bichinho voador, zás-trás que darás lá vai ele logo sem olhar para os paus, podendo pisar em cobras e espinhos, com aquela rede na mão, e tanto faz que engalfinha sempre algum animalejo... Hoje fui para a roça, e o homem furou o mato, enquanto José buscava uma sombrinha e entrou logo a roncar como um perdido...

— Eu, não senhor — protestou José Pinho, que queria ouvir a história.

— *Vóce*, sim — corroborou Meyer com severidade —, preguiçoso!... Ande... dê cá a pita.

— Pois bem — continuou Pereira daí a duas horas voltou Mochú nesse estado pouco mais ou menos; mas trazia uma caixa cheia de bichos do mato.

— Oh! — perguntou Cirino — e são bonitos?

— Não há mais nada — suspirou Meyer com tom dolente —, o trabalho ficou perdido!... Eu tinha apanhado cinco espécies novas... Uma queda...

— Deixe-me contar o caso — atalhou Pereira. — Oh! Eu ri-me... ri-me...

E, para confirmar a asserção, pôs-se novamente a dar gargalhadas, que foram acompanhadas por José Pinho e até por Meyer, da parte deste com menos expansão, contudo.

— Apareceu-me o *Mochu* muito contente com a sua caixinha, como se tivesse o rei na barriga. Era uma imundície de besouros, cascudos e cigarras, que o senhor nem pode imaginar... Havia de tudo; depois, quando voltamos da roça, enxergou ele num pau podre um *aniceto* vermelho e foi correndo a apanhá-lo. Eu bradei-lhe: "Olhe, que aí tem barranco: a árvore é podre e oca, e vosmecê rola pelo despenhadeiro, que nem a sua alma se salva". Qual! O homem é teimoso, como um cargueiro empacador... Eu gritava-lhe: "Tome tento, *Mochu*!" Sem atender a nada, começou a caminhar em cima da *cipoada* que cobria a boca de um *percipício*, fundo como tudo neste mundo... Quando ia botar a mão no tal bicho encarnado, encostou-se ao pau e... zás!... Afundou-se, dando um grito esganiçado que parecia de cotia. Mal teve tempo de agarrar-se aos cipós e lá ficou entre a vida e a morte, chamando *Juque*, *Juque*!... Eu, quando vi isso, mandei a toda pressa buscar à roça uma vara comprida e, se ela não chega logo, o Sr. Meyer e toda a sua bicharada rolavam de uma vez por aqueles fundões.

— Não — retificou o alemão —, bicho rolou —, caixa abriu e tudo lá se foi no fundão...

— Pois bem, o *Mochu* segurou-se com unhas e dentes ao pau e nós puxamos devagarinho, devagarinho, com um medo, um medo!... Maria Santíssima!...

Fazendo breve pausa:

— O mais engraçado ainda não chegou — avisou o mineiro. — Ah! Vosmecê vai tomar uma boa data[1] de riso. Quando o *Mochu* ganhou pé em terra, pôs-se a pular como um cabrito doido, por aqui, por acolá, pulo e mais pulo, e gritando como se o estivessem esfolando... Estava... ah! Meu Deus!... Estava cheio de formigas novatas![2]

---

[1] Porção, quantidade.

[2] A picada dessas formigas é muito dolorosa. Provém o seu nome de que novatos são os que se deixam morder por elas.

— Sim — exclamou Meyer com desespero —, formiga de pau podre!... *mein Gott*... Eu rasgo a roupa... eu pulo... eu gemo... fico nu como quando minha mãe me botou no mundo!... Horrível... Formiga do diabo!... Faz calombo em todo o meu corpo... Muita dor!...

Com reiteradas e estrondosas gargalhadas acolheram Pereira, Cirino e José Pinho essas enérgicas imprecações.

— Poderá isso — observou o mineiro — curá-lo da mania de não ouvir os outros que conhecem as coisas.

E voltando-se para Cirino:

— Verdade é que o corpo dele... Que corpo, Sr. doutor, tão *arvo*!... ficou todo empolado que foi preciso esfregá-lo com folhas de fumo. Depois, tomou um banho no ribeirão...

— Tudo estava muito bem — observou Meyer — se caixa não abre e atira no buraco meu trabalho...

— Ora, ficará para amanhã — consolou filosoficamente o camarada.

Pereira, acalmado o frouxo de riso, aproximara-se de Cirino e lhe falava a meia voz:

— Ah! Doutor, tive uma vontade de deixar esse *alamão* sumir-se no socavão!... Se não fosse meu hóspede, enfim, e recomendado de meu mano, palavra de honra *pinchava-o* de uma vez no inferno... Não sou nenhum *pinoia*...[3]

— Mas por quê? — indagou Cirino simulando admiração...

— O senhor ainda me pergunta?... Porque o homem não me faz senão falar em *Nocência*... Outra vez me disse que ela era muito bonita e mil coisas... perguntou se estava casada, se não; que era preciso casar as mulheres para bem delas. Eu lá sei o que mais?... Isso é um bruto perdido... um namorador!...

— Qual, Sr. Pereira!...

— É o que lhe digo!... Por acaso sou cobra de duas cabeças[4] que não veja!... Ah! que peso uma filha! Ah! E

---

[3] Homem fraco.

[4] É crença popular que umas cobrinhas que vivem dentro da terra fofa têm duas cabeças e não têm olhos.

então uma menina que já está apalavrada... Isto é uma anarquia![5] — Que diria meu genro, o Manecão?...

— Não poderá dizer nada — retrucou o moço. — E que diga, não faltará quem queira sua filha...

— Louvado Deus, não de certo! Eu é que não quero que ela ande de mão em mão... Ou casa com o Doca ou...

— Ou... o quê? — perguntou Cirino com inquietação, mas fingindo pouca curiosidade.

— Ou mato a quem lhe vier transtornar a cabeça... Comigo ninguém há de tirar farofa!... E não hei de ter mil cuidados, quando veja esse *estranja* estar com suas macaquices a dar no fraco das mulheres?

— Por ora, nada fez ele...

— Por ora... só leva a falar na pobre menina, que a Sra. Sant'Ana guarde de todo o mal!... Pudesse eu adivinhar, e macacos me mordam, se punha os olhos em cima de *Nocência*. Nem que viesse com cartas e ordens do Sr. D. Pedro II... Chamei o José Pinho, prosseguiu ele com voz baixa, e dei-lhe uns toques. "Então", disse-lhe eu, — "seu amo é o diabo com as mulheres, hein?" Ele, que é muito ladino[6], respondeu-me logo. "Nhor-não. Assuntei a embromação[7]." "Qual, você, carioca, tem levado areia nos olhos." "Eu?... não é capaz." "Então você não tem visto o que faz seu amo?" "Tem sido um santo", retrucou o espertalhão. "No Rio, sim." — "Na Corte?" — "Nhor-sim, na Corte. Ia todas as noites a uma casa de bebidas, assim uma espécie de venda de muito luso e lá estava horas perdidas petiscando e conversando com senhoras muito bonitas, *bem limpas*... algumas com o pescoço e os braços todos à mostra..."

— Contou-lhe isso? — atalhou Cirino com alguma dúvida o sobressalto.

— Contou — afirmou Pereira com furor.

---

[5] Desmoralização.

[6] Qualificativo muito usado em todo o interior do Brasil e se refere a pessoa esperta.

[7] A mentira, o engano.

— Vejam só que homem, heim? É um mequetrefe!... Esta noite e agora em diante, venho dormir nesta sala a ver se ele se mexe da cama. Ah! Se eu pudesse!... Caía-lhe de *calaboca*[8] em cima que lhe deixava as costelas em lascas.

Acabavam as imprudentes histórias de José Pinho de pôr a última pedra no edifício da desconfiança que tão depressa erigira a imaginação de Pereira em desconceito de Meyer. O que nelas havia de verdade eram apenas algumas horas de lazer, consagradas, durante a estada no Rio de Janeiro, pelo naturalista ao consumo de grandes copázios de cerveja no café *Stadt Coblenz*, e nas quais entretivera risonhos, bem que inocentes colóquios, com pessoas do sexo amável, frequentadoras daquele estabelecimento e de costumes não lá muito rigorosos.

---

[8] Em Minas assim chamam um pedaço de madeira curto e grosso.

Capítulo XVI

O empalamado

Ao homem não faltam importunações; quanto à vossa capacidade, bem a conhecemos.
MOLIÈRE, *O médico à força.*

Conforme o prometido, trouxe Pereira a rede para a sala dos hóspedes e, encetando um modo de vigilância muito especial, ainda que perfeitamente inútil em relação à pessoa suspeitada, associou os sonoros roncos do valente peito à ruidosa respiração de Meyer.

Se, contudo, não tivessem seus olhos a venda da confiança ou, melhor, se o sono não os acometesse sempre com tamanha imposição, de certo em breve houvera estranhado a cruel agitação em que vivia Cirino e que este não podia mais encobrir.

Na verdade, o modo por que o infeliz mancebo passava as noites era de fazer nascer suspeitas no espírito mais indiferente e desprevenido. Ou se revolvia na cama, dando mal abafados suspiros, ou então saía para o terreiro, onde se punha a passear e a fumar cigarros de palha uns após outros, até que os galos, alcandorados na cumeeira da casa e nas árvores mais próximas, anunciassem as primeiras barras do dia.

Desabrida paixão enchia o peito daquele malsinado; dessas paixões repentinas, explosivas, irresistíveis, que se apoderam de uma alma, a enleiam por toda a parte, prendem-na de mil modos e a sufocam como as serpentes de Netuno a Laocoonte. Conhecedor, como era, dos hábitos do sertão, do jugo absoluto dos preconceitos, do respeito fatal à palavra dada, antevia tantas dificuldades, tamanhos obstáculos diante de si, que, se de um lado desanimava, do outro mais sentia revoltado o nascente e já tão violento afeto.

Deus me ajudará — pensava consigo mesmo, — o que só quero é a amizade de Inocência... Há dias que não a vejo... se não puder vê-la... dou cabo da vida...

Sublevava-se o seu coração, girava-lhe o sangue com vertiginosa rapidez nas veias e vinha toldar-lhe a vista, trazendo ondas de rubro calor ao descorado rosto.

— Nossa Senhora da Abadia — implorava ele puxando os cabelos com desespero —, valei-me neste apuro em que me acho! Dai-me pelo menos esperanças de que aquela menina poderá um dia querer-me bem... Nada mais desejo... Possa o fogo que me consome abrasar também o seu peito...

Costumava a fervorosa prece dirigida à Santa da especial devoção de toda a província do Goiás acalmar um pouco o mancebo, que alquebrado de forças pegava no sono para, instantes depois, acordar sobressaltado e cada vez mais abatido.

Também estava sempre de pé, quando Pereira costumava saltar da rede.

— Oh! — observou ele da primeira vez — isso é que se chama madrugar.

— Pois é contra o meu costume —, replicou Cirino — todas essas noites tenho passado mal...

— Na verdade, vosmecê não está com boa cara...

— Creio que me entraram no corpo as maleitas.

— Essa é que é boa! Então o doutor foi emprestar da doente a moléstia?... Olhe, é preciso pôr-se forte, porque hoje mesmo há de lhe chegar uma boa *máquina* de doentes...

— Melhor...

— Já está tudo espalhado por aí da sua chegada e a romaria não há de tardar.

— Cá a espero...

— Naturalmente virá primeiro o Coelho... É boa ocasião de pagar a sua dívida... Não tenha receio de puxar mais no preço...

— Daqui mesmo pretendo despachar um próprio para me ver livre dessa obrigação...

— Isso mostra que o senhor é pessoa de brio... Não é como certa gente que conheço...

Ao dizer estas palavras, voltara-se Pereira para Meyer a contemplá-lo atentamente.

Estava na verdade o alemão digno de exame, posto ainda de parte outro qualquer motivo que não o de simples curiosidade.

Dormia com as pernas e braços abertos e caídos para fora do estreito leito das canastras: tinha o queixo muito levantado pela posição incômoda da cabeça, deixando a boca meio aberta ver uma fieira de magníficos dentes.

— Está roncando, hein? — murmurou o mineiro. — *Cavouqueiro*... a mim você não engana... — mas é o mesmo!

Iam as prevenções de Pereira tomando proporções de ideia fixa, e Meyer, na simplicidade da ignorância, como que de propósito ministrava elementos para que elas mais e mais se fossem arraigando.

Assim, ao almoço, lembrou-se de perguntar entre duas enormes colheradas de feijão:

— Sua filha, Sr. Pereira? Como vai? É melhor?

— É melhor o que, *Mochu*? — exclamou o pai com modo esquivo.

— A saúde dela é melhor?

— Está melhor; está, está — respondeu Pereira muito secamente. — Está boa... vai fazer uma viagem...

— Viagem, para onde?... Até a vila?

— Homem, *Mochu* — observou o mineiro um tanto desabrido — vosmecê está que nem mulher velha, tudo quer saber...

Meyer, nessa repreensão, que lhe causou vexame e alguma admiração, só enxergou censura justa à sua curiosidade, falta que confessou com toda a nobreza, embora agravando a situação.

— É verdade, Sr. Pereira — concordou ele. — A boa educação não manda o que eu fiz... Mereço, porém, desculpa, mereço... Sua filha é tão interessante... que me lembro sempre dela... Tenho comigo uns presentezinhos...

— Guarde-os — rosnou Pereira abafando a reflexão num acesso de tosse.

E para evitar o prosseguimento de semelhante assunto, deu por finda a refeição, levantando-se da mesa.

— Aí vem o Coelho, doutor — exclamou ele olhando para fora. — Xi! Como está amarelo!... Há tempos que o não via... já parece alma do outro mundo... É do tal em que falamos... Aperte-o, porque é *mofino* como tudo...

E, interpelando a quem chegava gritou:

— Bons olhos o vejam!... Se não fosse, amigo Sr. Coelho, ter médico em casa, nunca *havéra* de vê-lo por cá; não é verdade?

— Ora — respondeu o outro com um gemido —, ando sempre tão doente. Nem faz gosto viver assim... Mas qu'é dele, o homem?

— Está aqui...

— Já me disseram que faz milagres. Deixou nome para lá das Parnaíbas... Sabia?

— Lá que tivesse deixado nome, não; mas que é cirurgião de patente, tenho certeza, porque, num abrir e fechar de olhos, me pôs de pé uma pessoa cá de casa.

— Se ele me curar... não sei mesmo como lhe agradecer.

— É pagar-lhe — concluiu Pereira —, tratando logo de advogar os interesses do hóspede.

— Sim, hei de... pagar-lhe — confirmou o outro com alguma hesitação.

— Em todo caso, desça do animal.

Pouco depois, entrava na sala e cumprimentava a Cirino e a Meyer a pessoa a quem o mineiro chamara Coelho. Era homem já de idade, muito mais quebrantado por enfermidades que pelos anos; tinha a testa enrugada, as bochechas meio inchadas e balofas, os lábios quase brancos e os olhos empapuçados.

— Qual dos senhores é o doutor? — perguntou ele.

— Sou eu — respondeu Cirino, revestindo-se de convicto ar de importância, enquanto Meyer apontava para ele, cedendo direitos que talvez pudesse contestar.

Interveio Pereira com amabilidade:

— Sente-se, Sr. Coelho, sente-se. Não se ponha logo a falar de moléstias. Isso não vai de afogadilho... Descanse um pouco... Olhe, já almoçou?

— O pouco que como — retrucou o outro —, já está comido.

— Pois bem, ponha-se primeiro a gosto: depois então, converse com o doutor... Diga-me: que há de novo pela vila?

— Que eu saiba, nada... Também há mais de ano que de lá nenhuma notícia tenho... já não se me dá do que vai pelo mundo... Quem não goza saúde, perde o gosto de tudo... É mesmo uma calamidade...

Enquanto Coelho, em toada monótona, desfiava outras queixas no mesmo sentido, tirara Cirino da canastra o seu Chernoviz e algumas ervas secas que depôs em cima da mesa.

— O senhor — declarou ele voltando-se para o doente — está *empalamado.*

— É verdade, Sr. doutor.

— Eu, que não sou físico — observou Pereira —, diria logo isso...

— Chi, compadre! — Atalhou Coelho com impaciência e pedindo silêncio.

— O senhor — continuou Cirino com entono — teve maleitas muitos anos afios,[1] depois começou a sentir fastio e o estômago embrulhado inchou todo e em seguida definhou... Aos poucos, foi perdendo a *sustância* e o talento.

— Tal qual! — murmurou Coelho seguindo com cautelosa atenção a marcha do diagnóstico.

— Agora, o senhor não pode comer que não sinta afrontação, não é?

— Muita, Sr. doutor.

— Esse homem — disse Pereira para Meyer — leu bastante nos livros...

— Veio-lhe depois uma canseira, e, quando o senhor anda, dão-lhe uns suores e tremuras por todo o corpo... O baço está engorgitado e o fígado também... De noite fica o senhor sem poder tomar respiração, mais sentado que deitado... Às vezes tosse muito, uma tosse sem escarrar, como quem tem um pigarro seco...

---

[1] Emprega-se, às vezes, no sertão em lugar de "a fio".

— Tal qual! — repetiu o enfermo com unção e quase entusiasmo.

— Pois bem — terminou Cirino —, como já lhe disse, o senhor está *empalamado.*

— E não há cura? — perguntou Coelho meio duvidoso.

— Há, mas o remédio é forte.

— Contanto que faça bem...

— Muita gente — replicou Cirino —, tenho já curado em estado pior que o senhor; mas, repito, o remédio é violento...

— Tomarei tudo — afirmou Coelho. — Há anos que faço um horror de mezinhas e de nenhuma delas tiro proveito. Vamos ver.

Cirino neste ponto mudou o tom de voz e, olhando para Pereira:

— O senhor sabe — observou ele — que o meu modo de vida é este...

Com um movimento de cabeça aplaudiu o mineiro aquela entrada em matéria.

O mesmo não pensou Coelho, que tartamudeou:

— Ah!... Estou pronto... Sou pobre, muito pobre...

Piscou Pereira um olho com malícia.

— Costumo — continuou Cirino — receber o pagamento em duas *ametades...*

Depois acrescentou, um tanto vexado:

— Se falo nisso agora com esta pressa, é porque também tenho precisão urgente de dinheiro... Não acha, Sr. Meyer?

— Pois não, pois não — concordou o alemão —, tem todo o direito.

— Meu amigo — corroborou Pereira —, o doutor não trabalha para o bispo; tem que ganhar honradamente a vida.

— Então, como lhe dizia — prosseguiu o outro dirigindo-se para Coelho —, o senhor pagar-me-á no princípio da aplicação e no fim. Assim, não há enganos... Serve-lhe?

— Que remédio! — suspirou Coelho. — Eu lhe darei... até 30 mil réis... ou... 40...

— Qual! — retorquiu Cirino. — O meu preço é um só.

— E a quanto monta?

— A 100 mil réis.

— Cem *mim* réis! — exclamou Coelho aterrado.

— Cinquenta no princípio, 50 no fim.

Gemeu o doente lá consigo.

— Ora o que é isto para você, compadre? — interveio Pereira. — *Um atilho do milho para quem tem tulhas cheias a valer!*...[2]

— Nem tanto, nem tanto assim — objetou Coelho.

— Deixe-se de histórias — continuou Pereira. — Se vosmecê não tivesse bons patacos, eu diria logo ao nosso amigo: "Olhe que este é dos nossos, não tem onde cair morto" e ele *havéra* de curar de graça... não é?

— Decerto, decerto — declarou Cirino com muita prontidão.

— Mas com vosmecê o caso é defronte![3] Doutra maneira, por que razão havia um cirurgião de andar por estes socovões? Também quer bichar um pouco...

— É muito justo...

— Cinquenta... mil... réis — balbuciava Coelho —, assim de pancada...

— Se o médico o cura — disse Meyer intrometendo-se — é negócio da China.

Nada dizia Cirino por dignidade própria. Estava folheando o Chernoviz, cujas páginas mostravam contínuo manusear, algumas até enriquecidas de notas e observações à margem.

Assim no artigo "Opilação ou hipoemia intertropical" havia ele escrito ao lado: "É o que se chama no sertão *moléstia de empalamado*". E no fim abrira grande chave para encerrar esta ousada e peremptória sentença: "Todos esses remédios de nada servem. Sei de um muito violento, mas seguro. Foi-me, há anos, ensinado por Matias Pedroso, curandeiro da vila do Prata, no sertão da Farinha Podre, velho de muita prática e que conhecia todas as raízes e ervas do campo".

---

[2] Corresponde ao dito popular no Rio Grande do Sul: "Que é um boi para quem tem uma estância?"

[3] Diferente.

— Pois bem — disse Coelho depois de grande hesitação —, está o negócio fechado. Mas olhe que entrará no pagamento o preço das mezinhas, e as visitas hão de ser feitas em minha casa...

— Não há dúvida, — concordou Cirino — irei à sua fazenda todos os dias... Não é longe daqui ?

— Nhor-não... duas léguas pequenas, pela estrada.

— Bem. O senhor, em voltando à casa, meta-se logo na cama.

Coelho fez sinal que sim.

— Amanhã — continuou o moço — deve tomar esses pós que lhe estou mostrando. Divida isso em duas porções; há de fazer-lhe muito efeito; depois descanse dois ou três dias, se acaso se sentir muito fraco; em seguida.

E parando de repente, encarou Coelho alguns instantes:

— O senhor quer mesmo curar-se?

— Oh! Se quero!

— E tem confiança em mim?

— Abaixo de Deus só mecê pode salvar-me.

— Então, tomará às cegas o que eu lhe receitar?

— Até carvão em brasa.

— Olhe bem o que diz... não gosto do começar a tratar para depois parar...

— Não tenha esse medo comigo... viver como eu vivo, antes morrer...

— Então — continuou Cirino com pausa —, acabados os dias de sossego — há de o senhor engolir uma boa data de leite de jaracatiá.

— "Jaracatiá?!" — exclamaram com assombro o doente e Pereira.

— *Jarracatiá*?! — gaguejou por seu turno Meyer, arregalando os olhos — que é *jarracatiá*?

— Mas isso vai queimar as tripas do homem, observou o mineiro.

Cirino replicou um tanto ofendido:

— Não sou nenhum criançola, Sr. Pereira. Sei bem o que estou dizendo. Este remédio é segredo meu, muito forte, muito daninho; mas não é nem uma, nem duas vezes, que com ele tenho curado *empalamados*. A coisa está no modo de dar o leite e na quantidade: por isso é que não faço mistério, avisando, contudo, que com uma porçãozinha mais do que o preciso, o doente está na cova...

— Salta! — atalhou Pereira — tal mezinha não quero eu, antes ficar *empalamado*.

— Que é *jarracatiá*? — tornou a perguntar Meyer.

Coelho abaixou a cabeça e parecia estar refletindo na resolução que havia de abraçar.

Depois, com voz melancólica:

— O dito, dito — declarou —, aceito tudo o que vosmecê me der. Agora, quanto fizer está bem feito... Como é que devo tomar o jaracatiá?

— Em tempo lhe direi — replicou Cirino. — Fazem-se três cortes no pé da árvore e deixa-se correr o primeiro leite: eu mesmo hei de recolher o que for bom. Tenho toda a confiança em que o senhor ficará são... bem sabe, ninguém em negócio de doença, mais do que outro qualquer, pode nunca dizer: isso há de ser assim ou *assado*... todos estamos nas mãos de Deus. Só Ele pode saber se a moléstia nos sairá do corpo ou nos há de atirar à sepultura. Todo o bom cristão conhece isso e deve conformar-se com a vontade divina... o que o médico faz é ajudar a natureza e dar a mão ao corpo quando ele pode ainda levantar-se...

— Justo, justo! — apoiou Meyer — então todo empenhado em picar um formoso coleóptero.

— Assim também é que eu entendo — disse o mineiro.

— Mas, o que é *jarracatiá,* Sr. Pereira? — insistiu o alemão.

Voltou-se o interpelado com impaciência:

— É uma árvore, Sr. Meyer, árvore grande, de folhas cortadas, que dá umas espécies de mamõezinhos. Deitam leite muito grosso e queimam os beiços quando a gente não tem cuidado. É uma árvore, ouviu? Uma árvore!

— Ah! — exclamou o alemão concertando a garganta.

Nesta ocasião sacou Cirino da canastra outros remédios e passou-os a Coelho, dando-lhe minuciosas informações sobre o modo por que havia de usar deles.

— Tem muito enjoo, quando come? — perguntou o curandeiro.

— Muito, Sr. doutor.

— Assim é, mas deixe estar; depois do leite de jaracatiá, volta-lhe a *apetência*. Nos primeiros tempos, o senhor só há de beber claras de ovos bem batidas. Depois, irá a pouco o pouco tomando mais alimento.

— Deus o ouça...

Levantou-se Pereira e, chegando-se à porta anunciou:

— Aí vem gente... estou ouvindo passos de animal montado... sem dúvida é algum pobre *engorovinhado* de doença. Isso de moléstias, não faltam no mundo. Também há tanta maldade, que não pudera ser por menos.

Depois de ligeira pausa, acrescentou em tom de surpresa e aborrecimento.

— Hi! Meu Deus!... Nossa Senhora nos socorra... sabem quem vem chegando?... É o Garcia; está com o mal! há mais de dois anos e não quer crer na desgraça... pobre coitado, sem dúvida vem comprar o desengano... Tenho muita pena dessa gente... mas, deveras, não quero ver em minha casa... Vamos, Sr. doutor, despache o Garcia depressa. Com lázaros não se brinca. A Senhora Sant'Ana de tal nos livre! Nem olhar é bom.

E, Pereira, voltando-se para dentro, pediu apressadamente:

— Não deixe o homem *desapear*, doutor: ficava-me depois o desgosto de ter que lhe fazer alguma má-criação. Pelo amor de Deus, vá lá fora... veja o que ele quer... e dê-lhe boas tardes da nossa parte... Olhe, está chamando... Saia, doutor; saia!

Ouvia-se, com efeito, uma voz perguntar se estava em casa o Sr. Pereira.

Este, vendo que Cirino não se apressava à medida dos seus desejos, ou temendo que o recém-chegado lhe entrasse na sala, sem demora apareceu à soleira da porta e, com manifesta sequidão, respondeu ao humilde cumprimento de chapéu e à meiga saudação que lhe era dirigida.

Capítulo XVII

O morfético

O leproso. — *Interesse? Ah! nunca inspirei senão compaixão...*
O militar. — *Quão feliz fora eu se pudesse dar-vos algum consolo!...*

XAVIER DE MAISTRE, *O leproso de Aosta.*

Não devo ter sociedade senão comigo mesmo;
nenhum amigo, senão Deus.
Generoso estrangeiro, adeus, sê feliz.
Adeus para sempre!

Idem.

A pessoa que chegara, bem que tivesse descavalgado, não se adiantou ao encontro do dono da casa. Pelo contrário como que recuou, conservando-se depois imóvel, encostado a um burrinho, cujas rédeas segurava.

De seu lugar, perguntou-lhe Pereira com expressão não muito prazenteira:

— Então, como vai, Sr. Garcia?

— Como hei de ir — respondeu o interpelado. Mal... ou melhor, como sempre.

— Pois esteja na certeza de que muito sinto.

— Está aí o cirurgião? — indagou Garcia.

— Não tarda a vir vê-lo aí fora... olhe, é um instantezinho.

Palavras tão cruéis não pareceram fazer mossa ao desgraçado.

— Esperá-lo-ei com toda a paciência — replicou melancólico.

— Já sei que volta hoje para casa — afirmou Pereira.

— Volto. Se a noite me pegar em caminho, ficarei no pouso das Perdizes.

— É verdade: lá há uma tapera. Mas o senhor não tem medo de almas do outro mundo? Dizem que o tal rancho velho é mal-assombrado.

— Eu? — exclamou o infeliz. — Só tenho medo de mim mesmo. Quisesse um defunto vir gracejar um pouco comigo, e de agradecido lhe beijava os dedos roídos dos bichos. Olhe, Sr. Pereira — continuou com voz um tanto alta e agoniada, — não levo a mal o senhor não me convidar para entrar em sua casa; não, no seu caso havia de fazer o mesmo.

— Oh! Sr. Garcia! — quis protestar Pereira.

— Nada... — digo-lhe isso do coração... Na minha família, sempre tivemos nojo de lázaros... sou o primeiro... O senhor nem imagina... vivi muitos anos meio desconfiado... A ninguém contei o caso... De repente, arrebentou o *mal* fora. Já não era mais possível enganar nem a um cego... Ah! Meu Deus, quanto tenho sofrido!...

— Permita Ele — interrompeu Pereira em tom compassivo — que este doutor tenha algum remédio... Bem vê... às vezes...

— Curar a morfeia? — replicou Garcia com sorriso pungente de sarcasmo. — Não há esse *pintado*... que em tal pense...

— Então para que quer ver o médico?

— Só para uma coisa... saber pelos livros que ele tem lido e pelo conhecimento das moléstias, se isto pega... é só o que quero... Porque então fujo de minha casa. Desapareço desta terra... e vou me arrastando até tombar nalgum canto por aí... dizem uns que pega... outros, que não... que é só do sangue... Eu não sei...

E, abanando tristemente a cabeça, apoiou-se ao tosco selim.

Depois, ergueu os olhos para os céus, e exclamou:

— Cumpra-se tudo quanto Deus Nosso Senhor Jesus Cristo houver determinado!... Se o médico me desenganar, não quero que a minha gente fique toda... marcada... Irei para São Paulo...

Pereira cortou este doloroso diálogo:

— Está bem, patrício Garcia — disse —, vou já mandar-lhe o homem... espere um pouco...

E, entrando, reiterou o pedido a Cirino, que se demorara a receitar a Coelho umas beberagens de *velame* e *pés-de-perdiz,* plantas muito abundantes naquelas paragens, de grandes virtudes diuréticas e que deveriam ser empregadas um mês depois da aplicação do leite de jaracatiá.

— Ande, doutor — instou Pereira —, vá lá fora ver o coitado do outro e despache-o depressa. Estou todo *enfernizado* por vê-lo no meu terreiro.

Cirino saiu então e, caminhando com lentidão, parou a alguns passos do mal-aventurado Garcia, cujo rosto repentinamente se contraiu enquanto tirava o chapéu com submissão e receio.

Vinha então a tarde descendo, e a luz do crepúsculo irradiava por toda parte, tão melancólica e suave que, sem saber por que, a alma de Cirino de repente se confrangeu.

Com assombro o encarava o lázaro. Diante dele se erguera quem lhe ia apontar o caminho da eterna proscrição. Dos seus lábios ia cair a sentença última, irremediável, fatal!

Quanta angústia no olhar daquele homem! Que pensamentos sinistros! Quanta dor!

Também ficara ali atônito, boquiaberto, à espera que a palavra de Cirino lhe quebrasse o horroroso enleio.

— Então — disse este depois de breve pausa —, que me quer o senhor?

— Doutor... — balbuciou Garcia — primeiro que tudo quero... pagar-lhe...; trouxe algum... dinheiro... mas, talvez... seja... pouco.

Interrompeu-o Cirino:

— Não recebo dinheiro para tratar... da sua moléstia.

— Quer isto dizer — replicou com acabrunhamento Garcia — que ela não tem cura... Eu bem sabia, mas... é tão duro ouvir sempre isso!... Olhe, o meu mal é de pouco... está em princípio. Quem sabe... se o senhor não conhecerá alguma erva?...

— Infelizmente — respondeu Cirino —, nem eu, nem ninguém conhece essa planta...

— Enfim!

E Garcia, fechando os olhos como que para concentrar as forças, continuou:

— Ah! Doutor, eu sou um pobre homem... velho já cansado... Por que não me veio a morte em lugar desta podridão que me está comendo as carnes?... Muito tempo a senti dentro de mim... Disfarcei, até ao dia em que minha neta... a filha do meu coração... a Jacinta... ela mesma, mostrou certo receio de me abraçar... Ah! Senhor, quanto se sofre nesta vida!

E Garcia parou ofegante, empalidecendo muito.

— Dê-me água! — exclamou ele. — Água... Pelo amor do Deus!... Pudesse agora... ser o meu dia... A minha garganta... está que nem fogo!...

E agarrou-se aos arreios para não cair no chão.

Cirino correu a buscar água.

— Onde há de ser? — perguntou Pereira.

— Onde queira — respondeu o outro com pressa —, veja que aquele cristão está sofrendo...

— Ah! Leve a caneca de louça... Depois a quebraremos...

Com sofreguidão tomou o lázaro o vaso, bebeu de um trago e pareceu melhorar.

— Foi um vagado — disse reassumindo aos poucos a calma. — Mas, como lhe contava, certeza tinha eu do mal. Agora, só quero saber uma coisa e vou-me de partida. Este mal... pega, doutor?

— Pega — afirmou Cirino com tristeza.

— E que me resta fazer?

— Pedir à Senhora Sant'Ana paciência e a Nosso Senhor Jesus Cristo...

Garcia abanava a cabeça acabrunhado.

— ... que o proteja na sua vida de desgraças.

— Meu Deus — balbuciou o morfético a meia voz —, dai-me forças... coragem para que eu faça o que devo fazer.

E, com súbita resolução:

— Cumpra-se a vontade do Altíssimo! exclamou, enfim. — Doutor, obrigado! O pobre lázaro há de pedir ao Todo Poderoso que neste mundo e no outro lhe pague as suas palavras de homem de letras... Adeus! Eu me vou para as terras de São Paulo... talvez me junte à gente da minha espécie. Adeus...

E, a custo montando a cavalo, voltou-se para as pessoas que tinham de longe vindo assistir à consulta.

— Adeus — disse ele acenando com o chapéu, gente e patrícios. — Sr. Pereira, Sr. Coelho, mais senhores, adeus! Eu me *boto* de uma feita para lá das Parnaíbas... Este sertão não me vê mais nunca!...

Acolheu o silêncio essas palavras de eterna despedida.

Garcia, então, esporeando com o calcanhar o ventre da cavalgadura, a passo tomou rumo da estrada geral e sumiu-se numa das voltas do caminho, quando já vinha a noite estendendo o seu lúgubre manto.

Capítulo XVIII

Idílio

Mas que luz é essa que ali aparece naquela janela? A janela é o Oriente e Julieta, o Sol. Sobe, belo astro, sobe e mata de inveja a pálida Lua.

SHAKESPEARE, *Romeu e Julieta*, Ato II.

Entretanto, desde algum tempo, sentia-se Virgínia agitada de mal desconhecido... Em sua fronte não pousava mais a serenidade, nem o sorriso lhe pairava nos lábios... Pensa ela na noite, na solidão, e fogo devorador a abrasa toda.

B. DE SAINT-PIERRE, *Paulo e Virgínia*.

Decorreram sem novidade dias e dias uns após outros; Cirino diagnosticando e curando, ou melhor, receitando; Meyer aumentando cada vez mais a sua bela coleção entomológica, sempre feitorizado por Pereira, que cautelosamente tratava de mantê-lo no suspeitoso círculo da sua apertada vigilância.

Confidente de todos os infundados e mal empregados receios era Cirino.

— O *alamão* — dizia o mineiro — não me deixa pôr pé em ramo verde, mas também trago-o vigiado que é um gosto... se desconfiasse, teria medo até da sua sombra... estou em brasas... não sei por que não chega o Manecão Doca... quero arriar a carga no chão... agora, mais do que nunca, devo casar *Nocência*... Essas mulheres botam sal na moleira de um homem. Salta! E ainda isso tudo não é nada.

— Então espera muito breve o Manecão? — perguntou o outro com ansiedade.

— Não pode tardar... por estes dois ou três dias quando muito... vem de Uberaba e sem dúvida por lá arranjou todos os papéis... dei a certidão do meu casamento... a do batismo da pequena... e adiantei dinheiro para as despesas... bem que ele refugasse meio vexado.

— Então está tudo decidido? — perguntou Cirino com vivacidade.

— Boa dúvida!... Já lhe tenho dito mais de uma vez. Hoje é coisa de pedra e cal... se até trato o Manecão de filho... A honra desta casa é também honra dele.

— Mas sua filha?

— Que tem?

— Gosta dele?

— Ora se!... Um homenzarrão... desempenado. E, quando não gostasse, é vontade minha, e está acabado. Para felicidade dela e, como boa filha que é, não tem que piar... Estou, porém, certíssimo de que o noivo lhe faz bater o coração... tomara ver o *cujo* chegado!

Já nesse tempo, como dissemos, Inocência de todo se restabelecera, ainda que Cirino tivesse feito quanto possível render a enfermidade. Mas, quando o rubor da saúde voltou à acetinada cútis da sertaneja e o vigor ao esbelto corpo, não houve pretexto a que se apegar, e as entrevistas curtas e graves de médico foram cortadas, até mesmo para não desviar a atenção de Pereira da pessoa de Meyer.

Com o coração, pois, partido de dor, declarou que os seus cuidados e presença se tornavam completamente desnecessários.

Seguiram-se então semanas inteiras, sem que pudesse pôr os ansiosos olhos na formosa namorada, e por tal modo se exacerbou a sua paixão que, para encobri-la e disfarçar a excitação nervosa, a falta de apetite e palidez externa, teve que recorrer a desculpas de moléstias; caiu realmente doente. A incerteza em que se via, sem, pelo menos, saber se o seu afeto era ou não correspondido, dava-lhe acessos de violenta angústia, que as desoras tocava às raias da exasperação.

Uma noite, em que havia luar embaciado por ligeira bruma, tomou a sua aflição tal violência que ele decidiu fugir daquele local de sofrimentos e incertezas, logo na manhã seguinte.

Assente uma vez nesta resolução, ergueu-se do leito em que jazia prostrado pelo mais cruel desalento e, com algum custo, saiu para o terreiro, abrindo cautelosamente a porta da casa, a fim de não acordar os companheiros de quarto. Uma vez fora, sentou-se num tronco de madeiro e ali ao ar fresco e acariciador da madrugada, entrou com mais tranquilidade a pensar no caso.

Seria uma hora depois de meia-noite.

Estavam os espaços como que iluminados por essa luz serena e fixa que irradia de um globo despolido; luz fosca, branda, sem intermitências no brilho, sem cintilações, e difundida igualmente por toda a atmosfera.

Haviam já os galos cantado uma vez, e, ao longe, muito longe, de vez em quando, se ouvia, o clamor das anhumapocas.

Levantou-se de repente Cirino.

Depois de alguma vacilação, deu uma volta por toda a habitação, pulando os cercados, e tomou o rumo do frondoso laranjal, a cuja espessa sombra se abrigou por algum tempo.

Achegou-se, em seguida, à cerca dos fundos da casa e parou no meio do pátio, olhando com assombro para uma janela aberta.

Um vulto ali estava!... Era o dela; Inocência... Não havia dúvida.

A princípio, nenhum movimento fez; mas, depois, lentamente se foi retirando e aos poucos fechou o postigo.

Cirino deu um só pulo e de leve, muito de leve, bateu apressadas pancadas na tábua da janela.

— Inocência!... Inocência!... — chamou com voz sumida, mas ardente e cheia de súplica.

Ninguém lhe respondeu.

— Inocência — implorou o moço —, olhe... abra e tenha pena de mim... eu morro por sua causa...

Depois de breve tempo, que para Cirino pareceu um século, descerrou-se a medo a janela, e apareceu a moça toda assustada, sem saber por que razão ali estava nem explicar tudo aquilo.

Parecia-lhe um sonho.

Quis, entretanto, dar qualquer desculpa à situação e, fingindo-se admirada, perguntou muito baixinho e a balbuciar:

— Que vem... mecê... fazer aqui?... Já... estou boa.

Da parte de fora, agarrou-lhe Cirino nas mãos.

— Oh! — disse ele com fogo — doente estou eu agora... sou eu que vou morrer... porque você me enfeitiçou, e não acho remédio para o meu mal.

— Eu... não — protestou Inocência.

— Sim... você que é uma mulher como nunca vi... seus olhos me queimaram... sinto fogo dentro de mim... já não vivo... o que só quero é vê-la... é amá-la, não conheço mais o que seja sono e, nesta semana, fiquei mais velho do que em muitos anos havia de ficar... e tudo, por que, Inocência?

— Eu não sei, não — respondeu a pobrezinha com ingenuidade.

— Porque eu amo... amo-a, e sofro como um louco... como um perdido...

— Ué! — exclamou ela — pois amor é sofrimento?

— Amor é sofrimento, quando a gente não sabe se a paixão é aceita, quando se não vê quem se adora: amor é céu, quando se está como eu agora estou.

— E quando a gente está longe — perguntou ela —, que se sente?...

— Sente-se uma dor, cá dentro, que parece que se vai morrer... tudo causa desgosto: só se pensa na pessoa a quem se quer, a todas as horas do dia e da noite, no sono, na reza, quando se pede a Nossa Senhora, sempre ela, ela, ela!... O bem amado... e...

— Oh! — interrompeu a sertaneja com singeleza. — Então eu amo...

— Você? — indagou Cirino sofregamente.

— Se é como... mecê diz...

— É... é... eu lhe juro!...

— Então... eu amo — confirmou Inocência.

— E a quem?... Diga: a quem?

Houve uma pausa, e a custo retrucou ela ladeando a questão:

— A quem me ama.

— Ah! — exclamou o jovem — então é a mim... é a mim, com certeza, porque ninguém neste mundo, ninguém, ouviu? é capaz de amá-la como eu... nem seu pai... nem sua mãe, se viva fosse... deixe falar seu coração... se quer ver-me fora deste mundo... diga que não sou eu, diga!...

— E como ia mecê morrer? — atalhou ela com receio.

— Não falta pau para me enforcar, nem água para me afogar.

— Deus nos livre! Não fale nisso... mas, por que é que mecê gosta tanto de mim? Mecê não é meu parente, nem primo, longe que seja, nem conhecido sequer... Eu lhe vi apenas pouco tempo... e tanto se agradou de mim?

— E com você... não sucede o mesmo? — perguntou Cirino.

— Comigo?

— Sim, com você... Por que é que está acordada a estas horas? Por que é que não pode dormir?... Que a cama lhe parece um braseiro, como a mim também parece?... Por que pensa em alguém a todo o instante? Entretanto, esse alguém não é primo seu, longe que seja, nem conhecido sequer!

— É verdade — confessou Inocência com doce candura. Depois quis emendar a mão:

— Mas quem lhe disse que vivo pensando em mecê?

— Inocência — implorou o moço —, não queira negar, vejo que sou amado...

— Sempre amar! — observou ela, mais para si do que para quem a ouvia — No ano que já passou e por ocasião da Sra. Sant'Ana, aqui vieram umas parentas minhas e caçoaram comigo, porque eu não as entendia: tanto assim que uma delas, a Nhã Tuca, me disse: "Deveras, mecê ainda não gostou de nenhum moço? — E eu respondi: Não assunto[1] o que mecês estão a prosear". Aquilo era certo, e tão verdade como estar nosso Deus no paraíso... Hoje...

— E hoje?

— Hoje? — repetiu a moça. — Quem sabe se não era bem melhor não ter nunca gostado de ninguém?

— Isso não está na gente... É ordem lá de cima...

— Enfim, se for destino, que se cumpra.

---

[1] Não percebo.

Conservava-se Inocência ainda um pouco arredada da janela, de modo que Cirino, para lhe falar baixinho, tinha o corpo inclinado do lado de dentro. Segurava as mãos da namorada e puxava-a com doce violência, quando mostrava querer afastar-se.

Era o ardente colóquio dos dois cortado de frequentes pausas, durante as quais se embebiam recíprocos os olhares carregados de paixão.

— Deixa-me ver bem o teu rosto — dizia Cirino a Inocência. — Para mim, é muito mais belo que a Lua e tem mais brilho que o Sol.

E, apesar de alguma resistência, fraca embora, mas conscienciosa, que lhe foi oposta, conseguiu que a formosa rapariga se recostasse ao peitoril da janela.

— Amar — observou ela — deve ser coisa bem feia.

— Por quê?

— Porque estou aqui e sinto tanto fogo no rosto!... Cá dentro me diz um palpite que é pecado mortal que faço...

— Você tão pura! — contestou Cirino.

— Se alguém viesse agora e nos visse, eu morria de vergonha. Sr. Cirino, deixe-me... vá-se embora!... o senhor me atirou algum quebranto... aquela sua mezinha tinha alguma erva para *mim* tomar... e me virar o juízo...

— Não — atalhou o mancebo com força —, eu lhe juro! Pela alma de minha mãe... o remédio não tinha nada!

— Então por que fiquei... *ansim*, que me não conheço mais?... Se papai aparecesse... não tinha o direito de me matar?...

Foi-se-lhe a voz tornando cada vez mais baixa e sumiu-se num golfão de lágrimas.

Atirou-se Cirino de joelhos diante dela.

— Inocência — exclamou! — Pela salvação de minha alma lhe dou juramento: nada de mau fiz para prender o seu coração... Se você me quer, é porque Deus assim mandou... Sou um rapaz de bons costumes... Até hoje nunca tinha amado mulher alguma... mas não sei como deixar de amar uma moça como você... Perdoe-me; se você sofre... eu também padeço muito... Perdoe-me...

Alçara o mancebo um pouco a voz.

De repente Inocência estremeceu.

— Não ouviu ruído? — perguntou ela com terror.

— Não — respondeu Cirino.

— Alguém acordou lá dentro...

— Pois... então vá ver... o que é... e se não for nada, volte... aqui a espero, escondido à sombra da parede...

Minutos depois, reapareceu a moça.

— Não vi nada — disse.

— Então foi abusão.

— É melhor que o senhor se vá embora.

— Não, Inocência, tenha pena de mim... eu não poderei vê-la tão cedo e... preciso conversar... mesmo para arranjo da nossa vida... O Manecão não tarda...

— Ah! — exclamou ela com sobressalto — então mecê sabe...

— Sei; e desgraçadamente, breve está ele batendo aqui...

— Eu bem dizia que o senhor me *havéra* de perder... antes de o ter visto... casar com aquele homem, me agradava até... era uma novidade... porque ele me disse que me levava para a vila... mas agora esta ideia me mete horror! Por que é que mecê mexeu comigo? Sou uma pobre menina, que não tem mãe desde criancinha... Não há tanta moça nas cidades... nos *povoados*?... Por que veio tirar o sono... a vontade de viver a quem era... tão alegre... que até hoje não pensou em maldade... e nunca fez dano a ninguém?

— E eu? — replicou com energia Cirino. — Pensa então que sou feliz?... Olhe bem uma coisa Inocência: digo-lhe isto diante de Deus: ou hei de casar com você... ou dou cabo da vida... quem arranjou tudo assim... foi o meu caiporismo... Se eu tivesse passado aqui antes daquele homem, que odeio, que quisera matar... nada impediria que eu fosse hoje o ente mais feliz do mundo!... Mais feliz aqui neste sertão, do que o Imperador nos seus paços lá na corte do Rio de Janeiro! Eu já lhe disse... culpa não tive...

— Não há nada que nos possa salvar — atalhou a moça.

— Nada?... Talvez...

Soou nesse momento, e repentinamente, do lado do laranjal um assobio prolongado, agudíssimo, e uma pedra, arremessada por mão misteriosa e com muita força, sibilou nos ares e veio bater na parede com surda pancada, passando rente à cabeça de Cirino.

Deu Inocência abafado grito de terror e fechou rapidamente a janela, ao passo que o mancebo, esgueirando-se com celeridade pela sombra, resoluto correu para o ponto donde presumia ter partido a pedra.

Não viu ninguém.

Por toda a parte, o ruído misterioso e peculiar a uma noite calma de verão.

Percorreu em todos os sentidos o pomar, e só ouviu a bulha dos seus passos.

Afinal, de cansado, deixou o sítio e cautelosamente se dirigiu para o terreiro da frente.

Quando lá chegou, parou atônito.

O mesmo assobio, prolongado e finíssimo, desta feita talvez mais estridente, feriu-lhe os ouvidos.

Capítulo XIX

Cálculos e esperanças

Apesar, porém, de jovem, apesar da violência do amor que a prendia a Julião, sabia ela conter os movimentos do coração e desconfiar de si mesma.

WALTER SCOTT, *Peveril do Pico.*

Lisa. — *Contanto que tenhas bastante resolução...*
Lucinda. — *Que queres que eu faça contra a autoridade de um pai? Se ele for inexorável aos meus pedidos?...*

MOLIÈRE, *O amor médico.*

Durante os dias de estada nas terras de Pereira, as quais não tinham limites nem vizinhos dali a muitas léguas, aumentou Meyer a sua interessante coleção com extraordinária variedade de bichinhos e sobretudo borboletas.

Tal era a alegria de que se possuíra por esse fausto motivo, que a cada momento a manifestava num tom de franqueza capaz de, por si só, convencer o mais descrente dos homens em questão de sinceridade.

— Sr. Pereira — dizia o naturalista —, afianço-lhe que em parte alguma do Brasil estive ainda tão bem como em sua casa.

— Eu te entendo, maroto — rosnava o mineiro.

— Deveras!... Só o que sinto é que sua filha não nos aparecesse mais... Sinto muito, na verdade...

Sorriu-se Pereira com riso amarelo e replicou, apertando os punhos de raiva:

— *Mochu* sabe... isto são costumes cá da terra. As mulheres não são feitas para...

— Para quê? — perguntou Meyer com pausa.

— Para *prosearem* com qualquer *um*...

— Que é *prosearem*?

— É conversar, dar de língua — explicou Cirino.

— Obrigado, doutor — retorquiu Meyer, agradecendo mais aquela indicação filológica que foi imediatamente enriquecer o seu caderno de notas. — *Prosear* é conversar. Muito bem!... Pois é pena, Sr. Pereira, porque sua filha é uma bonita senhora!

— Nessa arapuca não caio eu, *seu* tratante... Hei de *toda* a vida andar com olho em ti, murmurava o mineiro.

— É pena — confirmava Meyer duas e três vezes —, é pena... Por certo não era esta a linguagem mais própria para desvanecer as prevenções e receios de Pereira; ao invés, mais e mais recrescia a sua vigilância sobre Meyer, o que proporcionava ao verdadeiro culpado a liberdade de que carecia para tornar a ver o mal guardado tesouro.

Não foi todavia sem custo a nova conferência.

Ficara a pobre menina tão impressionada com o final da primeira entrevista, que, por alguns dias, mal saíra do quarto.

Escrever-lhe Cirino, era de todo inútil, por isso que ela nunca aprendera a ler; e, depois, qual o meio de lhe fazer chegar às mãos qualquer papel ou recado?

Sobravam, portanto, razões para que o jovem se ralasse de impaciência e quase desesperasse da sorte.

Passava as noites em claro, metido no laranjal e procurando uma solução a tanta dificuldade; atordoavam-no ainda aqueles dois assobios que não podia explicar e sobretudo aquela pedrada tão bem dirigida, que por pouco talvez o houvesse estendido por terra.

Numa dessas noites de ansiedade, viu afinal reabrir-se a janela de Inocência.

A pobrezinha, abrasada também de amor, queria respirar o ar da noite e beber na viração do sertão um pouco de tranquilidade para sua alma não afeita ao tumultuar dos sentimentos que a agitavam, e, quem sabe verificar se por aí não andava rondando aquele que no seio lhe inoculara tamanho desassossego, ímpetos tão desconhecidos e violentos, superiores a todas as suas tentativas de resistência.

Cirino, rápido como uma seta, rápido como aquela pedra arrojada tão vigorosamente, achou-se ao pé da janela e cobriu de beijos as mãos da sua amada.

— O grito? — balbuciou ela. — Dois gritos... e a pedrada... Que foi?

— Ah! não foi nada — respondeu apressadamente Cirino; — fui ver no laranjal... era um macauã.[1] O que pareceu pedrada era um noitibó[2] que frechou para mim e veio dar com a cabeça na parede.

— Deveras? — perguntou ela, incrédula.

— Deveras. A princípio tomei também um grande susto. Depois, verifiquei que não passava de miragem. De noite, a gente em tudo vê maravilhas ... Para mim, a única que vi era você, minha vida, meu anjo do céu ...

Com este madrigal encetou Cirino uma conversação como a da primeira noite, como a que balbuciam duas cândidas almas na eterna e sempre nova declaração de amor, desde que Adão e Eva a trocaram, à sombra das maravilhosas árvores do Éden.

Mostrou-se o moço receoso da rivalidade de Meyer. Riu-se ela e gracejou, com espírito e bondade, da figura do estrangeiro. Com toda a confiança, chegou a idear planos de risonho futuro:

— Agora, que sei o que é amar, direi a meu pai que já não quero o Manecão...

— E se ele insistir?

— Hei de chorar... chorar muito...

— Lágrimas, muitas vezes, de nada servem.

— Mas tenho cá comigo outro recurso...

— Qual é? — perguntou Cirino.

— Morrer!..

— Não! Há outros... hei de dizer-lhe...

Tomou Inocência ar grave e meio ofendido.

— Escute, Cirino — observou ela —, nestes dias tenho aprendido muita coisa. Andava neste mundo e dele não

[1] Espécie de gavião.

[2] Pássaro da noite.

conhecia maldade alguma... A paixão que tenho por mecê foi como uma luz que faiscou cá dentro de mim. Agora começo a enxergar melhor... Ninguém me disse nada, mas parece que a minha alma acordou para me avisar do que é bom e do que é mau... Sei que devo *de* ter medo de mecê, porque pode botar-me a perder... não formo juízo como, mas a minha honra e a de toda a minha família estão nas suas mãos...

— Inocência... — quis interromper Cirino.

— Deixe-me falar, deixe contar-lhe o que me enche o peito...

Depois ficarei sossegada... Sou filha dos sertões; nunca morei em povoados, nunca li em livros, nem tive quem me ensinasse coisa alguma... Se eu o magoar, desculpe, será sem querer... Lembra-me que, há já um *tempão*, pararam aqui umas mulheres com uns homens e eu perguntei a papai por que é que ele não as mandava entrar cá para dentro, como é de costume com famílias... o pai me respondeu: "Não, *Nocência*, são mulheres perdidas, de vida alegre." "Fiquei muito *assombrada*." "Mas, então, melhor; se são alegres hão de divertir-me." "Aquilo é gente airada, sem vergonha", *secundou* ele. Tive tanto dó delas que mecê não imagina. Depois fui espiar... caíam tontas no chão... *pitavam* e cantavam muito alto com modos tão feios que me fizeram corar por elas! E são os homens que fazem ficar *ansim* as coitadas!... Antes morrer... Parece-me que Nossa Senhora há de ter pena dos que amam... mas desampara com certeza os que erram... Se não houver outro remédio, temos que nos lembrar que as almas, quando se acaba tudo neste mundo, vão, pelos céus cheios de estrelas, passeando como num jardim... Se eu me finasse e mecê também, punha-se a minha alma a correr pelos ares, procurando a de mecê, procurando, procurando, e então nós dois, juntinhos íamos viajando ora para aqui, ora para ali, às vezes pelo carreiro de São Tiago, às vezes baixando a este ermo a ver onde é que botaram os nossos corpos... Não era tão bom?

Envolvida em sua pureza como um manto de bronze, entregava-se Inocência com exaltamento e sem reserva à força da paixão. E essa natureza pudica e delicada a tal ponto dominava a Cirino que invencível acanhamento o prendia ante a débil donzela, alheia a todos os mistérios da existência.

Por isso, ao inflamado mancebo não acudia a ideia de saltar por aquela janela e menos a de praticar qualquer ação desrespeitosa. Consumia o tempo em beijos nas mãos da namorada, em tagarelices de amor, protestos, juras e ilusões de futuro.

— Amanhã — dizia Cirino —, hei de, com cuidado, *assuntar* a seu pai... falando no seu casamento... depois... hei de virar a conversa para mim...

— Papai — observou a menina — é muito bom, muito mesmo.

Mas tenho um medo dele! Tem um gênio, meu Deus!...

— Quanto a mim... hei de falar bem claro e explícito... O que quero é que você me seja constante.

Mas do sentimento de temor, que sobressaltava Inocência, também participava Cirino. Por isso, chegado o dia, não ousava tocar na melindrosa questão, bem que as contínuas queixas de Pereira contra Meyer lhe dessem ensejo mais ou menos favorável para desembaraçadamente encetá-la. Com gosto adiava o momento decisivo e esperava perplexo qualquer incidente, que melhor servisse a seus planos.

Entretanto, apesar de se acumularem os dias sem que trouxessem modificações naquele estado de coisas, doce esperança pairava no fundo do seu coração, consentindo-lhe planos de venturoso porvir e feliz desenlace às dúvidas e sofrimentos em que vivia.

Capítulo XX

Novas histórias de Meyer

> *Disse-lhe Sancho: Cada qual abra bem o olho e fique alerta, porque o diabo entrou na dança e se lhe derem ensejo, ver-se-ão maravilhas. Virai-vos em mel, e as moscas vos comerão.*
>
> CERVANTES, *D. Quixote*, Capo XLIX.

Uma ocasião, de volta do trabalho diário, atingiu a habitual irritação de Pereira contra Meyer grande intensidade. Entrara cabisbaixo, sorumbático e fez gesto a Cirino de que precisava falar-lhe a sós. Dali a pouco, saindo ambos, caminharam silenciosos pela estrada até a um regato que ficava a meio quarto de légua da casa.

— Que terá este homem hoje? — dizia Cirino consigo mesmo

— Talvez vá chegando o momento de tratar do assunto.

Voltou-se de repente Pereira e, com voz alterada, prorrompeu em exclamações:

— Sabe, doutor, que não posso mais aturar esse *alamão*?... Aquilo é um *mandingueiro*, uma *suçuarana*, vinda do inferno para me botar a perder! ... Meu irmão! ... Meu irmão, que presente me fez você ...

— Mas que houve? — perguntou Cirino.

— Olhe... se não fosse aquela carta, e a palavra que dei ao maldito... mil raios o partam, surucucu do diabo! potro melado!... já um bom balázio lhe teria varado os miolos.

— Que novidades há então, Sr. Pereira? — tornou inquirir Cirino.

— Vim mesmo até aqui para tirar este peso do coração...

— Mas...

— Sabe o senhor que aquele *Mochu* é pior que um tigre preto?... Parece homem à-toa, um punga, incapaz de matar uma pulga, não é?... Pois aquilo é uma alma danada... um *sudutor*...

— Sempre as suas desconfianças! — observou Cirino.

— Desconfianças, não: agora, certeza. Pois o que quer dizer o homem todo o dia... estar a lembrar-se da menina... Procurar trazê-la à conversa? "Como está sua filha?", pergunta-me ele sempre. Está boa, de uma vez para todas. E ele, *toda a vida* a insistir... Isto me põe o sangue a ferver, mas vou-lhe respondendo com bom modo ... Hoje, saiu-se o cujo de seus cuidados e disse-me como quem toma leite com farinha de milho: "Sua filha vai casar?" "Vai", respondi-lhe todo trombudo. "Com quem?" Tive vontade de lhe dizer: "Não é da tua conta, seu bisbilhoteiro, seu biltre". E atacar-lhe uma cabeçada, mas, como é meu hóspede, *secundei-lhe* enfarruscado: com um homem do sertão que há de amolar a faca na pele da barriga do mariola que vier mexer com a mulher dele. O *alamão* não se deu por achado e, com todo o sem-vergonhismo, me retrucou: "Pois o senhor faz mal. A sua filha é muito mimosa e deveria casar com alguém da cidade." Então, perdi a paciência: "*Mochu*" — lhe disse —, "cada um manda em sua casa como entende: eu, na minha, não quero ser *anarquizado*". Ele, quando me viu fulo de raiva, pediu-me mil desculpas, contou-me muitas histórias, isto, aquilo, aquilo outro, *et cetera* e tal, que era para bem de minha filha e não sei mais o que, numa língua que pouco entendi...

— Não fez bem — atalhou Cirino.

— Boa dúvida! Aquilo é uma alma danada... boa para as caldeiras de Pedro Botelho, um judeu... enfim, um caçador de *anicetos*: está dito tudo!... Mas ainda não lhe contei o mais... Parece que hoje estava mesmo com o diabo no corpo... Meteu-se no mato perto da minha roça, onde eu trabalhava com os meus cativos, e lá fazia um barulhão a quebrar galhos e romper o cipoal como se fosse anta; de repente ouvi uma gritaria muito grande; era o tal Meyer com o camarada José

Pinho a berrar como dois minhocões.[1] Corri a ver o que era e os achei muito contentes a olhar para uma *barboleta* grande já fincada num *pau de pita*. O *alamão* pôs-se a pular como um cabrito.

— É novo — me disse ele —, é novo! "Novo o que, *Mochu*?" Este bicho, ninguém o descobriu antes de mim! É coisa minha... Entendeu? E vou botar-lhe o nome de sua filha!...

— Quando ouvi aquilo, fiquei tão passado, que não pude engolir o cuspo da boca... Vejam só... o nome de *Nocência* numa bicharada!... Até parece *mangação*... Agora, quero saber do doutor o que devo fazer... Venho pelo menos desabafar... Não posso meter uma bala naquele patife como bem merecia... mas também é demais tê-lo em casa... é demais! Peço-lhe um conselho ... Felizmente, sempre o trago arredado de casa e a menina de nada desconfia; do contrário, como mulher que é, *havéra* de me dar que fazer... Também não sei, por que é que o Manecão não chega... só ele é quem havia de me livrar destes apuros... Uma vez que o tal *alamão* visse a rapariga com o noivo, deixava-a sossegada... Não acha? Olhe, palavra de honra, isto *ansim* não é viver! Fui feito para dizer o que penso, tratar bem a todos... mas estes modos que tenho agora, só Deus sabe quanto me custam... até o meu serviço vai sofrendo, porque muitas vezes largo a roça e ponho-me a correr atrás dos bichinhos, só para não deixar de olho o tal *marreco*, em lugar de feitorar o trabalho dos negros... O meu *fazendeiro* é um diabo ruim e já velho... Ah! Meu irmão, que carga você me pôs em cima das costas! Eu então, que não nasci para esconder o que sinto cá dentro!...

E Pereira, de tão atribulado que trazia o espírito, deixou-se cair num cômoro de terra.

Cirino, defronte dele, ficara de pé e pensativo.

Afinal, depois de breve dúvida, decidiu tentar fortuna e encetar a grave questão que lhe importava a felicidade.

---

[1] Animais do sertão que, segundo a crendice, dão gritos muito fortes. Acreditam alguns que sejam monstruosas sucuris.

— Sr. Pereira — disse bastante comovido —, acho que o alemão faz mal em andar batendo língua em pessoa da sua família, e dou razão às suas inquietações...

— Ah! — vosmecê é homem de confiança.

— Mas — continuou o moço a custo e parando em cada palavra —, penso que num ponto tem ele alguma razão... É quando lhe deu conselho que o senhor não casasse sua filha... assim sem perguntar a ela se... enfim, não sei... mas talvez o Manecão lhe não agrade...

Ergueu-se Pereira de um pulo e, aproximando a face, repentinamente incendida de cólera, junto ao rosto de Cirino:

— O quê? — exclamou com voz de trovão. — Eu... consultar minha filha? Pedir-lhe licença... para casá-la?... O senhor está doido?.. Ou está mangando comigo?... Ai... que também...

E vago lampejo de desconfiança lhe iluminou a chamejante pupila.

Compreendeu logo Cirino a perigosa situação e, sem demora, tratou de desfazer a má impressão que produzira.

— Ah! — disse com fingido riso. — É verdade... Isso são costumes da cidade... aqui, no sertão, há outros modos de pensar... Desculpe-me, Sr. Pereira, este Meyer é que está a confundir-me todas as ideias. Pois eu julgo... já que pede a minha opinião, que o senhor deve continuar a ter olho no estrangeiro... e eu hei de ajudá-lo, quanto estiver nas minhas forças.

— Também agora — disse o mineiro depois de ligeira pausa —, não há de ser por muito tempo... Há mais de um mês que ele aqui pára e já me... contou que breve segue viagem para Camapuãn... Desenganou-se afinal... O tal *meco* não chegará até lá... mas é o mesmo. Um destes dias, leva por aí algum tiro para lhe botar juízo na cachola, ou alguma facada que lhe ponha as tripas de à mostra... Nem sempre há de ter cartas de irmão para sair-se bem da *rascada*... O diabo o leve para longe!... Voltemos, Sr. Cirino. Já demais temos deixado o bicharoco sozinho.

E encaminhou-se para a vivenda, acompanhado de Cirino. Ia este desalentado; na realidade, bem rentes lhe ficavam cortadas as esperanças que o haviam animado na tentativa de oposição ao projetado casamento da amada com o terrível e fatal Manecão.

Ainda a meio do caminho, voltou-se Pereira e disse-lhe peremptoriamente:

— Deveras, Sr. Cirino, aquelas suas palavras me buliram com o sangue todo... Ainda o sinto galopar nas veias... Que ideias estúrdias!... Que lembrança! Ah!... A tal vida das cidades... cruzes!

Capítulo XXI

Papilio Innocentia

> *Considerai a arte da composição das asas da borboleta: a regularidade das escamas, cobrindo-as, como se fossem penas; a variedade das cambiantes cores; a tromba enrolada, com que suga o alimento no seio das flores: as antenas, órgãos delicados do tato, que lhe coroam a cabeça cercada de uma rede admirável de mais de mil e duzentos olhos...*
>
> BERNARDINO DE SAINT-PIERRE,
> *Harmonias da Natureza.*

Meyer, que estava sentado na soleira da porta com as compridas pernas encolhidas, ergueu-se precipitadamente ao avistar Cirino e correu ao seu encontro.

Trazia o coração no rosto, um coração cheio de alegria e triunfo. — Oh! Sr. doutor — exclamou todo risonho —, venha, venha ver uma preciosidade... uma descoberta... espécie nova não há em parte alguma... Ouviu? Coisa assim vale um tesouro... E fui eu que o descobri!... Nem sequer *Juque* me ajudou... pois estava deitado e dormindo... Não é verdade, Sr. Pereira?

— Veja — murmurava o mineiro — que barulhada faz ele com o tal *aniceto*... Ao menos, se fosse um animal grande!

— É uma espécie nova... completamente nova! Mas já tem nome... Batizei-a logo Vou-lhe mostrar... Espere um instante...

E, entrando na sala, voltou sem demora com uma caixinha quadrada de folha-de-flandres, que trazia com toda a reverência e cujo tampo abriu cuidadosamente.

Da própria garganta saiu um grito de admiração, que Cirino acompanhou, embora com menos entusiasmo.

Pregada em larga tábua de pita, via-se formosa e grande borboleta, com asas meio abertas, como que disposta a tomar voo.

Eram essas asas de maravilhoso colorido; as superiores, do branco mais puro e luzidio; as debaixo, de um azul metálico de brilho vivíssimo.

Dir-se-ia a combinação aprimorada dos dois mais belos lepidópteros das matas virgens do Rio de Janeiro, Laertes e Adônis, estes, azuis como cerúleo cantinho do céu, aqueles, alvinitentes como pétalas de magnólia recém-desabrochada.

Era sem contestação lindíssimo espécime, verdadeiro capricho da esplêndida natureza daqueles páramos. Também Meyer não tinha mão em si de contente.

— Este inseto — prelecionou ele como se o ouvissem dois profissionais na matéria — pertence à falange das Helicônias. Denominei-a logo *Papilio Innocentia*, em honra à filha do Sr. Pereira, de quem tenho recebido tão bom tratamento. Tributo todo o respeito ao grande sábio Linneu — e Meyer levou a mão ao chapéu — mas a sua classificação já está um pouco velha. A classe é, pois, *Diurna*; a falange, *Helicônia*; o gênero, *Papilio* e a espécie, *Innocentia*, espécie minha e cuja glória ninguém mais me pode tirar... Daqui vou, hoje mesmo, oficiar ao secretário perpétuo da Sociedade Entomológica de Magdeburgo, participando-lhe fato tão importante para mim e para a sábia Germânia.

Dizia Meyer tudo isto com legítima ufania e lentidão dogmática.

Depois, com mais volubilidade, e apesar de tropeçar amiudadas vezes em palavras, o que, para comodidade dos leitores, temos quase sempre deixado de indicar, continuou:

— Reparem, meus senhores, neste lepidóptero com os olhos cuidadosos da ciência. Tem quatro pés caminhantes: as antenas de terminação comprida e oval, cavada em forma de colher; os palpares maiores do que a cabeça e escamosos; tromba toda branca e lábio quase nulo. Não perdi nem sequer um pouco do seu pó, porque o pó, um só grão de pó, vale tanto como uma pena de pássaro, e a comparação é perfeita, visto como cada uma destas escamas, à semelhança das penas, é atravessada por uma traqueia, por onde circula o ar. Oh! que achado! — prosseguiu ele. — Que triunfo para mim! A Sociedade Entomológica de Magdeburgo há de ficar muito orgulhosa... Sem dúvida alguma farão uma sessão solene, extraordinária. *Mein Gott*!... Estou que não posso de alegria. Também, daqui a três ou quatro dias, vou-me embora desta casa ainda que cheio de saudades...

— Deveras? — atalhou Pereira — vai partir?

— Sim, senhor. O meu itinerário é para Camapuãn; depois, vou a Miranda e talvez Nioac... Hei de subir até ao Coxim e aí, ou embarco para Cuiabá no rio Taquari, ou sigo por terra pelo Pequeri.

— E o senhor volta para sua pátria?

— Boa dúvida!... Daqui a ano e meio, pretendo apresentar a minha coleção toda arranjada à Sociedade Entomológica...

— Homem — observou Pereira com intenção que seu hóspede não podia nem de leve perceber —, eu quisera já estar nesse dia. Daqui a ano e meio, que voltas terá dado o mundo?...

— Terá percorrido — respondeu Meyer gravemente — dezoito signos do Zodíaco.

— Pois bem, eu queria ver isso... Já me tarda esse dia.

— Quando ele chegar — continuou o alemão com sinceridade e um tanto comovido —, hei de lembrar-me com gratidão do tratamento que recebi... nos sertões do Império... e hei de dizer... bem alto... que os brasileiros... são felizes porque são morigerados e têm muito boa índole... hospitaleiros como ninguém.

— Acrescente — interrompeu Pereira com algum azedume — que zelam com todo o cuidado a honra de suas famílias.

Obedeceu docilmente Meyer e repetiu palavra por palavra.

— E zelam com todo o cuidado a honra de suas famílias.

— Muito bem — replicou o mineiro —, diga isso e o senhor terá dito uma verdade.

CAPÍTULO XXII

MEYER PARTE

Adeus, pois, amigos; bela companhia!
Aos lares distantes cada qual de nós, por
caminhos diversos, deve um dia chegar.

CATULO, *Epigrama XLVI.*

Não haviam descontinuado as visitas feitas a Cirino por enfermos de muitas léguas em torno. Tão frequentes e teimosos eram os casos de sezões ou maleitas que a porção de sulfato de quinina que trouxera em suas canastras estava toda esgotada, pelo que se vira levado a substituir esse medicamento sem tanta confiança, porém, por plantas verdes do campo ou ervas secas, fornecidas por uns bolivianos que encontrara em Minas, vindos de Santa Cruz de la Sierra em peregrinação pelo interior do Brasil e a tratarem de doentes, sem Chernoviz em punho, nem aqueles resquícios de conhecimentos terapêuticos que ostentava o nosso doutor.

Entre os enfermos que o vinham diariamente procurar, alguns acusavam moléstias cujas qualificações eram complicadas e estrambóticas: assim declaravam-se salteados de "engasgue", "espinhela caída", "mal de encalhe", "tosse de cachorro", "feridas brabas", "almorreimas", "erisipulas", ou até "assombração e mau-olhado".

Quem se queixava de engasgues era o capataz de uma fazenda chamada do Vau, distante umas boas 50 léguas.

— Sr. doutor — disse o enfermo —, a minha vida é um contínuo lidar de sofrimentos. Estou com este mal vai fazer cinco anos no São João, por sinal que me veio com uma grande dor na boca do *estômbago*. Vezes há que não posso engolir nada, sem beber muitos *gólos* de água, de maneira que me encharco todo e fico que mal me mexo de um lugar para outro.

— E a dor — perguntou Cirino —, ainda a sente?

— *Toda a vida*... — "respondeu o capataz — O que me *aflege* mais é que há comidas então que não me passam a goela... é um fastio dos meus pecados... Boto uns pedacinhos no *bucho* e parece-me que dentro tenho um bolo que me está a subir e descer pela garganta...

Receitou o médico umas doses de erva-de-marinheiro como emético, e fez mais algumas prescrições que o enfermo ouviu com toda a religiosidade.

No estado de perturbação moral em que se achava o jovem facultativo, natural é que fosse uma coisa por outra; mais importante, porém, era a fé que suas indicações incutiam, a fé, essa alavanca poderosa da medicina, esse contingente precioso que o espírito ministra aos ingentes esforços da natureza na sua constante luta contra os princípios mórbidos.

O doente de "espinhela caída" acusava um peso muito forte e perene no peito e a impossibilidade de levantar as mãos juntas à mesma altura.

Prescreveu-lhe Cirino amargo do campo, genciana e quina, e ordenou-lhe certas cautelas firmadas na voz geral, mas com algum fundo de razão; *verbi gratia*: engolir sempre a saliva e sobretudo deixar de fumar depois de comer.

O infeliz moço, ao passo que tratava de curar os outros, mais que ninguém precisava de quem nele cuidasse, pelo menos da alma.

Via não só Meyer fazendo os seus preparativos de partida, e em véspera de deixá-lo a sós com Pereira, podendo este descobrir afinal o engano em que havia laborado, como também a clínica quase esgotada, aconselhando-lhe a conveniência de transportar-se para outro ponto e continuar a interrompida jornada.

Tudo isto, e o amor a aumentar, a tirar-lhe todo o sossego, a consumi-lo a fogo lento...

Meyer, na realidade, desde o achado da sua magnífica borboleta, não pensava senão em partir.

— Oh! — dizia ele — Eu quisera estar já em Magdeburgo... Quantas léguas, *Mein Gott*!... *Papilio Innocentia*... a minha glória! Que diz, Sr. Cirino?...

— É verdade... mas quem sabe se o senhor não deveria ficar mais tempo aqui?... Talvez achasse outra borboleta nova...

— Não, é impossível... Era felicidade demais... Além disso, o dinheiro não me havia de chegar.

— Oh! Posso emprestar-lhe...

— Muito obrigado... mas é de todo impossível a minha estada aqui... Veja o senhor: tenho ainda que ir a Camapuan, a Miranda, a Cuiabá, para então voltar... E só me restam poucos meses... A Sociedade Entomológica de Magdeburgo conta comigo na primavera do ano que vem...

Metida uma vez essa ideia na cabeça, Meyer não deixou mais de falar na sua viagem um só instante e, para que a execução correspondesse ao prometido, mandou na tarde seguinte, José Pinho, o camarada, alçar cargas às costas do burro, depois de as ter, ele próprio, arranjado e revistado com toda a cautela.

Julgou o carioca nesse momento dever lavrar um protesto:

— *Mochu* — disse ele — vai recomeçar com o seu modo de andar por essas estradas à noite... Afinal havemos todos de cair nalguma *buraqueira*, eu, o senhor, o burro de carga e os bichos; e não chegaremos, nem eu ao Rio de Janeiro, nem eles e o senhor a sua terra. Enfim, já estou cansado de o avisar.

No momento da partida, apresentava o naturalista aquele mesmo aspecto da célebre noite da chegada: eram aquelas mesmas frasqueiras a tiracolo, aquele mesmo ar tranquilo e bonachão com que viera, fora de horas, pedir pousada à casa de Pereira.

Este, ao ver o hóspede a cavalo e prestes a deixar para sempre a sua morada, sentiu-se possuído de alegria, mesclada, sem saber por que, com surpresa repentina e íntima, de tal ou qual comoção. No fundo, achou de si para si as desconfianças mal empregadas, e deixou-se levar pela simpatia que em todos incutia o caráter naturalmente inofensivo e meigo do saxônio.

— Chegou — declarou Meyer — a hora da minha despedida. E, sacudindo com força a mão e o braço do mineiro:

— Sr. Pereira, meu amigo, adeus!... Nunca mais nos havemos de ver... mas hei de lembrar-me do senhor toda a vida... Quando eu estiver na minha pátria, daqui a milhares de léguas pelo pensamento recordarei os dias felizes que aqui passei.

— Oh! Sr. Meyer... balbuciou Pereira.

— Sim, felizes — continuou Meyer com muita lentidão felizes porque correram... sem eu perceber que o tempo estava caminhando... De todo o Brasil fica em mim a lembrança... mas desta sua casa... essa lembrança é mais viva e mais forte.

Acompanhara o alemão o seu pensamento com acentuado gesto, acenando com o punho fechado para mostrar a lealdade daquelas impressões.

Voltando-se para Cirino, acrescentou:

— Sr. doutor, as suas receitas estão todas marcadas no meu caderno... O senhor pode enganar — se às vezes... mas as suas intenções são sempre boas... e isso basta para desculpá-lo... Eu...

Interrompendo o que ia dizendo, ficou instantes a olhar para Cirino e Pereira, que estavam igualmente silenciosos, e uma lágrima comprida deslizou-se-lhe pela face, sem que a fisionomia mostrasse a menor alteração.

— Adeus! — concluiu ele de repente.

— Boa viagem, Sr. Meyer, boa viagem — disse Pereira ajudando-o a montar a cavalo.

— Adeus! Adeus... — repetiu ele. E interpelando o camarada:

— *Juque*, vá na frente! Toque pouco no burrinho... Nosso pouso é daqui a meia légua...

Deu Meyer então de rédeas e caminhou a passo, logo após de José Pinho, este munido de cabeçudo cacete, evidentemente hostil às costas do cargueiro entregue aos seus cuidados.

— Lá vai o homem — exclamou Pereira ao ver a tropinha pelas costas. — É um alívio... Ele, coitado, não era mau... mas não tinha modos... Safa, hei de me lembrar para sempre do tal Sr. Meyer! Foi uma campanha... Ué... Olhe, Sr. Cirino... não está ele de volta?... Teria esquecido alguma bugiganga?

Com efeito, reaparecia a trote o alemão em carne e osso, como quem vinha procurar ou dizer coisa de importância.

— Então que tem? — perguntou Pereira adiantando-se e alçando a voz. — Deixou algum *trem*? Daqui a pouco é escurão.[1]

Meyer, no entanto, ia chegando e de certa distância entrou a explicar a razão da volta:

— Não deixei coisa alguma, Sr. Pereira. Tão somente faltei a um dever...

— Qual é? — indagou o mineiro.

— Não me despedi de sua filha...

— Ah! — replicou Pereira com vivacidade — Não era preciso... tanto mais que ela... está dormindo... meio adoentada... Há pouco tinha muito peso na cabeça... Eu lhe hei de dizer... Não se incomode...

— Pois então — observou Meyer com muita gravidade — diga-lhe que tem em mim um criado, em toda parte onde esteja... O seu nome ficou para sempre na ciência e a estima em que a tenho é grande... É uma moça muito bela... digna de ser vista na Europa...

— Pois não, pois não — interrompeu Pereira —, vá sem susto.

— Sim, eu me vou, adeus!

— Vá indo olhe que o sol *dobra* de repente aquele mato e a noite cai logo.

— Sim, sim, adeus — disse ele despedindo-se de uma vez.

E na estrada areenta, à luz do astro que descambava, foi-se tomando comprida a mais e mais a sombra do bom Meyer, à medida que ele marchava atrás do seu camarada, do cargueiro e da coleção entomológica.

---

[1] Finalizar do crepúsculo.

Capítulo XXIII

A última entrevista

Está a máscara da noite sobre meu rosto: a não ser ela, verias as minhas faces tintas de rubor virginal.

SHAKESPEARE, *Romeu e Julieta,* Ato II.

Mais cresce a luz, mais aumentam as trevas da nossa desgraça.

Idem, Ato IV.

Grave modificação trouxe a retirada de Meyer no sistema de viver daquela morada, onde se agitava um dos problemas mais comezinhos da natureza moral, mas que ali apresentava cores algum tanto carregadas, senão já sombrias.

Fora Pereira dormir no interior da casa, passando ali a maior parte do tempo. Assim os encontros dos dois apaixonados tornaram-se de todo impossíveis, e, não tendo mais a atenção do mineiro o alvo que sempre colimara durante a estada do alemão, começava, como era de prever, a voltar-se para Cirino, a quem confessou ter tratado Meyer com injusta prevenção.

— Hoje — dizia o mineiro —, dói-me a consciência do modo por que desconfiei daquele homem... Quem sabe se tudo que eu parafusei não foi abusão cá da cachola? Sr. Cirino, quando a gente entra a dar volta ao miolo... é que vê que todos têm queda para malucos... Sim, senhor!... Hoje estou convencido que o tal *alamão* era bom e sincero... Olhou para a menina... achou-a bonitinha... e disse aquele despotismo de asneiras sem ver a mal... Em pessoa que não guarda o que pensa, é que os outros se podem fiar... Às vezes o perigo vem donde nunca se esperou ... Enfim não me arrependo muito de ter feito o que fiz... receei e tomei tento...

Amiudando-se estes e outros dizeres iguais, deram que refletir a Cirino. De uma hora para outra compreendeu que as vistas inquisitoriais poderiam tornar a sua posição insustentável.

Por enquanto, tratou de encontrar-se com Inocência. Grandes eram as dificuldades; o meio único, tentar novamente as entrevistas noturnas; pelo que do laranjal não arredava pé, noites e noites inteiras, ficando ali com os olhos presos à janela da querida do coração.

Certa madrugada, viu afinal a sombra de Inocência. Achou-se, num ápice, o mancebo junto dela a agarrou-lhe com violência nas mãos.

— Enfim — exclamou ele —, eu a vejo!

— Meu pai — murmurou a moça com voz tão fraca que mal se ouvia — pode acordar...

— Não importa — replicou Cirino desabrido —, descubra-se tudo... não posso mais viver assim...

— Xi! — observou ela — Cuidado! Se ele nos acha aqui, mata-nos logo... Olhe, vá-me esperar junto ao corguinho[1] para lá do laranjal... daqui a nada vou ter com mecê... A porta está só encostada...

O moço fez sinal que obedecia e sumiu-se incontinente na escuridão do pomar.

Àquela hora dava a lua de minguante alguma claridade à terra; entretanto, como que se pressentia outra luz a preparar-se no céu para irradiar com súbito esplendor e infundir animação e alegria à natureza adormecida. Nos galhos das laranjeiras, ouvia-se o pipilar de pássaros prestes a despertar, um gorjeio íntimo e aveludado de ave que cochila; e ao longe um sabiá mais madrugador desfiava melodias que o silêncio harmoniosamente repercutia. Riscava-se o Oriente de dúbias linhas vermelhas, prenúncio mal percebível da manhã; nos espaços pestanejavam as estrelas com brilho bastante amortecido, ao passo que fina e amarelada névoa empalecia o tênue segmento iluminado do argênteo astro.

Não era mais noite; mas ainda não era sequer a aurora.

---

[1] Corregozinho.

Tão comovido se sentia Cirino, que teve de sentar-se, enquanto esperava por Inocência.

Esta não tardou: vinha vestida de uma saia de algodão grosseiro e, à cabeça, trazia uma grande manta da mesma fazenda, cujas dobras as suas mãos prendiam junto ao corpo. Estava descalça, e a firmeza com que pisava o chão coberto de seixinhos e gravetos mostrava que o hábito lhe havia endurecido a planta dos pés, sem lhe alterar, contudo, a primitiva elegância e pequenez.

Parecia muito assustada, e, mau grado seu, dos olhos lhe rolavam lágrimas a fio.

O mancebo, apenas a avistou, correu-lhe ao encontro.

— Inocência! — exclamou ele notando um gesto de dúvida. Nada receie de mim... Hei de respeitá-la, como se fora uma santa... Não confia então em mim?...

— Sim! — disse ela apressadamente. — Por isso é que vim até cá... Entretanto, estou com a cara ardendo... de vergonha...

E levando uma das mãos de Cirino às suas faces:

— Veja, Cirino, como tenho o rosto em brasa... Por que é que mecê veio bulir comigo? Eu era uma moça sossegada... agora, se mecê não gostasse mais de mim... eu morria...

— Deveras?

— Eu lhe juro...

— É mais fácil apagarem-se de repente estas estrelas todas, do que eu deixar de amá-la...

— E Manecão? — perguntou ela com terror. Oh! Esse homem, sempre esse nome maldito!... — Há de ser meu marido...

— Isso nunca, Inocência... É impossível.... E se fugissemos.... Olhe, amanhã a estas mesmas horas ou mais cedo, trago para aqui dois bons animais... Você monta num, eu noutro... batemos para Sant'Ana e, a galope sempre, havemos de chegar a Uberaba... onde acharemos um padre que nos case... Vamos, ouviu?

— E mecê havia de me estimar toda a vida?

— Sempre... Diga sim... diga, pelo amor de Deus, e estamos salvos... diga!...

— E meu pai, Cirino? Que *havéra* de ser?... Atirava-me

a maldição... eu ficava perdida... uma mulher de má vida... sem a bênção de seu pai... Não... mecê está me tentando... Não quero fugir... Antes a desgraça para toda a existência... mas fique eu sendo o que meu nome diz que sou... Já muito peco, fazendo o que faço... Mecê é moço da cidade; não lhe custa enganar uma criatura como eu... Até...

— Pois bem — interrompeu Cirino, — você não quer?... Não falemos mais nisso... Não hei de querer, senão aquilo que achar bom... E se eu, por fim, me decidir a falar a seu pai?

— Deus nos livre! — retorquiu ela, aterrada. — Pensei a princípio que pudera ser, mas depois vi que era pior... Mecê não conhece o que é palavra de mineiro... ferro quebra, ela não... Manecão há de ser genro dele...

— Quem sabe, Inocência? Hei de falar tanto... pedir com tanta humildade...

— Ché, que esperança!... De nada serviria...

— Então, que fazer? — bradou o moço. — A que Santa agarrar-nos? Por que é que o céu nos quer tanto mal?

E ocultando a cabeça entre as mãos, desatou a chorar ruidosamente. Inocência, por seu lado, encostou a fronte ao ombro do amante, e ambos, unidos, choraram como duas crianças que eram.

Foi ela quem primeiro rompeu o silêncio.

— Ah! Meu Deus, se o padrinho quisesse!...

— Seu padrinho? — perguntou Cirino. — Quem é?... quem é ele?

— Um homem que mora para lá das Parnaíbas, já nos terrenos Gerais.

— Onde?... É longe?...

— Meio longe, meio perto... Mecê não conhece o Pauda?[2]

— Conheço... A 16 léguas do Rio Paranaíba...

— Pois é aí que padrinho para...[3] À esquerda da fazenda do Pauda, numas terras de sesmaria...

---

[2] Talvez seja o nome deste fazendeiro Pádua. Entretanto é geralmente conhecido por Pauda.

[3] Mora.

— E como se chama ele?

— Antônio Cesário... Papai lhe deve favores de dinheiro e faz tudo quanto ele manda. Se dissesse uma palavra, Manecão *havéra* de ficar atrapalhado.

— Oh! — exclamou Cirino com confiança... Estamos salvos então!... Amanhã mesmo, monto a cavalo e toco para lá... Daqui à vila são sete léguas... Até lá, umas 17... É, um passeio... Chego... conto-lhe tudo... ponho-me de rastos aos seus pés... e...

— Mas — interrompeu Inocência — não lhe fale em mim, ouviu? Não lhe diga que tratou comigo... que comigo *mapiou*.

Estava tudo perdido... invente umas histórias... faça-se de rico... nem de leve deixe *assuntar* que foi por meu juízo que mecê bateu à porta dele... com gente desconfiada, é preciso saber negacear...

— Oh! Meu Deus, — disse Cirino no auge da alegria —, estamos salvos!... Não há dúvida... vejo agora como há de tudo acontecer... Depois de um dia ou dois de parada na casa, desembucho o negócio. O velho escreve uma carta a seu pai e, pelo menos, se não se arredar logo o Manecão... ganha-se tempo... Eu já quisera estar montado na minha besta tordilha queimada, a bater a estrada por *aí afora*... Dois dias para ir, dois para voltar, dois ou três de pousada... Com pouco mais de uma semana, estou de volta, trazendo ou a felicidade ou a *caipora* de uma vez. Não! Tenho fé em Nossa Senhora da Abadia... Ela nos ajudará... e juntos havemos ainda de cumprir a promessa que já fiz...

— Que *permessa* foi? — perguntou Inocência com curiosidade.

— Irmos nós daqui até a vila a pé, botar duas velas bentas no altar de Nossa Senhora.

— Sim — confirmou a moça com fogo —, eu juro... Fosse até ao fim do mundo!...

— Oh! Minha santa do Paraíso —, exclamou o moço apertando-a de encontro ao peito. — Quanto você me ama!!!

E assim abraçados, quedaram eles inconscientes enquanto a aurora vinha clareando o firmamento e desferindo para a terra raios indecisos como que a sondarem a profundidade das trevas; enquanto os pássaros chilreavam à surdina, preparando as gargantas para o matutino concerto; enquanto o orvalho subia da terra ao céu molhando o dorso das folhas das grandes árvores e suspendendo, às das rasteiras plantinhas, gotas que cintilavam já como diamantes.

Ao longe, à beira de algum rio, as aracuãs levantavam a sonora grita, e o macauã atirava aos ares os pios prolongados da áspera garganta.

— É dia — observou Inocência desprendendo-se dos braços de Cirino.

— Já! — exclamou este amuado.

— Meu Deus, e eu que tenho de ir até a casa... vou-me embora...

— Então, partirei hoje mesmo — disse o moço.

— Sim...

— E na semana que vem, estou de volta...

— Pois bem... Leve com mecê esta certeza: a minha vida ou a minha morte depende do padrinho...

— A minha também... — replicou o mancebo beijando com fervor as mãos de Inocência.

— Deixe-me... deixe-me — implorou ela. — Adeus, estou com um medo!... Felizmente ninguém me viu...

Nesse momento e, como que para responder à asseveração, de dentro do pomar partiu aquele fino assobio que tanto assombrara os amantes na primeira das suas entrevistas.

Inocência quase caiu por terra.

— Meu Deus! — balbuciou ela — Que agouro!... Quem sabe se não é gente?

Ao assobio seguiu-se uma espécie de gargalhada que gelou o sangue nas veias dos dois míseros.

Agarrou-se a menina a Cirino.

— É alma do outro mundo — murmurou ela persignando-se. Não perdera o mancebo o sangue-frio. Invocando a São Miguel, fez o sinal da cruz na direção dos quatro pontos cardeais; depois suspendeu a moça em seus braços e, transpondo a toda a pressa o pomar, foi depô-la junto à porta que estava entreaberta, naturalmente pelo vento.

Quase desmaiara Inocência; entretanto, reunindo as forças pôde entrar, e cautelosa correu o ferrolho interior.

Mais sossegado a esse respeito, voltou Cirino ao laranjal e, como da primeira vez, pôs-se a percorrê-lo em todos os sentidos, indagando, à nascente claridade do dia, se era ente humano ou fantasma que dele parecia fazer joguete.

No momento em que passava por junto de uma laranjeira mais copada, viu de repente certa massa informe cair-lhe quase na cabeça e no meio de folhas e ramos quebrados vir ao chão com surdo grito de angústia.

— Cruz! T'esconjuro! — bradou o moço.

E, como uma visão, passou-lhe por perto uma criaturinha, desaparecendo logo entre os troncos das árvores.

Ali esteve Cirino com os cabelos eriçados, os olhos fixos, os braços hirtos de terror, os lábios secos a tartamudear um exorcismo, e as pernas a tremer.

Uma voz, a certa distância, arrancou-o desse espasmo.

Era Pereira; com a mão encostada à boca, interpelava a um dos seus escravos.

— *Faz* fogo, José!... Se for alma do outro mundo ou lobisomem, a bala não pega... Se for gente, melhor.

E um tiro troou.

Sibilou uma bala aos ouvidos de Cirino, indo cravar-se numa árvore próxima.

Por outra, não esperou ele. Com o favor da escuridão que ainda reinava, deslizou rápido e foi buscar a frente da casa, quando já iam acordando os camaradas.

Mal chegara à sala, apareceu-lhe Pereira à porta.

— Que foi isso? — perguntou Cirino compondo a fisionomia.

— Lá sei — respondeu o mineiro. — Uma matinada de gritos no laranjal, que parecia um inferno... A pequena ficou toda que parecia querer morrer de medo. Desconfio que a alma do Coletor andou hoje me rondando a casa... Não seja presságio de mal... A Senhora Sant' Ana nos proteja.

— Pois eu cá dormi como um chumbo — disse Cirino —, acordei com um tiro...

— Não há de poder enfiar outra soneca; daqui a um nadinha, está o sol batendo no terreiro.

Com efeito, depressa caminhara o alvorecer, e debaixo daquelas vivas impressões acordaram aqueles que haviam conciliado o sono, no morada de Pereira.

Capítulo XXIV

A vila de Sant'Ana

Debaixo do céu há uma coisa que nunca se viu: é uma cidade pequena sem falatório, mentiras e bisbilhotices.

LAVERGNE.

Nesse mesmo dia, montou Cirino a cavalo e despediu-se de Pereira por uma semana ou pouco mais, dando por motivo de tão inesperada viagem não só a necessidade de visitar alguns doentes mais afastados, senão também procurar, quer na vila, quer mesmo nos campos da província de Minas Gerais, uns remédios e símplices que lhe iam faltando.

— Daqui a um terno de dias estarei de volta — disse ao partir. Desde a casa de Pereira até o Albino Lata é tão ensombrada e agradável a estrada que essas três léguas lhe foram muito fáceis de vencer.

Ali, porém, começam campos dobrados e soalheiros que, num estirão de quatro léguas, até a vila de Sant' Ana tornam penosa a viagem, sobretudo quando são percorridos sob os ardentes raios do sol do meio-dia.

Exaltam-e e irritam-se os incômodos do espírito, no momento em que o físico começa a sofrer.

Quando Cirino passou por aquelas campinas desabrigadas, abrasado de calor, desanimou completamente do êxito da empresa a que se atirara. Tanta esperança o alvoroçara quando ia seguindo a vereda encoberta e amena, quanto desalento sentia agora; e, descoroçoado, deixava que o animal o fosse levando a passo vagaroso e como que identificado com a disposição de ânimo do cavaleiro.

— Que vou eu fazer? — pensava quase alto. — Como encetar aquela conversa?

Tamanha era a dúvida que o salteava que chegou quase a blasfemar contra a amada do seu coração.

— Maldita a hora em que vi aquela mulher... Seguia eu sossegado o meu rumo ... botaram-me a perder os seus olhos!...

Depois, exclamou contrito:

— Perdão, Inocência! Perdão, meu anjo! Estou a amaldiçoar a lima da minha felicidade... Eu, que sou homem, posso fugir... deixar-te... mas tu, amarrada à casa... infeliz, fui o culpado!...

E, engolfado em dolorosa cogitação, alcançou a vila de Sant' Anna do Paranaíba.

De longe é sumamente pitoresco o primeiro aspecto da povoação.

Ponto terminal do sertão de Mato Grosso, assenta no abaulado dorso de um outeirozinho. O que lhe dá, porém, encanto particular para quem a vê de fora é o extenso laranjal, coroado anualmente de milhares de áureos pomos, em cuja folhagem verde-escura se encravam as casas e ressalta a cruz da modesta igreja matriz.

Transpondo límpido regato e vencida pedregosa ladeira com casinholas de sapé à direita e à esquerda, chega-se à rua principal, que tem por mais grandioso edifício espaçosa casa de sobrado, de construção antiquada. Ornamenta-a uma varanda de ferro e um telhado que se adianta para a rua, como a querer abrigá-la em sua totalidade dos ardores do sol.

É aí que mora o major Martinho de Melo Taques, baixote, rechonchudo, corado.

Na sua loja de fazendas, ao rés do chão, reúne-se a melhor gente da localidade, para ouvi-lo dissertar sobre política, ou narrar a guerra dos farrapos no Rio Grande do Sul e a vida que se leva na corte do Rio de Janeiro, onde estivera pelos anos de 1838 a 1839.

De vez em quando, naquela silenciosa rua em que tão bem se estampa o tipo melancólico de uma povoação acanhada e em decadência, aparece uma ou outra tropa carregada, que levanta nuvens de pó vermelho e atrai às janelas rostos macilentos de mulheres, ou à porta crianças pálidas das febres do Rio Paranaíba e barrigudas de comerem terra.

Também aos domingos, à hora da missa por ali cruzam mulheres velhas, embrulhadas em mantilhas acompanhando outras mais mocinhas, que trajam capote comprido até os pés e usam daqueles pentes andaluzes, de moda em tempos que já vão longe.

Atravessou Cirino a vila, e passando por defronte do Sr. Taques saudou-o com a mão, e sem parar.

Estava o major, como de costume, sentado ao balcão, de chinelos, sem meias, e rodeado das pessoas gradas do lugar, a contar não só as próprias proezas, que muitas tinha aquele estimável cidadão, senão também as façanhas dos antigos sertanejos, histórias que sabia na ponta da língua.

— Lá vai o doutor — disse um dos presentes à palestra da loja.

— Ó Sr. Cirino! — interpelou o major correndo para a porta. — Então que é isso? Por aqui?

— É verdade — respondeu Cirino —, e vou de passagem; também por pouco tempo; talvez nesses oito ou dez dias esteja de volta.

Tudo quanto enchia a salinha havia saído para a rua, de modo que o moço ficou logo cercado. Recostavam-se uns quase à anca do animal; afagavam-lhe outros a pá do pescoço ou brincavam com o freio.

Achava-se a curiosidade aguçada, era preciso dar-lhe pasto. Compreendeu o major o alcance da situação.

— Cada qual tem os seus negócios particulares — disse logo para começar —, mas, se não há segredo, que quer dizer essa sua volta?

— Já devia estar bem longe de *acá* —, observou um sujeito. — Há quase dois meses que *parou* aqui na *cidade* e...

— Espere — interrompeu o vigário —, não há tal dois meses. O doutor passou por esta rota há um mês e vinte e dois dias, às oito horas da manhã.

— Pois bem — continuou o major —, tinha tempo de sobra para estar já por bandas de Miranda...

— Isso, se fosse escoteiro — replicou Cirino —, reparem que levava cargas... e, demais, viajava curando...

— É verdade — confirmou o coletor (homem esguio, que trazia um chapéu muito alto e afunilado) — não pensam nisso. O que querem é falar... falar...

— Creio que o senhor não atira a mim — observou o vigário com ar rusguento.

— Quem em tal cuida, senhor padre? — protestou logo o outro.

— Estou dizendo em geral... em geral. Eu, não...

— Mas, doutor, atalhou o major, onde esteve o senhor de molho este tempão todo?... Nalguma fazenda?

Prometia ir longe o interrogatório.

— Eu já estava quase perto do Sucuriú — disse Cirino meio perturbado — no...

— Não é tão perto assim — objetou o vigário. — Uma vez...

— Ouçamos, senhor padre — atalhou o coletor denunciando rixa velha com o clérigo. — O moço não disse que seja perto daqui...

Repetiu o major as palavras de Cirino, acentuando-as de certo modo:

— Então o doutor já estava quase perto do Sucuriú, não é?

— De fato. Ali encontrei uma pessoa que me devia, há meses, um dinheiro...

— Um dinheiro? — perguntou o vigário. — Uma pessoa?... Que pessoa? Quem será?

— Homem, quem poderá ser? — indagaram a um tempo vozes sôfregas.

Prosseguiu o major implacável:

— Deixem o doutor explicar-se... vocês fazem logo uma algazarra!...

Foi quase a balbuciar que Cirino procurou continuar:

— Sim... certo tropeiro mandou ordem para *mim* cobrar... de um parente uma *bolada*... também eu tinha que... pagar outra pessoa... que...

— Espere, espere — interrompeu o major —, então o senhor veio receber dinheiro ou desembolsar? Não é uma e a mesma coisa...

— Por certo — apoiaram os circunstantes.

Cirino fez repentina parada nas suas explicações.

— Também — disse com alguma volubilidade — muito breve estarei voltando cá. Tenho de ir para lá do rio...

— Vai até as Melancias? — indagou o coletor ajeitando o nome de um pouso para ver se acertava.

— Mais adiante — respondeu o moço. E vendo a impossibilidade de escapar de tão terrível inquirição mudou de tática.

— Na volta — disse ele dirigindo-se ao major —, hei de lhe comprar algumas fazendas...

— Já adivinhei — exclamou o vigário cortando a palavra a Cirino —, o doutor vai casar.

— Ora — chasquearam alguns —, para que tanto segredo?... Ninguém lhe vai roubar a noiva!...

— Sobretudo quando as coisas tem de me vir às mãos ponderou o padre.

Por instante, deram o acanhamento e o silêncio de Cirino azo a muitas observações.

— Parabéns! — dizia um.

— Quem é essa feliz sertaneja? — perguntaram outros.

— Juro-lhes, meus senhores — protestou o moço —, não há nada...

Prosseguiu o padre:

— Pois, se quer um conselho, apresse isso; de uma cajadada matarei dois coelhos... É o senhor e o Manecão na verdade — concordaram os presentes.

— Mas onde se meteu ele? — perguntou um deles. — Há pouco estava aqui...

— Quem? O Manecão?

— Sim...

— Ali vem ele! — anunciou alguém.

No fim da rua, aparecia, com efeito, um homem montado em fogoso cavalo que sofreava com firmeza e mão adestrada. Era a personificação do capataz de tropa.

Cabelos compridos e emaranhados, ar selvático e sobranceiro, tez queimada e vigorosa musculatura constituíam um tipo que atraía de pronto a atenção.

Metidos os pés numa espécie de polainas de couro cru de veado, grandes chilenas de ferro, lenço vermelho atado ao pescoço, garruchas nos coldres da sela e chicote de cabo de osso em punho, tudo indicava o tropeiro no exercício da sua lida.

— Nosso Senhor... convosco — disse ao chegar, erguendo ligeiramente a aba do chapéu com a ponta do dedo indicador.

— Bons dias, Sr. Manecão — respondeu por todos o major —, ou melhor, boas tardes... Já sei que desta feita vai de batida.

— Boa dúvida — grazinou o vigário — vai ver a pequerrucha.

Sorriu-se o capataz com melancolia:

— Não é por isso, Sr. vigário. Não me deixo anarquizar[1] por mulheres; mas, enfim, a gente deve um dia deitar a poita... A vida é uma viagem...

Havia Cirino e Manecão ficado no meio dos curiosos.

Fitaram-se: um, indiferente e altivo no modo de encarar; outro, descorado, meio trêmulo.

— Este cujo é o cirurgião? — perguntou a meia voz Manecão adernado no selim para o lado do coletor. — A Cula[2] da venda me disse que tinha chegado... Tem-me cara de enjoado.[3]

— Xi! — retrucou o outro. — Mas tem cabeça.[4] Por aí fez um despotismo de curas.

Cirino, notando que tratavam dele, cumprimentou com um sorriso de amabilidade:

— Boa tarde, patrício.

— Ora viva! — correspondeu o tropeiro em tom áspero.

E, olhando para o Sol, acrescentou:

— Vejam lá o que é um homem estar como mulher... a bater língua... a tarde vem descendo, e muito tenho hoje que palmear... Minha gente, adeus... Sr. major, até mais ver... Sr. vigário, breve estou por cá...

---

[1] Dominar, desmoralizar.

[2] Modificação familiar de Clotilde.

[3] Qualificativo muito usado na província de Goiás. Tem muitas acepções, desde engraçado, tolo, até impostor vaidoso.

[4] Tem muitos conhecimentos.

Esporeou o animal; o círculo abriu-se, e Manecão partiu em boa marcha.

Aproveitando, por seu turno, aquela saída rápida, que rompeu a cadeia dos que o rodeavam, apertou Cirino a mão do major e tomou rumo do Rio Paranaíba, em cuja margem contava passar a noite.

Mal desaparecera, e choveram comentários que nem saraiva. — Notou o senhor — disse o vigário para o major — como está mudado?... Todo *jururu*...

— Nem tanto — contrariou o coletor —, nem tanto...

O Sr. Taques, major e juiz de paz, tomou ar de profunda meditação.

— Hão de os senhores ver — disse por fim levantando um dedo para o ar — que aí há dente de coelho.

Durante aquela noite e muitos dias subsequentes, repetiu a vila toda estas célebres palavras.

— Foi o major quem o disse — asseveravam convictos —, ali há dente de coelho.

Capítulo XXV

A viagem

Às vezes sinto necessidade de morrer, como pessoas acordadas sentem necessidades de dormir.

MME. DU DEFFAND.

Encantador país! Teu aspecto, teus solidários bosques, ar puro e balsâmico, têm o poder de dissipar toda a sorte de tristezas, menos a da perda da esperança.

CARLOTA SMITH.

Cirino, em pouco mais de uma hora, transpôs a distância da povoação ao rio. Também, na légua e quarto que até lá medeia, só há de ruim o trecho em que fica a floresta que borda as margens da majestosa corrente.

Nessa mata, trazem os troncos das árvores vestígio das grandes enchentes; o terreno é lodacento e enatado, centro de putrefação vegetal donde irradiam os miasmas que, por ocasião da retirada das águas, se formam, em dias de calor abrasador e sufocante.

Abundam ali coqueiros de estípite curto e folhuda coroa chamados *aucuris*, a que rodeiam numerosas lagoinhas de água empoçada e coberta de limo.

Em nada é, pois, aprazível o aspecto, e a lembrança de que ali imperam as temidas sezões faz que todo o viajante apresse a travessia do tão tristonhas paragens.

Ouve-se à curta distância o ruído do rio que corre largo, claro e com rapidez.

Como duas verdes orlas refletem-se no espelhado da superfície as elevadas margens, a cujo sopé moitas de *sarandis*, curvadas pelo esforço das águas e num balancear contínuo, produzem doce marulho.

Causa-nos involuntário cismar a contemplação de grande massa líquida a rolar, a rolar mansamente, tangida por força oculta.

Bem como a ondulação incessante e monótona do oceano agita a alma, assim também aquele perpassar perene, quase silencioso, de uma corrente caudal, insensivelmente nos leva a meditar.

E quando o homem medita, torna-se triste.

Franca e espontânea é a alegria, como todo o fato repentino da natureza. A tristeza é uma vaga aspiração metafísica, uma elação inquieta e quase dolorosa acima da contingência material.

Ninguém se prepara para ficar alegre. A melancolia, pelo contrário, aos poucos é que chega, como efeito de fenômenos psicológicos a encadear-se uns nos outros.

De que modo nasceu aquela enorme mole de água? Donde veio? Para onde vai? Que mistérios encerra em seu seio?

Largo tempo ficou Cirino a olhar para o rio. Em sua mente tumultuavam negros pensamentos.

Já se havia difundido o crepúsculo, e bandos folgazões de quero-queros saudavam os últimos raios do sol e despertavam os ecos em descomunal gritaria. De vez em quando, passava algum pato selvagem, batendo pesadamente as asas; sobre as águas, adejavam garças estirando e encolhendo o níveo colo e pombas, aos centos, cruzavam de margem a margem a buscar inquietas o pouso de querência.

Foi a luz gradativamente morrendo no céu, seguida de perto pelas sombras; e o rio tomou aspecto uniforme como se fora imensa lâmina de prata não brunida.

— Enfim, conheci o Manecão! — pensava Cirino. — E para esse é que reservam a minha gentil Inocência?!... Bonito homem para qualquer... para mim, para ela, horrendo monstro!... E como é forte!...

Digamo-lo, sem por isso amesquinhar o nosso herói, a ideia de força no rival acabrunhava-o.

— Se eu pudesse... esmagava-o!... E que ar sombrio e desconfiado!... Meu Deus, dai-me coragem... dai-me esperanças... Nossa Senhora da Abadia!... Nosso Senhor da Cana-Verde... valei-me!...

E o mancebo, diante daquela natureza acabrunhadora a quem tanto importava a paixão que lhe atanazava o peito, como o inseto a chilrar debaixo da folha de humilde erva, caiu de joelhos, orando com fervor ou, melhor, desfiando automaticamente as preces que sua mãe lhe havia, em pequeno, ensinado.

E o rio lá se ia sereno; e uma onça ao longe urrava, ou algum pássaro da noite soltava gritos de susto, esvoaçando às tontas.

Transpondo, na manhã seguinte, o Rio Paranaíba, pisou Cirino território de Minas Gerais.

Depois de légua e meia em mata semelhante à da margem direita, abrem-se campos dobrados, um tanto crestados do sol, de aspecto pouco variado, mas abundantíssimos em perdizes e codornas.

Tão preocupado levava o moço o espírito que, nem sequer uma só vez, imitou o pio daquelas aves; distração a que aliás não se furta quem por lá viaja, tão instantes os motivos de instigação.

Foi com impaciência mais e mais crescente que percorreu as dezesseis léguas intermédias à fazenda do *Pauda*.

Ia com o coração cheio de apreensões e os olhos se lhe arrasavam de lágrimas, de cada vez que contemplava o melancólico buriti. Então, pelo pensamento, voava à casa de Inocência. Também, ali junto ao córrego em cuja borda se dera a última entrevista, se erguia uma daquelas palmeiras, rainha dos sertões.

Que estaria fazendo a querida dos seus sonhos?

Que lhe aconteceria? E Manecão?! Já teria lá chegado?

Ao pensar nisto, aumentava-se-lhe a agitação e com vigor esporeava a cavalgadura.

Transformava-se para ele o caminho em dolorosa via, que numa vertiginosa carreira quisera vencer, mas que era preciso ir tragando pouso a pouso, ponto por ponto.

A majestosa impassibilidade da natureza exasperava-o. Quando o homem sofre, deveras deseja, nos raptos do alucinado orgulho, ver tudo derrocado pela fúria dos temporais, em harmonia com a tempestade que lhe vai no íntimo.

— Meu Deus! murmurava Cirino — Tudo quanto me rodeia está tão alegre e é tão belo! Com tanta leveza voam os pássaros, as flores são tão mimosas, os ribeirões tão claros... tudo convida ao descanso... só eu a padecer! Antes a morte... Quem me dera arrancar do coração este peso! Esta certeza de uma desgraça imensa! Que é afinal o amor?... Daqui a anos talvez nem me lembre mais da pobre Inocência... Estarei me atormentando à toa... Oh não! Essa menina é a minha vida! É o meu sangue... o meu farol para os céus ... quem *ma* rouba mata-me de uma vez. Venha a morte... fique ela para chorar por mim... um dia contará como um homem soube amar!...

Levantara Cirino a voz. De repente, deu um grande grito, como que o sufocava:

— Inocência!... Inocência!

E as sonoridades da solidão, dóceis a qualquer ruído, repetiram aquele adorado nome, como repetiam o uivo selvático da suçuarana a nota plangente do sabiá ou a martelada metálica da araponga.

Como tudo, afinal, tem termo, alcançou Cirino, no quarto dia, a casa de Antônio Cesário. Acolheu-o este com toda a amabilidade e franqueza.

CAPÍTULO XXVI

RECEPÇÃO CORDIAL

> *Assinalemos este dia entre os mais felizes, não se poupem ânforas; e como Sálios, descanso não demos aos nossos pés.*
>
> HORÁCIO, *Ode XXVI.*

Em breve chegara Manecão à casa do futuro sogro. Não é grande a distância de Sant'Ana até lá, e, entretanto, o animal brioso e descansado que montava o tropeiro viera sempre estimulado do férreo acicate.

Batia de impaciência o coração do capataz, e a lembrança da formosa noiva que o esperava enchia-o de desconhecido alvoroço. Também, por vezes, fugia-lhe do rosto o toque habitual de severidade e tênue sorriso, afastando a custo os densos bigodes, lhe pairava nos lábios.

Acolheu-o Pereira com verdadeira explosão de alegria.

— Viva! Viva! — exclamou de longe acenando com os braços. — Seja bem-vindo neste rancho... Ora, até que afinal!... Faltam *rojões* para festejar a sua chegada... Que demora!... Pensei que não topava mais com o caminho da casa... *Nocência* vai pular de contente.

Enquanto o mineiro enfiava estas palavras quase em gritos, apeou-se o sertanista que, de chapéu na mão, veio pedir-lhe a bênção.

— Deus o faça um santo — disse Pereira abençoando-o com fervor. — Você não queria chegar...

— Como vai a dona? — perguntou Manecão.

— Agora, muito bem. Teve sezões, mas já está de todo boa...

— E lembrou-se de mim?

— Olhe, que enjoado... Pois se ele enfeitiça a gente... Eu mesmo só pensava em você... Quando estará por cá aquele *marreco?* Dizia eu comigo mesmo... e botava uns olhos compridos por essa estrada a fora... quanto mais, mulher! Isto é um não acabar nunca de saudades. Mas — observou ele —, estamos a bater língua e não o faço entrar... *Agorinha* mesmo, *Nocência* foi para o córrego... Desencilhe o *pingo* e deixe-o por aí...

Fez Manecão o que disse Pereira. Tirou os arreios, não de súbito, mas com cautela e lentidão para que o animal, encalmado como estava, não ficasse *airado;* deixou sobre o lombo a manta e, apanhando um sabugo de milho, esfregou devagar a anca e o pescoço.

Depois de dar termo àqueles cuidados, penetrou na casa fazendo soar ruidosamente as esporas, que pelas dimensões desproporcionadas o obrigavam a caminhar firmado nos dedos do pé e com a planta levantada.

O mineiro não cabia em si de contente.

— Então, está tudo arranjado? — perguntou alegremente.

— Tudo. Os papéis já foram tirados... Tive que ir até Uberaba, e foi o que me atrasou... Quando mecê queira... botamo-nos de partida para a Senhora Sant'Ana... Amanhã cá chegam os cavalos que comprei... Está falado o Lata... o vigário avisado; só... falta o dia...

— Nesses casos, quanto mais depressa melhor... Não acha?

— Certo que sim...

— Então, se quiser, daqui a dois domingos...

— Como queira... Eu, cá por mim... Bem sabe, isto de casórios, o que custa é... tomar resolução... depois... deve-se pegar na carreira... A rapariga está pronta?...

— Não sei... há de estar... Vejo-a sempre cosendo... Quero ficar bem certo do dia, porque mando chamar a gente do Roberto... Afinal, é preciso matar a porcada e mandar buscar restilo.[1] Quando se casa uma filha, e... filha única, as algibeiras devem ficar veleiras...[2] Já estão todos combinados... é só dar

---

[1] Aguardente destilada. No interior empregam-se estas palavras como sinônimas.

[2] Fáceis no abrir.

o sinal... Tudo se arma logo... Aqui, em frente da casa, faz-se um grande rancho... A latada para a *janta* há de ser no oitão direito... Já encomendei de Sant'Ana alguns rojões, e o mestre Trabuco prometeu-me uns que deitam lágrimas... Depois, tiros de bacamarte e *ronqueiras* hão de troar...

— Eu — interrompeu Manecão — mandei com a sua licença vir da cidade duas dúzias de garrafas de vinho da casa do major...

— Olaré! Você meteu-se em gastos!... Duas dúzias de garrafas de vinho?

— Nhor-sim...

— Pois essas, meu caro, hão de ser reguladinhas da silva... Para o vigário... para o major... o coletor.. o professor... enfim, gente de alguma representação, porque com ela conto, sem falar na *arraia miúda.* Isso há de haver um *despotismo.* Quero que, dez dias antes da fonçonata venha a comadre do Ricardo com o seu povaréu para prepararem sequilhos, tarecos, broas, biscoitos de polvilho e brevidades.[3] Haverá regalo de chicolate[4] todas as manhãs... Você verá que desta festa falarão... E o *sapateado* à noite? Os descantes?... Talvez se possa arranjar um *cururu* valente...

— Mas — perguntou Manecão — qu'é de sua filha?

Riu-se Pereira.

— Maganão! Não pensa noutra coisa, hein? Também fui "ansim"... cada qual tem o seu tempo...isso é regra de Nosso Senhor Jesus Cristo.

E, saindo para o terreiro, gritou com força, fazendo das mãos buzina:

— *Nocência*!... *Nocência*!...

Não teve resposta.

— Coitadinha da pequena — disse ele —, há de saltar que nem veadinha, quando voltar do rio.

E acrescentou:

---

[3] Espécie de pão de milho com claras de ovo.

[4] Café com leite e ovos batidos.

— Já que ela não vem... entremos. Você é de casa: tome por cá e chegue até o meu quarto... rede e peles macias não faltam.

Ao dizer estas palavras, Pereira bateu amigavelmente no ombro de Manecão e fê-lo seguir para o lanço do fundo da casa.

Capítulo XXVII

Cenas íntimas

Santa Maria, advogada nossa, ouvi nossos rogos. Virgem pura, ante Vós se prostra uma infeliz donzela.

WALTER SCOTT, *Os dois desposados*.

Descrever o abalo que sofreu Inocência ao dar cara a cara com Manecão fora impossível. Debuxaram-se-lhe tão vivos na fisionomia o espanto e o terror, que o reparo, não só da parte do noivo, como do próprio pai, habitualmente tão despreocupado, foi repentino.

— Que tem você? — perguntou Pereira apressadamente.

— Homem, a modos — observou Manecão com tristeza —, que meto medo à senhora dona...

Batiam de comoção os queixos da pobrezinha: nervoso estremecimento balanceava-lhe o corpo todo.

A ela se achegou o mineiro e pegou-lhe no braço.

— Mas você não tem febre?... Que é isto, rapariga de Deus?

Depois, meio risonho e voltando-se para Manecão:

— Já sei o que é... Ficou toda fora de si... vendo o que não contava ver... Vamos, Nocência, deixe-se de tolices.

— Eu quero — murmurou ela — voltar para o meu quarto.

E encostando-se à parede, com passo vacilante se encaminhou para dentro.

Ficara sombrio o capataz.

De sobrecenho carregado, recostara-se à mesa e fora, com a vista, seguindo aquela a quem já chamava esposa.

Sentou-se defronte dele Pereira com ar de admiração.

— E que tal? — exclamou por fim — Ninguém pode contar com mulheres, iche!

Nada retorquiu o outro.

— Sua filha — indagou ele de repente com voz muito arrastada e parando a cada palavra — viu alguém?

Descorou o mineiro e quase a balbuciar:

— Não... isso é, viu... mas todos os dias... ela vê gente... Por que me pergunta isso?

— Por nada...

— Não; explique-se... Você faz assim uma pergunta que me deixa um pouco... *anarquizado.* Este negócio é muito, muito sério. Dei-lhe palavra de honra que minha filha *havéra* de ser sua mulher... a *cidade* já sabe e... comigo não quero histórias... é o que lhe digo.

— Está bom replicou ele —, nada de *percipitações.* Toda a vida fui *ansim*... Já volto; vou ver onde *para* o meu cavalo.

E saiu, deixando Pereira entregue a encontradas suposições.

Decorreram dias, sem que os dois tocassem mais no assunto que lhes moía o coração. Ambos, calmos na aparência, viviam vida comum, visitavam as plantações, comiam juntos, caçavam e só se separavam à hora de dormir, quando o mineiro ia para dentro e Manecão para a sala dos hóspedes.

Inocência não aparecia.

Mal saía do quarto, pretextando recaída do sezões; entretanto, não era o seu corpo o doente, não; a sua alma, sim, essa sofria morte e paixão; e amargas lágrimas, sobretudo à noite, lhe inundavam o rosto.

— Meu Deus — exclamava ela —, que será de mim? Nossa Senhora da Guia me socorra. Que pode uma infeliz rapariga dos sertões contra tanta desgraça? Eu vivia tão sossegada neste retiro, amparada por meu pai... que agora tanto medo me mete... Deus do céu, piedade, piedade.

E de joelhos, diante de tosco oratório alumiado por esguias velas de cera, orava com fervor, balbuciando as preces que costumava recitar antes de se deitar.

Uma noite, disse ela:

— Quisera uma reza que me enchesse mais o coração... que mais me aliviasse o peso da agonia de hoje...

E, como levada de inspiração, prostrou-se murmurando:

— *Minha Nossa Senhora* Mãe da Virgem que nunca pecou, ide adiante de Deus. Pedi-lhe que tenha pena de mim... que não me deixe assim nesta dor cá de dentro tão cruel. Estendei a vossa mão sobre mim. Se é crime amar a Cirino, mandai-me a morte. Que culpa tenho eu do que me sucede? Rezei tanto, para não gostar desse homem! Tudo... tudo... foi inútil! Por que então este suplício de todos os momentos? Nem sequer tem alívio no sono? Sempre ele... ele!

Às vezes, sentia Inocência em si ímpetos de resistência: era a natureza do pai que acordava, natureza forte, teimosa.

— Hei de ir — dizia então com olhos a chamejar — "à igreja, mas de rastos! No rosto do padre gritarei: "Não, não!... Matem-me... mas eu não quero"...

Quando a lembrança de Cirino se lhe apresentava mais viva, estorcia-se de desespero. A paixão punha-lhe o peito em fogo...

— Que é isso, Santo Deus? Aquele homem me teria botado um mau-olhado? Cirino, Cirino, volta, vem tomar-me... leva-me!... Eu morro! Sou tua, só tua... de mais ninguém.

E caía prostrada no leito, sacudida por arrepios nervosos.

Um dia, entrou inesperadamente Pereira e achou-a toda lacrimosa.

Vinha sereno, mas com ar decidido.

— Que tem você, menina — perguntou ele, meio terno —, de alguns dias para cá?

Inocência encolheu-se toda como uma pombinha que se sente agarrar.

Puxou-a brandamente o pai e fê-la sentar no seu colo.

— Vamos, que é isso, *Nocência*? Por que se socou assim no quarto?... Manecão lá fora a toda a hora está perguntando por você... isto não é bonito... É, ou não, o seu noivo?

Redobraram as lágrimas.

— Mulher não deve atirar-se à cara dos homens... mas também é bom não se *canhar* assim. É de enjoada... Um marido quase, como ele já é...

De repente o pranto de Inocência cessou.

Desvencilhou-se dos braços do pai e, de pé diante dele, encarou-o com resolução:

— Papai sabe por que tudo isso?

— Sim...

— É porque eu... não devo...

— Não deve o quê?

— Casar.

Arregalou Pereira os olhos e de espanto abriu a boca.

— Quê? — perguntou ele, elevando muito a voz.

Compreendeu a pobrezinha que luta ia travar-se. Era chegado o momento.

Revestiu-se de toda coragem.

— Sim, meu pai, esse casamento não deve fazer-se...

— Você está doida? — observou Pereira com fingida tranquilidade.

Prosseguiu então Inocência com muita rapidez, as faces incendiadas de rubor:

— Conto-lhe tudo, papai... não me queira mal... Foi um sonho... O outro dia, antes de Manecão chegar, estava sesteando e tive um sonho... Neste sonho, ouviu, papai? minha mãe vinha descendo do céu... coitada! estava tão branca que metia pena... vinha bem limpa, com um vestido todo azul... leve, leve!

— Sua mãe? — balbuciou Pereira tomado do ligeiro assombro.

— Nhor-sim, ela mesma...

— Mas você não a conheceu! Morreu, quando você era "pequelita"...

— Não faz nada — continuou Inocência —, logo vi que era minha mãe... Olhava para mim tão amorosa!... Perguntou-me: "Cadê seu pai?" Respondi com medo: "Está na roça; quer mecê, que ele venha?" "Não, me disse ela, — não é *perciso*; diga-lhe a ele que eu vim até cá, para não deixar Manecão casar com você, porque há de ser infeliz... muito!... muito!..."

— E depois? — perguntou Pereira levantando cabeça com ar sombrio, girando os olhos.

— Depois... disse mais... Se esse homem casar com você, uma grande desgraça há de entrar... nesta casa que foi minha e onde não haverá mais sossego. Bote seu pai bem sentido nisso. E sem mais palavra, sumiu-se como uma luz que se apaga.

Cravou Pereira olhar inquiridor na filha.

Uma suspeita lhe atravessou o espírito.

— Que sinal tinha sua mãe no rosto?

Inocência empalideceu.

Levando ambas as mãos à cabeça e prorrompendo em ruidoso pranto, exclamou:

— Não sei... eu estou mentindo... Isso tudo é mentira! É mentira! Não vi minha mãe!... Perdão, minha mãe, perdão!

E, caindo de bruços sobre a cama, ficou imóvel com os cabelos esparsos pelas espáduas.

Contemplou-a Pereira largo tempo sem saber que pensar, que dizer.

Súbito se inclinou sobre o corpo da filha e ao ouvido lhe segredou com muita energia:

— *Nocência,* daqui a bocadinho Manecão chega da roça... Você há de ir para a sala... se não fizer boa cara, eu a mato.

E erguendo a voz:

— Ouviu? Eu a mato!... Quero antes vê-la morta, estendida, do que... a casa de um mineiro desonrada...

Às pressas saiu do quarto deixando Inocência na mesma posição.

— Pois bem — murmurou ela —, já que é preciso... morra eu!

Capítulo XXVIII

Em casa de Cesário

Ah! a perspectiva que pode mais docemente sorrir ao meu coração é a do aniquilamento.

KLOPSTOCK, *A Messiada.*

Cirino, logo que se estabeleceu em casa do seu novo hospedeiro, tratou de lhe captar as simpatias. Medicou um escravo que estava de cama, fez valer o conhecimento e amizade que tinha com Pereira, conversou muito a respeito dele e incidentemente deu notícias de Inocência.

Atalhou-o Antônio Cesário neste ponto.

— Mecê a viu? — perguntou ele.

— Pois não — respondeu o moço —, por sinal que a curei de sezões.

— Ah! É uma guapa rapariga...

— Parece-me...

— Isso é... falo assim, porque afinal... daqui a poucos dias está casada... não sabe?

— Ouvi contar.

— Pois é verdade. O noivo passou por cá e levou a minha licença. É homem de mão cheia. A pequena deve estar contente. Ah! Nem todas no sertão são felizes assim. Tem-se por aqui o mau vezo de arranjar casamentos às cegas, e às vezes se *encambulha* um mocetão com uma fanadinha ou então uma sujeita de encher o olho com algum rapaz todo engorovinhado... Cruz! E, uma vez dada a palavra, acabou-se...

Achou Cirino a ocasião própria e redarguiu com vivacidade:

— Então o senhor não é desse parecer.

— Conforme — respondeu logo Cesário com reserva. — Aos pais é que convém *inziminar* essas coisas.

— Boa dúvida... Mas... se... sua afilhada... não gostasse de Manecão?

— Não gostasse?

— Sim.

— E que nos importa isso? Uma menina como ela não sabe o que lhe fica bem ou mal... Ninguém a vai consultar. Mulheres, o que querem é casar. Não ouviu já o patrício dizer que elas não casam com carrapato, porque não sabem qual é o macho?

E Cesário sorriu.

Depois, fechando de repente a cara, perguntou:

— Por que é que estamos a dar de língua nesse particular? Não sou amigo disso. Quer-me parecer que mecê é um tanto namorador...

— Eu? — protestou Cirino com vivacidade.

— Boa dúvida. Eu cá nem falar nelas quero. Mulher é para viver muito quietinha perto do tear, tratar dos filhos e criá-los no temor de Deus; não é nem para *parolar-se* com ela, nem a respeito dela.

Sempre as mesmas teorias de Pereira: a mesma grosseria repassada de desprezo ao sexo fraco, a mesma suscetibilidade para desconfiar de qualquer pessoa ou de qualquer palavra que lhes parecesse menos bem-soante aos prevenidos ouvidos.

— Minha afilhada — continuou Cesário —, deve levantar as mãos para o céu. Achou um marido que a há de fazer feliz e torná-la mãe de uma boa dúzia de filhos.

Estremeceu Cirino, mas nada disse.

Por toda parte esbarrava de encontro a preconceitos que nada podia vencer.

Nessa mesma tarde quis montar a cavalo e voltar para Sant'Ana; entretanto, o pensamento da resistência com que Inocência encetara a terrível luta com seu pai atuou em seu espírito e o reteve.

Decidiu-se a atacar o touro pelas aspas.

Restar-lhe-ia ao menos o consolo do desabafo, e num jogo perdido arriscava ainda ousado lance.

— Sr. Cesário, — disse ele na manhã seguinte —, preciso muito falar-lhe em particular.

— A mim?

— Sim, senhor.

— Pois, estou aqui às suas ordens.

— Quisera que saíssemos. O que lhe vou dizer... ninguém pode... ninguém deve ouvir.

— Oh! O senhor me assusta... então tem segredos que me contar?

— Tenho...

— Pois vá lá... *Mapiaremos* fora... Ao meio dia, esteja na minha roça... sabe onde é?

— Sei..

— Espere-me num pau de peroba seco que está derrubado.

— Lá estarei.

Muito antes da hora aprazada, achava-se Cirino no lugar indicado.

Devorava-o a impaciência.

Resolvido a desvendar sem rebuço os seus amores a esse homem a quem mal conhecia, que por ele não tinha senão razões de passageira simpatia, e de quem, contudo, estava dependente sua felicidade, considerava decisivos os momentos.

Quem em tais circunstâncias se acha, enxerga em tudo quanto o rodeia sintomas de bom ou mau agouro, e nesse instante a Cirino pouco parecia sorrir a natureza.

Não chovia; mas o tempo estava carregado e sombrio.

Tinha o céu cor acinzentada e do lado do poente linhas negras e contínuas denunciavam trovoada talvez para a tarde.

Era o local, além disso, tristonho. Enfileiravam-se numa grande área, pés de milho já pendoados, dentre os quais surgiam possantes madeiros de tronco rugoso e galhada completamente despida de ramagem, uns, da base à extrema ponta, lugubremente enegrecidos pelo fogo lançado antes da sementeira; outros, perdidas todas as folhas em consequência da incisão profunda e circular com que o machado impedira a ascensão da seiva. Esses quedavam vivos, mas de uma vida latente e esmorecida, denunciada por entanguidos brotos no mais alto do topo.

Quando o dia é claro, aqueles gigantes da floresta, que pela robustez do cerne haviam desafiado as chamas e os esforços do homem, servem de poleiro a inúmeros bandos do papagaios, periquitos, araçaris ou de graúnas que formam concertos capazes de ensurdecer os ecos.

Naquela ocasião, porém, tudo era silêncio.

Só de vez em quando se ouviam pancadas surdas e intermitentes dos pica-paus de crista vermelha, agarrados aos troncos das árvores e a explorar-lhes os pontos carunchosos, subindo em zigue-zagues.

À hora ajustada, apresentou-se Antônio Cesário.

Por cautela vinha armado de uma espingarda de caça, que bem serviria para derrubar alguma onça, ou animal daninho.

Seu rosto, habitualmente sereno, indicava certa inquietação, repassada de curiosidade.

— Aqui me tem, doutor — disse ele descansando a arma sobre o pau derrubado e sentando-se ao lado de Cirino. — Estou pronto para ouvi-lo quanto tempo queira...

Muito pensara Cirino nesse momento a que devia chegar e, entretanto, não pudera achar o modo por que encetasse as suas declarações. Parafusara de contínuo mil pretextos sem nada assentar.

Foi, pois, a balbuciar que respondeu:

— O senhor... há de me desculpar... o incômodo que... lhe dou...

— Incômodo nenhum.

— E deve estar... espantado do que lhe pedi... vir falar comigo... em lugar ermo... comigo que sou como qualquer hóspede, como tantos que a sua casa tão franca todos os dias recebe...

— Com efeito — confirmou Cesário.

— Pois bem, daqui a nada tudo lhe ficará claro e explicado... Se enquanto eu falar... o ofender, perdoe-me, ouviu? Sr. Cesário — continuou Cirino após breve pausa se o senhor visse um homem arrastado numa corredeira[1] e pudesse atirar-lhe uma corda e salvá-lo... o faria?

[1] Trecho de rio encachoeirado.

— Boa dúvida — replicou o outro com força. — Ainda que corra perigo de vida, não deixarei homem nenhum, branco ou preto, livre ou escravo, rico ou pobre, conhecido ou não, sem o socorro de meu braço.

— Pois bem! — exclamou Cirino arrebatadamente. — Sou eu esse homem que vai morrer, que está perdido e a quem o senhor pode salvar...

E respondendo à tácita suspeita de quem o ouvia:

— Não acredite que esteja doido... não. Estou tão são de juízo como o senhor e falo-lhe a verdade. Uma palavra esclarece-lhe tudo... eu morro de paixão por uma mulher e essa mulher é... sua afilhada!... Inocência!

De um pulo levantou-se Cesário. Seus lábios tremiam, os olhos de súbito injetados de sangue. A mão procurou a arma que lhe ficava ao lado.

— Que é isso? — balbuciou encarando fixamente Cirino.

Adivinhara-lhe este todos os seus pensamentos.

Erguera-se também, cara a cara com Cesário:

— Mate-me — bradou ele —, mate-me... É um favor que me faz... Dê cabo desta vida desgraçada.

Já arrependido do gesto que fizera e um tanto corrido de sua precipitação, replicou o outro todo sombrio:

— Não tenho razões para matá-lo... O senhor nunca me fez mal...

— Não — prosseguiu Cirino meio desvairado —, peço-lhe por favor... Se o senhor tem caridade, e é bom, se gosta de seus filhos, se tem pai e mãe no céu... por tudo isso eu lhe peço de joelhos! Mate-me, mate-me!

E deixou-se cair aos pés de Cesário, ocultando a cabeça entre as mãos.

Contemplou-o largos instantes o mineiro com surpresa.

Inclinando-se para o moço, bateu-lhe no ombro e quase com brandura lhe disse:

— Que história é essa, doutor?... Isso é loucura! Conte-me que há... quero saber se a sua bola está girando ou não. Sou homem do sertão, mineiro de lei... mas sei tratar com gente...

A estas palavras, recobrou Cirino algum alento e pôs-se de pé.

Sentando-se então ao lado de Cesário, narrou-lhe tudo, o desespero que o minava, a certeza que tinha do amor de Inocência e a implacável sentença proferida por Pereira.

Ouvia-o Cesário atentamente. Só de vez em quando deixava escapar esta exclamação:

— Ah! Mulheres!... Mulheres! É a nossa perdição.

Depois que Cirino acabou de falar, encarou-o detidamente e, com ar severo, perguntou:

— Fale-me a verdade, doutor, o senhor nunca trocou palavra com Inocência? Nunca esteve só com ela?

— Estive — respondeu o outro meio receoso — às faces de Cesário subiu uma onda de sangue.

— Então — rouquejou ele —, a desgraça...

— Deus meu — atalhou Cirino com fogo —, caia a alma de minha mãe no inferno, se Inocência não é pura... se...

Conteve-o Cesário com um gesto.

— Basta, moço: quem jura assim, não mente... Também no meu tempo tive uma paixão infeliz e sei o que é sofrer...

— Oh! Sr. Cesário, salve-me!...

— Que posso eu fazer? Não sabe o senhor que ela hoje não pertence nem mesmo ao pai, ao seu próprio pai? Pertence à palavra de honra, e palavra de mineiro não volta atrás... Não sabia o senhor disso, quando deixou que o amor lhe entrasse pelos olhos?... Mulheres não pensam... mulheres o que querem é ver os homens *derretidos* por elas... sacrificam tudo... e por um requebro *pincham* na rua a honra de suas casas...

— Não — protestou Cirino —, ela não é assim...

— Então é melhor que as outras? — objetou Cesário com desdém.

— Sim, sim, é melhor do que tudo deste mundo. Acima dela, só Nossa Senhora!...

Ligeiramente sorriu o mineiro.

— Qual! — observou ele — bem disse o outro: a paixão é um transtorno. Fica um homem que nem uma miséria! É...

— Então? — interrompeu Cirino.

— Então o quê?... Já lhe não disse quanto basta? Minha afilhada pertence tanto a Manecão como uma garrucha ou um *guampo lavrado*[2] que Pereira lhe tivesse dado... Não há meios e modos de voltar atrás...

Não desanimou o mancebo.

Falou por muito tempo com verdadeira eloquência, apelando principalmente para a proteção que todo o cristão tem obrigação de dispensar ao ente que leva à pia batismal, a seu segundo filho, ao pagãozinho por quem o padrinho se torna responsável perante Deus.

Feriu o sentimento religioso do mineiro e comoveu-o.

— Não me fale assim — contrariou este —, o senhor quer ver se me puxa para o seu lado... E quem me assegura que *Nocência* gosta tanto da sua pessoa? Quem?

— O coração está-lho dizendo baixinho — respondeu com calma Cirino. — O senhor, que é homem de honra, acredita que eu esteja mentindo? Que tudo isso é falso?... Diga, acredita?

Cesário tartamudeou:

— Sim... *Assunto* verdades, mas...

— Ah! — exclamou Cirino, — O senhor sente a consciência bater-lhe que sua afilhada está desamparada, que vai ser sacrificada... e agora tapa os ouvidos e diz: "Não quero ouvir, não quero cumprir a minha palavra!" Porque a deu então o senhor... essa palavra de honra de que tanto fala?... Nossa Senhora que a proteja... que a tire deste mundo... Isso há de posar-lhe no peito... e, quando um dia tiver notícia que Inocência morreu de desgostos, há de dizer lá consigo que ajudou a cavar-lhe a sepultura.

Estava Cesário abalado, com verdadeira ansiedade retorquiu:

— Que histórias me conta o senhor? Eu metido no meu canto... vivendo tão sossegado... não bulindo com ninguém, e agora *anarquizado* por estes mexericos!... Quem o mandou vir cá?

— Quem seria — retrucou Cirino —, se não Inocência? Porventura eu o conhecia? Algum dia o vi?... Não; foi aquele

---

[2] Vasilha feita de chifre para tirar água. Chama-se lavrado quando tem desenhos de lavor.

anjo que me disse: "Busca meu padrinho, é o último recurso. Se ele não nos amparar, então... estamos perdidos de uma vez."

Estas palavras convenceram de todo Cesário.

Ficou em silêncio, recolhido, a meditar; Cirino o observava ofegante.

— Pois bem — disse por fim o mineiro em tom grave e pausado —, hei de pensar no que o senhor me conta...

— Oh! Sr. Cesário!...

— Levarei dois dias a remoer sobre o caso... O que disse uma vez, não digo duas... No fim desse tempo, monto a cavalo e apareço por casa de Pereira...

— Sim, sim — balbuciou o moço.

— Amanhã mesmo, de madrugada, o senhor sai daqui e vai esperar-me na Senhora Sant'Ana.

— Irei... salve-me...

Cesário parou um pouco.

— Agora, quero que o senhor me faça um juramento... pelas cinzas de sua mãe.

— Estou pronto.

— Pela salvação de sua alma...

— Pela salvação de minha alma — repetiu Cirino.

— Pela vida eterna..

Cirino acenou com a cabeça.

— Jure!

O mancebo cruzou os dois índices[3] e beijou-os com unção abaixando os olhos e empalidecendo.

— O senhor — disse Cesário — jurou antes de saber o que era... deu-me boa ideia do seu caráter... Farei tudo por ajudá-lo, mas exijo-lhe uma condição... se quiser aceitá-la, fica valendo o juramento; senão... o dito por não dito.

— Que será, meu Deus? — murmurou Cirino.

— É ficar o senhor esperando em Sant'Ana. Se eu aparecer por esses oito dias, iremos juntos à casa do compadre. Se não, é que decidi o contrário. Neste caso, virá o senhor até cá e aqui esperará as suas cargas que mandarei buscar.

---

[3] Dedo indicador.

Será sinal de que nunca mais há de procurar botar as vistas em Inocência... nem sequer falar nela. Aceita?

— Aceito — respondeu o moço com exaltação —, mas fique certo de uma coisa: se o senhor, no tempo marcado, não estiver na vila, reze por alma de Cirino, porque ele terá deixado este mundo de aflições.

Cesário meneou tristemente a cabeça e retirou-se, sem dizer mais palavra.

Capítulo XXIX

Resistência de corça

Acasto. — *Não pode ela falar?*

Osvaldo. — *Se falar é tão somente fazer ouvir sons por meio da língua e dos lábios, é aquela criatura muda, mas se tão maravilhosa faculdade consiste também em tornar compreensíveis os menores pensamentos por acionados e expressivos gestos, pode dizer-se que ela a possui, pois seus olhos cheios de eloquência têm uma linguagem inteligível, embora falha de sons e de palavras.*

Antiga comédia inglesa citada por
WALTER SCOTT.

Deixamos Inocência tão abatida de corpo, quanto resoluta de espírito.

Pressentia os choques que tinha de suportar, e robustecia a alma na meditação contínua e firme de sua infelicidade.

Estava de joelhos diante da imagem de Nossa Senhora, quando a voz de seu pai a fez levantar.

— *Nocência*! — chamava ele.

Rapidamente passou a pobrezinha a mão pelo rosto para apagar os vestígios de copioso pranto e com passo seguro penetrou na sala.

Estavam Pereira e Manecão sentados junto à mesa. O anãozinho Tico aquecia-se aos pálidos raios de um sol meio encoberto e, sentado à soleira da porta, brincava com umas palhinhas.

— Estou aqui, papai — disse Inocência em voz alta e um pouco trêmula.

Encarou-a Manecão com ar entre sombrio e apaixonado. Julgou dever dizer alguma coisa.

— Até que afinal a dona saiu do ninho... É que hoje o dia está de sol, não é?

A moça nada lhe respondeu; fitou-o com tanta insistência que o fez abaixar os olhos.

— Ela esteve doente — desculpou Pereira.

E voltando-se para a filha:

— Sente-se aqui bem perto de nós... O Manecão quer conversar com você em negócios particulares...

— Bem percebe ela — observou o desasado noivo intentando abrir o motivo para risos.

Inocência replicou em tom incisivo:

— Não percebo.

— Está se... fazendo de... engraçada — balbuciou Manecão. — Pois já... se esqueceu... do que tratei com seu pai?... Parece que comeu muito queijo.

Com a mesma entonação e cortando-lhe a palavra retorquiu ela:

— Não me lembro.

Houve uns minutos de silêncio.

Acumulava-se a cólera no peito de Pereira; seus olhares irados iam rápidos de Manecão à imprudente filha.

— Pois, se você não se lembra — disse ele de repente —, eu cá não sou tão esquecido.

— Ora — recomeçou Manecão levantando-se e vindo recostar-se à beira da mesa para ficar mais chegado à moça —, faz-se de enjoada à toa... O nosso casamento...

— Seu casamento? — perguntou Inocência fingindo espanto.

— Sim...

— Mas com quem?

— Ué — exclamou Manecão —, com quem há de ser... com mecê...

Pereira fora-se tornando lívido de raiva.

O anão acompanhava toda essa cena com muita atenção. Cintilavam seus olhinhos como diamantes pretos; seu corpo raquítico estremecia de impaciência e susto.

À resposta de Manecão, levantou-se rápida Inocência e, como que acastelando-se por detrás da sua cadeira, exclamou:

— Eu?... Casar com o senhor?! Antes uma boa morte!... Não quero... não quero... Nunca... nunca...

Manecão bambaleou.

Pereira quis pôr-se de pé, mas por instantes não pôde.

— Está doida! — balbuciou — está doida!

E, segurando-se à mesa, ergueu-se terrível.

— Então, você não quer? — perguntou com os queixos a bater de raiva.

— Não — disse a moça com desespero —, quero antes...

Não pôde terminar.

O pai agarrara-a pela mão, obrigando-a a curvar-se toda.

Depois, com violento empurrão, arrojou-a longe, de encontro à parede.

Caiu a infeliz com abafado gemido e ficou estendida por terra, amparando o peito com as mãos. Mortal palidez cobria-lhe as faces, e de ligeira brecha que se abrira na testa deslizavam gotas de sangue.

Ia Pereira precipitar-se sobre ela como para esmagá-la debaixo dos pés, mas parou de repente e, levando as mãos ao rosto, ocultou as lágrimas que dos olhos lhe saltavam a flux.

Manecão não fizera o menor gesto. Extático assistira a toda essa dolorosa cena. A fisionomia estava impassível, mas, por dentro, seu coração era um vulcão.

Lúgubre silêncio reinou por algum tempo naquela sala.

O anão chegara-se a Inocência, tomando-lhe uma das mãos; depois, a fizera sentar e, no meio de carinhos, mostrara-lhe por sinais a necessidade de retirar-se.

A custo pôde ela seguir aquele conselho. Quase de rastos e ajudada por Tico é que saiu da presença do pai e de seu perseguidor.

Nenhum movimento fizeram os dois para retê-la. Calados como estavam, deixaram-se ficar de pé, um ao lado do outro, ambos acabrunhados pela grandeza daquela desgraça.

Com frenesi cofiava Manecão o basto bigode.

Pereira tinha a cabeça pendida sobre o peito.

Afinal, exclamou:

— É preciso que eu *desembuche* o que tenho cá dentro, senão estouro... Quem for homem que seja... Manecão, *Nocência* para nós está perdida... para nós, porque um homem lhe deitou um mau-olhado...

— E que homem é esse? — perguntou em tom surdo e ameaçador o outro.

— Agora vejo como tudo foi... eu mesmo meti o diabo em casa... estive alerta... mas o mal já caminhava.

— Mas, quem é ele? — tornou a perguntar com impaciência Manecão.

— Um maldito! Um infame, um estrangeiro que aqui esteve... roubou-me o sossego que Deus me deu...

Contou então às pressas Pereira todas as tentativas do alemão Meyer, tentativas que haviam sido descobertas, mas que infelizmente, pelo menos assim supunha, já haviam produzido os seus danosos frutos.

— Ah! — disse por fim abaixando a voz. — Pensou aquele cachorro que tudo era namorar mulheres e depois dar com os pés em polvorosa, não é?... Amanhã mesmo eu lhe saio no rasto.

— Para quê? — interrompeu Manecão.

— Respondam os urubus...

— Para matá-lo?

— Sim...

Houve breve pausa.

— Não será o senhor — disse o capataz — que lhe há de dar cabo da pele.

— Por quê?

— É negócio que me pertence. O senhor é pai... eu, porém, sou... noivo. Mangaram com os dois... mas o *alamão* fica no chão.

— Pois seja — concordou Pereira —, parta amanhã mesmo ou hoje... agora, se possível for. Cão danado deve logo ser morto, para que a baba não dê raiva. Vá depressa e venha contar-me que aquele homem já não existe... Como velho, como pai... abençoo a mão que o há de matar. Caia o sangue que correr... sobre os meus cabelos brancos...

Havia toda esta conversa sido atentamente ouvida por alguém: o anão Tico.

Viera a pouco e pouco aproximando-se da mesa com os olhos a fulgir.

De repente, colocou-se resolutamente entre Manecão e Pereira.

— Que quer você aqui? — perguntou o mineiro com aspereza.

Começou então o homúnculo a explicar por gestos vagarosos, mas muito expressivos, que de tudo estava ciente, participando de todos os projetos e do mesmo sentimento de indignação e desespero que enchia os dois ofendidos.

Depois, apressando mais a gesticulação e por sons meio articulados, fez ver que Pereira laborava em engano, tão somente quanto à pessoa.

Com muita propriedade de imitação e perfeita mímica, ora levantando o braço para caracterizar as fisionomias, tão exatamente representou Meyer e Cirino, que o mineiro logo os reconheceu.

— Bem sei, bem sei Tico — murmurou ele. — Você fala do doutor e daquele...

Aí o anão fez um gesto de negação e, apontando para o quarto de Inocência, indicou que nada tinha ela com o alemão.

Ficaram pasmos os dois.

— Então — balbuciou Pereira —, quem será?... Cirino, meu Deus?!

— Sim... Sim! — gritou o anão com violento esforço abaixando muitas vezes a cabeça.

— Qual! — protestou Pereira — O doutor?...

Com muita habilidade e segurança Tico desenvolveu as provas que tinha.

Gesticulou como um possesso; correu para fora de casa; denunciou as entrevistas; reproduziu ao vivo todas as passadas de Cirino; mostrou o lugar do laranjal donde vira tudo, o galho quebrado em razão da sua queda; repetiu o grito que dera; lembrou a cena da madrugada, findando com aqueles tiros; exprimiu-se por sinais tão adequados e tais movimentos de cabeça e fisionomia, que toda a dúvida desapareceu do espírito de Pereira.

Então tudo se lhe descortinou claro e deslumbrante, e sua cólera subiu a um grau de violência inexprimível.

Esteve a cair fulminado.

— Infame — murmurou roxo de ira —, tu me pagas! Infame... infame!

Depois voltando-se para Manecão:

— Dê-me esse... eu o quero...

Abanou o capataz a cabeça.

— Não — respondeu surdamente. — Esse me pertence... Caçoou com o senhor... e fez de mim chacota.

— Então — disse apressadamente Pereira —, parta hoje... parta já... e quando voltar, diga só: "Estamos desagravados"... Inocência será sua...

Parando um pouco, concluiu tomado de enleio:

— Se quiser aceitá-la.

— Havemos de conversar...

Teve o mineiro uma explosão de desespero.

— Meu Deus — exclamou com dor —, em que mundo vivemos nós? Um homem entra na minha casa, come do que eu como, dorme debaixo do meu teto, bebe da água que carrego da fonte, esse homem chega aqui e, de uma morada de paz e de honra, faz um lugar de desordem e vergonha! Não, mil raios me partam!... Não quero mais saber que esse miserável respire o ar que respiro. Não! Mil vezes, não! E desde já enxoto a canalhada que trouxe, gente do inferno como ele!... Hei de cuspir-lhes na cara... *Pinchá-los* fora como cães que são!... Ladrões!... Eu...

Interrompeu-o Manecão com calma:

— Não faça nada... É preciso que ninguém saiba do que se está passando aqui... Ninguém!... Percebe?

— E então?

— Faça de conta que recebeu uma letra[1] de Sant'Ana. O *cujo* foi quem a mandou, para que os camaradas o vão esperar no Leal... Ouviu?

Pereira fez sinal de tudo compreender.

— Depois — acrescentou Manecão com voz sinistra —, mãos à obra.

— Você diz bem — retorquiu Pereira —, tenha pena de mim... estou com esta cabeça como um cortiço de guaxupés... É um zumbido!... Mostre que já é dono desta casa e faça como entender... Entrego-me de pés e mãos atados a você...

---

[1] Carta.

Tudo lhe pertence... Enquanto a honra do mineiro não for desafrontada... não levanto o rosto... Meu Deus, meu Deus, que vergonha!...

— Coragem, coragem! — aconselhou o outro.

— Se esse *socavão* não chegar para esconder minhas misérias... mudo-me para as bandas do Apa... Parece que vou morrer... sinto fogo dentro da cabeça...

E, vencido pela emoção, encostou a testa à mesa, deixando cair os braços.

Bateu-lhe Manecão no ombro.

— Que é isso, meu pai? Ânimo! De que serve ser homem?... Olhe cara a cara a sua desgraça... que também é minha. Não o consola a certeza de que aquele homem brevemente...

— Sim — replicou Pereira levantando a cabeça e reparando que o anão se retirara —, mas que faremos deste tico de gente, que sabe tudo?

— Não o deixe sair mais de casa.

— Qual!... É que nem *muçu*. Quando a gente mal pensa, surge no Sucuriú e até no Corredor.

— Pois bem... Ficará sabendo que... um só piscar de olho... pode sair-lhe caro... muito caro.

— Então — implorou Pereira —, vá quanto antes limpar o meu paiol daquela gente... vá... Se eu pudesse ainda dormir... esquecia um pouco, mas...

Com estas palavras retirou-se a custo o mineiro.

Incontinenti foi Manecão despachar os camaradas de Cirino, os quais, pouco depois, saíam com destino à casa do Leal.

Em seguida, montando o tropeiro a cavalo, partiu em carreira desapoderada para a vila de Sant'Ana do Paranaíba, onde chegou alta noite.

Capítulo XXX

Desenlace

Estão contados os grãos de areia que compõem a minha vida. É aqui que devo tombar. É aqui que ela há de acabar.

SHAKESPEARE, *Henrique V*, Ato I.

Eis que vi um cavalo amarelo, e quem o montava era a morte.

SÃO JOÃO, *Apocalipse*.

Durante três dias, foi Cirino rigorosamente espreitado pelo noivo de Inocência.

Com a cautela própria dos seus hábitos esquivos, soube Manecão acompanhar-lhe todos os passos sem ser pressentido.

Assim notou que o rival montava a cavalo e ia até certo ponto da estrada como que esperar por alguém que não chegava. Na ida, mostrava impaciência e inquietação; na volta vinha melancólico e curvado sobre si mesmo, absorto em fundo meditar.

Ia o infeliz mancebo ao encontro de Cesário; mas este não aparecia.

Estava quase expirado o prazo combinado, e prestes a soar a hora do completo desengano.

Oh! Se ele pudera!... Agarraria com forças de Josué esse Sol que lhe marcava os dias e o deixaria imóvel, até que o seu salvador se resolvesse a estender-lhe a mão.

E já ia findando a semana!...

Completo o círculo de horas, se Cesário não aparecesse, começava a imperar o juramento que dera, irrevogável, implacável!

— Matar-me-ei — dizia Cirino —, ficarão sabendo que não menti às minhas palavras.

Nessa firme resolução saiu da vila; passou o Rio Paranaíba e, como costumava, caminhou pela estrada de São Francisco de Sales, talvez três léguas. Contava pousar por aqueles sítios, de modo que alongava o seu passeio.

Claro era o dia; lindo.

Por toda parte cantavam mil pássaros. Gritavam as gralhas nos cerrados, piavam as perdizes no relvoso chão.

Cirino ia muito agitado. Nada ouvia; os seus olhos, fitos sempre na frente, buscavam na estrada, ansiosos, o vulto de um cavaleiro.

Soou-lhe de repente aos ouvidos o tropel de um animal.

Alguém vinha a galope.

Seu coração pulsou que parecia ter entrado também a galopar.

Mas o som partia de detrás.

Sem dúvida algum viajante vindo da vila.

Continuou Cirino na vagarosa marcha.

O estrupido vinha indicando carreira folgada e que breve consigo estaria emparelhando, quem extravagantemente em hora tão imprópria corria à desfilada.

O mancebo de nada cuidava, tanto que mal reparou que alguém a trote largo passara por perto de si, quase a roçar animal contra animal...

Dali a pouco, novo galope se fez ouvir.

Parecia que o mesmo cavaleiro havia dado de redes, cortando o rumo que levava.

Dessa vez, porém, Cirino acordou do letargo, esporeou vigorosamente a sua cavalgadura e... esbarrou com Manecão.

Instintivamente empalideceu. O outro estava também muito descorado.

Estacaram eles os animais e fitaram-se alguns minutos, de um lado com desconfiança e pasmo, de outro com mal concentrado furor.

— Patrício — interpelou por fim o capataz em tom provocador —, que faz mecê por aqui?

— Eu? — perguntou Cirino.

— Nhor-sim, mecê mesmo.

— É boa... viajo.

— Ah! Viaja! replicou Manecão. — Então é andejo?

— Andejo, não — contestou Cirino com força. — Não sou nenhum bruto.

E por prevenção levantou a capa do coldre em que havia uma pistola, fazendo menção de a sacar.

— Não será andejo — continuou o capataz —, mas então o que é?

— Sou o que sou, não é da sua conta.

Contraiu-se o rosto de Manecão.

De um tranco chegou o cavalo bem junto a Cirino e disse-lhe em voz surda:

— É um ladrão... é um cachorro!

A esse insulto, puxou Cirino a pistola.

— Mato-o já — bradou com violência — se continua a *destratar-me*...

Sorriu-se o capataz com desprezo.

— Gentes, observou cuspindo para um lado, vejam só que valentão... e sabe manejar garrucha!...

— Acabemos com isso! — gritou Cirino.

— Acabemos, retorquiu Manecão com fingida calma.

— Mas quem é o senhor? — perguntou Cirino.

— Eu?

— Sim!... sim!...

— Então não me conhece?

— Não. — balbuciou Cirino.

— Conhece *Nocência?* — uivou Manecão com voz terrível.

E de supetão tirando uma garrucha da cintura, desfechou-a à queima-roupa em Cirino.

Varou a bala o corpo do infeliz e o fez baquear por terra.

Dois gritos estrugiram.

Um de agonia, outro de triunfo.

Ficara Cirino estendido de bruços. Reunindo as forças, que se lhe escapavam com o sangue, voltou-se de costas e prorrompeu em vociferações contra o inimigo, que o contemplava sardônico.

— Matador!... Vil!... Sim!... conheço Inocência... Ela é minha... Infame!... Mataste-me... mas mataste também a ela!... Que te fiz eu?... Deus te há de amaldiçoar... sim, meu Deus, meus Santos... maldição sobre este assassino... Foge, foge... minha sombra há de seguir-te sempre...

— Melhor, — interrompeu Manecão do alto do cavalo — isso mesmo é o que eu quero.

— Ah! Queres? — continuou Cirino com voz rouquejante — não é?... Pois bem!... De noite e de dia... minha alma há de estar contigo... sempre, sempre!...

Calou-se por um pouco e, revolvendo-se no chão, passou a mão pela testa. Lentejava-lhe dos poros o suor frio e visguento da morte.

Foi seu rosto abandonando a expressão de rancor; a respiração tornou-se-lhe mais difícil.

— Não, — murmurou com pausa e gravidade — não quero morrer... assim. Devo sair desta vida... como cristão... Hei de saber perdoar... — e reunindo as forças, acrescentou com unção e energia — Manecão... eu te perdoo... por Cristo... que morreu... na cruz, para nos salvar... eu te perdoo... Nosso Senhor tenha pena de ti... Eu te perdoo, ouviste?

À medida que o moribundo pronunciava estas palavras, esbugalhara Manecão os olhos de horror com o corpo todo a tremer.

— Não quero o teu perdão — bradou ele a custo.

— Não importa — respondeu-lhe Cirino com voz suave. — Ele é... dado do fundo d'alma... Caia sobre tua cabeça... Quero, quero morrer como cristão... Que me importa agora o mundo, a vingança... tudo?... Só Inocência!... Coitada de Inocência... Quem sabe... se... ela... não morrerá? Manecão, dá-me água. Água pelo amor de Deus!... Desce do cavalo, homem... É um defunto que te pede... Desce!...

E com os braços erguidos acenava para Manecão.

— Água! — bradou o mancebo forcejando por levantar-se. — Dá-me água... eu te dou a salvação...

Sentia o capataz escorrer-lhe o suor dentre os cabelos. Queria fugir e não podia. Parecia que os seus olhos tinham de acompanhar passo a passo a agonia da sua vítima. Aquela cena se lhe afigurava um pesadelo, e completo torpor lhe tolhia os membros.

Tirou-o desse enleio o bater das patas de um animal que vinha pela estrada a trote.

Ouvira também Cirino o estrupido e arregalara com ansiedade os olhos.

Desabrochou-lhe nos lábios um sorriso de tristeza.

Alguém vinha chegando.

Esporeou Manecão com vigor o cavalo e, levantando uma nuvem de poeira, desapareceu num abrir e fechar de olhos.

Nisto assomava um cavaleiro numa das voltas do caminho.

Era Antônio Cesário.

Vendo um homem estirado por terra apressou o passo.

— O doutor? — exclamou apeando-se rapidamente e todo horrorizado.

— Eu mesmo — respondeu Cirino com voz fraca.

— Mas quem lhe fez este dano, santo Deus?

E correndo para o moço ajoelhou-se junto dele e levantou-lhe o corpo.

— Quem foi o assassino?

— Ninguém — rouquejou o mísero — foi... destino... Morro contente... Dê-me água... e fale-me de Inocência...

— Água? — exclamou Cesário com desespero. — Aqui no meio do cerrado?... O córrego fica a três léguas pelo menos...

— Ah! — replicou Cirino meio desvairado. — Se não há... com que estancar a sede do corpo... estanque a... da alma.... Inocência... onde está? — Quero vê-la... Diga-lhe que morri... por causa dela...

— Mas, quem o matou? — bradou o mineiro.

— Não vale a pena dizê-lo — respondeu o mancebo entre gemidos. — Cuide agora... só de mim... Olhe... nunca fui mau... não tenho pecados... grandes... Acha que Deus me... há do perdoar?

— Acho — respondeu Cesário com força...

— Que fiz eu... na minha vida? Talvez... enganasse os outros... dizendo que era... médico... Mas também curei alguns... De nada mais me recordo... Ah! Sim... uma dívida de honra...

na minha carteira... há uns 600 mil réis; pague... 300 ao Totó Siqueira, da vila; dê... 50 mil réis... a cada camarada... meu... o mais... distribua... todo... pelos pobres, sobretudo... morféticos... depois das... missas... que por mim... mandar... rezar... ouviu?

Fez o mineiro sinal que sim.

Vinha a morte desdobrando as suas sombras no rosto de Cirino. Ia-se-lhe empanando o brilho dos olhos; ficara a língua trôpega, afilara-se-lhe o nariz e sinistro palor mais realçava a negra cor dos seus cabelos e barbas.

Sentara-se Cesário no chão para segurar com mais jeito o corpo do moribundo. Duas lágrimas vinham-lhe sulcando as másculas faces.

Ligeiro estremecimento agitava o corpo de Cirino.

— Agora — acrescentou com voz muito sumida —, chegou... o meu dia... mas... eu lhe peço... nada diga... à sua afilhada. Não consinta... que case com... Manecão.

— Então — interrompeu Cesário —, foi ele quem?...

— Não, não — contestou Cirino —, mas... ela havia de ser... infeliz... Ouviu? Promete-me?

— Prometo — respondeu Cesário com firmeza. — Juro até...

— Pois bem — suspirou o agonizante —, agora... agradeço a morte... Quero apegar-me... às Santas do Paraíso... e chamo por...

E com esforço, no último alento, murmurou mais e mais baixo:

— Inocência!

....

Na tarde deste dia, o viajante que passasse por aquele sítio poderia ver uma cova coberta de fresco, sobre a qual se erguia uma cruz tosca feita de dois grossos paus amarrados com cipós.

Eram mostras da caridade do mineiro Antônio Cesário.

Epílogo

Reaparece Meyer

Possua-te de justo orgulho e coroem os louros de Apolo tua cabeça.

HORÁCIO.

No dia 18 de agosto do 1863, presenciava a cidade de Magdeburgo pomposo espetáculo há muito anunciado no mundo científico da sábia Germânia.

Era uma sessão extraordinária e solene da Sociedade Geral Entomológica, a qual chamava a postos não só todos os seus membros efetivos, honorários, correspondentes, como muitos convidados de ocasião, a fim de acolher e levar ao capitólio da glória um dos seus mais distintos filhos, um dos mais infatigáveis investigadores dos segredos da natureza, intrépido viajante, ausente da pátria desde anos e de volta da América Meridional, em cujas regiões centrais por tal forma se embrenhara, que impossível havia sido seguir-lhe o roteiro, até nos mapas e cartas especiais do grande colecionador Simão Schropp.

Revestira-se de mil galas a ciência. Todos os sócios de casaca preta, gravata e luvas brancas, alguns com discursos nos bolsos, enchiam a sala das sessões muito antes da hora marcada; a orquestra executava a sonata nº 26 de Luiz van Beethoven, e senhoras ostentavam *toilettes* ricas e de aprimorado gosto.

De repente atroou um grito:

— Vivat Meyer! Hurrah! Vivat! Hoch! Hoch!...

E, ao passo que todos os pescoços se estiravam para ver quem entrava, sacudiam-se no ar com entusiasmo lenços e chapéus.

Acalmada a ruidosa manifestação, levantou-se o presidente da Sociedade Entomológica, um presidente magro como um espeto e ornamentado de ruiva cabeleira que lhe dava o aspecto de um projeto de incêndio.

— Sim! — exclamou ele depois de ter bebido uns goles d'água açucarada e de haver preparado a garganta. — Eis enfim, aqui, no meio de nós, o grande, o vencedor, o incomparável Guilherme Tembel Meyer!...

E neste gesto falou duas horas seguidas.

....

No dia seguinte, traziam as gazetas de Magdeburgo extensa relação da festa, transcreviam o discurso do presidente e, como apêndice às notas biográficas relativas a Meyer, enumeravam os prodígios entomológicos que havia recolhido em suas dilatadas peregrinações.

"O que há mais digno de admiração dizia — O *Tempo* (*Die Zeit*), em toda a imensa e preciosíssima coleção trazida pelo Dr. Meyer das suas viagens — é sem contestação uma borboleta, gênero completamente novo e de esplendor acima de qualquer concepção. É a *Papilio Innocentia*... (Seguia-se uma descrição de minuciosidade perfeitamente germânica).

O nome, acrescentava a folha, dado pelo eminente naturalista àquele soberbo espécime foi graciosa homenagem à beleza de uma donzela (*Mädchen*) dos desertos da província do Mato Grosso (Brasil), criatura, segundo conta o Dr. Meyer, de fascinadora formosura. Vê-se, pois, que também os sábios possuem coração tangível e podem, por vezes, usar da ciência como meio de demonstrar impressões sentimentais de que muitos não os julgam suscetíveis".

* * *

Inocência, coitadinha... Exatamente nesse dia fazia dois anos que o seu gentil corpo fora entregue à terra, no imenso sertão de Sant'Ana do Paranaíba, para aí dormir o sono da eternidade.

Apêndice

Glossário

Abaular – o que tem forma de baú; tornar convexo.

Ablução – purificação por lavagem; vinho e água em que o clérigo lava as mãos na missa.

Abusão – mesmo que ilusão; crendice.

Acicatar – esporear o cavalo, ou seja, estimular com as esporas.

Acicate – nome de espora sem a roseta, a parte metálica. Por extensão de sentido pode denominar incentivo de alguém.

Acúleo – saliência pontiaguda; espinho; ferrão.

Adelgaçada – tornar fino; ato de apertar.

Adernar – inclinar; fazer virar de boca para baixo; despejar.

Adunco – o que tem forma de garra; recurvado.

Afogadilho – ação de quem está com pressa; precipitação.

Aguada – local na estrada ou fazenda que possua poço ou fonte de água.

Airada – denomina quem ou o que é desvairado; aéreo; irresponsável; vadio.

Alcandorada – relacionado ao que está elevado, no topo; o que sublimou.

Alfombra – tipo de tapete macio com cores e figuras diversificadas.

Alpendre – espaço coberto apenas por um telhado como um galpão ou varanda.

Alvacento – o que é esbranquiçado; cinza-claro.

Álveo – leito do rio; cavidade onde tem o curso da água.

Amofinar – pessoa que ficou aborrecida; chateada.

Andejo – quem é rueiro; que anda muito; que não fica no lugar; errante; versátil.

Anhumapoca – nome de ave mediana comum na região da Argentina até o sul do Brasil, também conhecida como tachã.

Apalpadela – ato de apalpar; fazer pesquisa cuidadosa; sondagem.

Aprobatório – mesmo que aprobativo, ou seja, que manifesta estar de acordo; aprovação.
Areento – arenoso; coberto ou misturado com areia.
Argueiro – pequena partícula que se destaca no corpo; cisco; coisa sem importância.
Arquejar – respiração dificultosa; arfar com ansiedade.
Arrenegar – renegar; descrer; abandonar a ideia; sentimento de irritação.
Assentir – dar permissão; consentir ato ou ideia.
Atanazar – mesmo que atazanar; causar sofrimento; torturar; incomodar.
Atarantado – o que aturdiu, ou seja, deixou desnorteado; confuso.
Aviamento – nome atribuído aos materiais e/ou utensílios necessários à realização de uma atividade. Ato de expedir; despachar.
Azada – o que é propício, ou seja, viável para acontecer.
Azêmola – nome dado a besta de carga ou cavalo velho. Designa, no sentido figurado, pessoa parva.
Azo – mesmo que oportunidade ou causa de algo.
Bacorinhos – bácaro pequeno, ou seja, porco novo.
Bacurau – nome de ave de hábitos noturnos, devido a isso, é comum chamar bacurau pessoa que gosta de sair à noite.
Balorda – diz-se de pessoa que não tem capricho ou limpeza; porcalhão; tosco.
Barafunda – denominação para balbúrdia; tumulto; desordem.
Bestunto – mesmo que cabeça ou designa pessoa com pouca inteligência.
Biltre – pessoa que é desprezível; canalha.
Bonachão – designação para pessoa que é naturalmente bondosa
Botica – estabelecimento comercial, onde se vendem diversos produtos; mercearia; farmácia.
Brio – qualidade de quem tem coragem; sentimento de amor-próprio e dignidade.
Brunida – o que tem lustro; que está polido e com brilho; primoroso.

Bruxuleante – luz que está fraca, que oscila com brilho sem intensidade.
Bulir – ação de agitar de leve; mexer; rebolar.
Buriti – tipo de planta de onde é extraída a fibra para confecção de obras trançadas e também existe a palmeira buriti de onde extrai palmito, óleo e fruto.
Canapé – tipo de móvel com encosto, geralmente de madeira, onde podem sentar até três pessoas.
Canastra – maleta normalmente de couro onde se guarda roupa e objetos.
Cangalha – objeto feito de madeira e acolchoado para se colocar ao lombo das cavalgaduras, onde se prende carga.
Canzoada – barulho ou matilha de cães; junção de pessoas vis.
Carandá – palmeira muito parecida com a carnaúba.
Catadupa – uma queda d'água de grande e forte volume; jorro.
Cerúleo – o que é relativo ao céu; que tem cor azul do mar.
Chasquear – ação de zombar uma pessoa; tirar graça.
Chispa – pequena partícula; centelha; faísca.
Coleóptero – denominação para insetos de quatro asas, conhecidos como besouros.
Cofiar – ação de alisar com a mão a barba ou cabelo.
Colimar – examinar com instrumento de mirar; ter em vista.
Comensal – pessoa que habitualmente frequenta e come em casa de um terceiro. Os que vivem em comensalismo.
Comichar – provocar ou sentir comichão, que é uma coceira intensa.
Cômoro – elevação de terreno; duna; monte.
Congraçamento – ato ou ação de reconciliação; acomodação.
Crivo – designa tipo de bordado; bem como espécie de peneira.
Cumeeira – parte alta de um terreno; cume.
Delíquio – quando uma pessoa perde os sentidos, desfalecendo; abatimento.
Derrocado – mesmo que derrubado; desmoronado.
Desabrido – qualidade do que é áspero; rude; desagradável.
Desancar – extenuar-se de dar pancadas; dar surra.

Desapear – mesmo que apear, ou seja, desmontar, colocar-se de pé.
Desazado – o que não tem cabimento; impróprio; inoportuno.
Descambar – despencar; cair com força; chegar; cair da noite.
Descante – duelo de canto; canto popular com várias vozes.
Descoroçoado – aquele que perdeu o ânimo; desalentado.
Desoras – a expressão *a desoras* quer dizer muito tarde; altas horas.
Despolido – que está sem brilho; deslustrado.
Despotismo – poder autoritário; excesso de poderes. Pode designar excessos em geral.
Elação – termo sinônimo de elevação; sublime.
Emético – o que provoca vômito; vomitivo.
Empalamado – quem está cheio de mazelas; cheio de emplastros, remendos.
Empanzinar – comer em excesso; empanturrar.
Empertigado – pessoa aprumada; endireitada; com soberba.
Encarrapitar – colocar-se no alto; estar em cima.
Encetar – dar início a algo; principiar.
Encilhar – ação de colocar arreios a cavalgadura.
Enegrecer – tornar escuro; difamar algo ou alguém.
Enfarruscado – fazer sujeira com mancha de carvão; ação de perturbar-se com algo; amuar-se.
Engolfado – meter-se em abismo; embrenhar; ficar distraído.
Engorgitado – ou ingurgitado, o que está repleto, quase a transbordar.
Engorovinhado – mesmo que amarrotado.
Entumecer – ou intumescer; tornar túmido ou inchado.
Eólia – relativo ao vento. Tipo de dialeto grego da Eólia.
Eriçado – o que está levantado; arrepiado.
Erigir – ação de construir; erguer.
Esgaravatar – diz-se da ação de buscar; pesquisar; remexer.
Espata – tipo de folha ampla que envolve diversas plantas.
Esporear – ação de bicar com esporas; estimular.
Esquivo – designa individuo que evita contato com outra pessoa; arredio; insociável.
Estípite – nome atribuído ao caule da palmeira ou planta; árvore genealógica.

Estirão – mesmo que caminhada intensa; longa distancia de um ponto para outro.

Estrambótica – denomina o que é excêntrico; diferente de tudo.

Estrebaria – local onde ficam os cavalos e os arreios; cavalariça; alojamento impróprio.

Estrídula – mesmo que estridente; som agudo.

Estrupido – o rumor; tropel, multidão; rebuliço.

Estúrdia – qualidade do que é extravagante; travesso; leviano.

Exorar – implorar; suplicar.

Fadista – quem canta fados; também denomina pessoa que é desordeira.

Fauce – parte da garganta conhecida como goela; grande abertura bocal.

Filológica – relacionado à filologia, ou seja, estudo rigoroso de textos; estudo da língua, sua origem e desenvolvimento.

Flabelada – o que parece um leque; agitar; abanar.

Fleuma – qualidade de quem está ou é calmo, frio, sem emoção.

Flux – denominação para fluxo.

Folguedo – nome dado a um tipo de dança; divertimento; folga.

Fonçonata – designação de festa; baile.

Frialdade – o que tem baixa temperatura; atributo de pessoa sem sensibilidade; sem afeto.

Fulgir – resplandecer; sobressair; brilhar.

Garatujar – ação de rabiscar; fazer desenho ou letra disforme.

Garrulice – tagarelar; ter facilidade nos discursos; falatório.

Gárrulo – denominação para quem fala muito; falador ou cantor.

Gilvaz – nome de marca forte de cicatriz na face.

Gradas – sentimento de desejo; designa, também, algo importante; ilustre.

Granjear – ganhar; procurar; atrair.

Grasnido – barulho ou voz desagradável; soltar a voz.

Gravatá – tipo de planta muito usada em ornamentação.

Grelar – produzir broto; germinar; espigar.

Grenha – nome dado para o cabelo quando desalinhado; mecha; cabeleira postiça.

Guedelha – atribuição para cabelo comprido; porção de cabelos.
Gutural – o que provém da garganta, som rouco e profundo.
Homúnculo – diz-se de homem pequeno; esperma humano; pessoa vil.
Incontinenti – o que não tem moderação; pessoa imoderada nos atos; dado aos prazeres.
Isocrônica – que se realiza ao mesmo tempo.
Lasso – o que está gasto; cansado; frouxo.
Latagão – qualificação para pessoa jovem e robusta.
Lentejar – umidificar; molhar; amolentar.
Lepidóptero – tipo de classe de insetos que compreende as borboletas, que possuem asas coloridas e são larvas quando embrião.
Letargo – estado de sonolência; esquecimento.
Linfa – água límpida; líquido dos vegetais.
Lobrigar – ato de ver com dificuldade; notar; perceber.
Lúgubre – o que está relacionado à morte; fúnebre; tristeza.
Luzidia – o que reluz; lustroso; luzente.
Macega – tipo de erva daninha que nasce em terras de cultivo; campo com muito arbusto.
Madrigal – galanteio; poesia pastoril; expressão amorosa.
Maleita – quando se fica com febre descontínua; malária.
Malsinado – desvirtuado; censurado; calúnia.
Mancebo – homem moço; juvenil.
Marralheiro – pessoa matreira, que possui esperteza. Em relação aos animais diz-se de tipos que são espertos e não se deixam pegar.
Mediar – ação de repartir em duas partes; mediano.
Melena – madeixa; cabeleira longa.
Miasma – cheiro pútrido que exala de algo em decomposição; asfixia.
Mitrado – pessoa astuta; esperta. Quem é do cargo de bispado.
Morfético – o que tem morfeia, ou seja, elefantíase ou lepra.
Morigerado – pessoa de bons costumes, sem nenhuma repreensão; sem falha.
Mouco – mesmo que surdo ou que não escuta com perfeição.
Negacear – ação de negar; iludir; recusar.

Negrejante – tornar escuro; negro; sombrear; triste.
Nesga – triângulo de pano que termina uma costura para dar folga ao vestuário. Pequeno espaço ou pedaço.
Núncio – mensageiro; precursor; aquele que anuncia.
Obrar – ação de realizar; fazer; executar; trabalhar.
Outeiro – colina; morro.
Palhoça – casa coberta de ramos ou palha.
Palmípede – animal que possui membranas entre os dedos dos pés, como o castor.
Pardacento – quase escuro, tonalidade entre o branco e o preto.
Pataca – moeda brasileira de prata antiga que equivalia a 320 réis; soma de dinheiro.
Pecíolo – parte da folha que se liga ao caule de uma planta; haste.
Peia – correia, laço ou grilhão com o qual se prendem os pés de animais.
Pélago – profundidade, precipício, abismo.
Perdiz – tipo de ave galinácea.
Peremptoriamente – decisivamente; terminantemente; definitivamente.
Peúva – planta brasileira da família das bignónias.
Pindaíba – nome comum dado a qualquer fibra vegetal que serve de matéria-prima para fazer cordas.
Plangente – aquele que chora; lamentoso; triste.
Poita – objeto que serve de âncora para barcos pequenos.
Prelecionar – dar lições; discursar em público; discorrer acerca de um assunto.
Querência – lugar onde alguém nasceu ou mora.
Redarguir – responder ou recriminar.
Regato – pequena corrente de água; ribeiro.
Relancina – de relance, movimento rápido.
Repasto – abundância de pasto; banquete ou refeição.
Retificar – ação de corrigir.
Rodilha – trapo ou esfregão para fazer limpeza.
Romboidal – mesmo que paralelogramo, ou seja, forma geométrica de losangos. Diz-se também de parte do músculo das costas.

Rusguento – quem é briguento.
Sardônico – irônico; sarcástico.
Saxônio – pessoa pertencente ao antigo povo germânico que habitava a Saxônia (região entre o Rio Reno e o Mar Báltico).
Seriema – espécie de pequena ema, um tipo de ave que habita os sertões brasileiros.
Serpesinha – pequena serpente.
Sestear – abrigar o gado contra o calor; dormir a sesta (sono de curta duração pós-refeição).
Sezão – febre intermitente que acompanha calafrios.
Sezonática – febril, que produz ou causa febres.
Silvar – apitar; assobiar.
Símplices – plantas medicinais, drogas que fazem parte da composição de remédios.
Socavão – grande cavidade numa rocha; subterrâneo; local para alguém se abrigar ou esconder.
Sorumbático – triste; sombrio; que tem tendência a se isolar.
Sorvedouro – precipício; local onde a água faz redemoinho.
Tafulão – pessoa dada aos prazeres ou aos divertimentos; vadio.
Tafularia – peraltice; divertimento; prazeres.
Tapera – casa arruinada; pardieiro.
Taramela – "dando a taramela": falar em demasia.
Tareco – espécie de biscoito.
Tartamudear – gaguejar; falar com dificuldade.
Teutônica – relativo aos teutões, povo germânico da antiguidade.
Tordilho – de pelo negro em que se destacam manchas brancas.
Touceira – grande moita.
Tranqueira – abertura na parede para introduzir as extremidades da tranca.
Tripeça – banco de três pés.
Tropel – barulho de animais ou pessoas correndo.
Tulha – casa ou cômodo onde se guardam cereais em grão.
Ubertoso – abundante; fecundo; fértil.
Umbreira – cada peça vertical da lateral de uma janela ou porta.
Unção – ação de sagrar ou purificar.

Varado – atravessado; transpassado.
Variegadas – variadas; ornada de cores diversas.
Vezo – costume censurável ou mal hábito.
Viridente – verdejante; viçoso.
Vivificadora – aquela que dá vida; fecunda; que conserva a existência de algo ou alguém.
Volitar – erguer vôo; esvoaçar.
Zabelê – ave noturna brasileira, de corpo e pés avermelhados e canto melodioso.
Zambro – que tem pernas tortas; coxo; manco.

Contextualização da Obra

Romantismo

Cristina Garófalo Porini*

Marcado pelas revoluções sociais da segunda metade do século XVIII, como a Revolução Industrial e a Francesa, o Romantismo (iniciado em 1790, na Alemanha e na Inglaterra; em 1825, na França e em Portugal; e, finalmente, em 1836, no Brasil) é caracterizado pela definitiva presença e consolidação dos valores burgueses na Arte. Novos ideais, em contraposição aos ultrapassados preceitos clássicos, são construídos a partir desse momento, e o homem do século XIX tem novas aspirações — tanto igualdade, liberdade e fraternidade, ideais da Revolução Francesa, quanto uma profunda tendência ao egocentrismo.

Trata-se do momento em que a expressão da subjetividade, da interioridade, ganha espaço e vigor surpreendentes junto principalmente aos jovens. O sofrimento por amor é natural ao homem (as cantigas trovadorescas da Idade Média, por exemplo, são uma manifestação desse sentimento); porém, essa dor ganha novas proporções para a mocidade romântica — torna-se moda sofrer exageradamente. O típico jovem do século XIX declama a angústia de amar e sente um profundo tédio pela vida, já que não se sente adaptado à realidade que lhe pertence. Quem observa muito bem esse comportamento é Machado de Assis, ao comentar:

---

* Graduada em Letras pela Universidade de São Paulo (USP) e em Relações Públicas pela Faculdade de Comunicação Social Cásper Líbero. É professora de Língua Portuguesa, Literatura e Redação no ensino médio e em cursos pré-vestibulares.

"Nem só éramos moços, éramos ainda românticos".[1]

A partir de obras europeias, como *Os sofrimentos do jovem Werther*, do alemão Johann Wolfgang von Goethe, *Ivanhoé*, do inglês Walter Scott, e *Os Miseráveis*, do francês Victor-Marie Hugo, a sociedade ocidental passa a se entreter com histórias em que predominam novos elementos: os leitores, agora em maior número por incluir também as mulheres, se deixam levar por enredos mais envolventes, repletos de emoções cativantes, da dor dos amores impossíveis e da consequente necessidade de escapismo (seja ele através do sonho, do uso de substâncias entorpecentes, ou mesmo do desejo de morte).

Sucessos de público, essas convidativas histórias de amor — e não é exagero lembrar, presentes até os dias atuais em canções, filmes e livros —, ora são impossibilitadas pela religiosidade, ora por uma mulher extremamente idealizada, portanto inalcançável, ora por outros obstáculos intransponíveis. Aquele que sofre por seus sentimentos passa a nutrir uma negatividade imensa: é o "mal do século", estilo de vida consagrado poeta britânico Lord Byron, que difundia o comportamento boêmio, pessimista, egocêntrico e entediado. A natureza, bastante presente, torna-se o cenário ideal para que tais enredos românticos se desenvolvam: além de espelhar o estado de alma daquele que sofre, muitas vezes traz características não apenas nacionais como ufanistas.

Para retratar o cenário em que o Romantismo se desenvolveu no Brasil — iniciado por Gonçalves de Magalhães, em 1836, com *Suspiros poéticos e saudades* —, é necessário um olhar atento a um momento de extrema importância para o nosso país: o ano de 1808.

Com as invasões promovidas por Napoleão Bonaparte na Europa, a vinda da Família Real foi responsável pelo processo de modernização do país — principalmente do Rio de Janeiro. Uma nova necessidade aqui se impôs, inclusive em relação à cultura: foram criadas a Biblioteca Real, a Imprensa Régia, a

[1] ASSIS, Machado de. *Garrett* in Gazeta de Notícias, 1899.

Imperial Academia e a Escola de Belas Artes (fundada pela Missão Francesa), dentre tantas outras academias e estabelecimentos, como o Teatro São João e o Jardim Botânico. Inaugurou-se também a Gazeta do Rio de Janeiro.

Em 1815, o imperador francês foi derrotado pelas nações europeias, e a Família Real encontrou-se em um impasse quanto ao retorno às terras lusitanas: por que trocar o Brasil por um Portugal devastado? A crise econômica, política e social tomava conta da metrópole, uma vez que o monarca não estava lá; em 1820, um grupo de militares iniciou um movimento na cidade do Porto que, rapidamente, espalhou-se pelo país, recebendo apoio da burguesia, nobreza e clero portugueses — era a Revolução do Porto, que exigia a volta do rei a Portugal, a aprovação de uma Monarquia Constitucional e a reimplantação do Pacto Colonial entre o Brasil e a Metrópole.

Dom João VI adiou bastante a viagem de retorno, uma vez que enfrentava diversas manifestações populares tanto no Brasil como em Portugal. Como seu interesse era manter a dinastia Bragança no poder dos dois locais, a saída encontrada foi a volta dele à Europa, em 1821, e a incumbência ao filho, Dom Pedro I, de governar o Brasil como Reino Unido a Portugal. A independência brasileira, no entanto, já era percebida inclusive pelo rei, afinal, conforme cita Laurentino Gomes no livro *1808*, o monarca teria afirmado ao filho, no momento da viagem, que "Se o Brasil se separar, antes que seja para ti, que hás de me respeitar, que para algum desses aventureiros".[2]

A partir de 1822, o Brasil independente apresentou novos desafios a Dom Pedro I. Dentre eles, era indispensável manter a unidade territorial, e uma das soluções encontradas foi o incentivo à criação da identidade nacional. Para que a ideia de nação recém-formada ganhasse volume, o papel do Romantismo foi essencial. Se a Metrópole era um modelo tradicional (portanto, clássico) a ser superado, o Brasil era o novo, o moderno; em busca do próprio perfil, características

---

[2] GOMES, Laurentino. *1808.* São Paulo: Planeta, 2007, p.319.

românticas, como o nacionalismo ufanista, eram bem-vindas ao momento que o país atravessava. Tanto Dom Pedro I quanto os Regentes precisavam incentivar na população o sentimento de ser brasileiro — por esse motivo, o Romantismo encontrou no Brasil um cenário muito propício para o seu desenvolvimento.

Gonçalves Magalhães, em 1836, lança *Poesias*; a curiosidade é que o livro não foi o marco inicial do Romantismo, mas seu prefácio, *Suspiros poéticos e saudades*, uma vez que este texto apresentava aos brasileiros o que era o Romantismo na Europa. Em um primeiro momento, os autores românticos não se desvincularam completamente da tradição clássica (é o caso, por exemplo, de *Confederação dos Tamoios*, do mesmo autor); porém, o tema já fazia parte do Romantismo: tratava-se do nacionalismo ufanista que, a partir de então, recebeu inclusive apoio financeiro do governo brasileiro, tornando-se o principal assunto ao longo da primeira geração de escritores locais. Essa foi uma das maneiras para que se incentivasse nos brasileiros o sentimento de identificação com a cultura local.

E de que forma a produção literária romântica alcançaria seu público? De extrema importância foi o romance, sobretudo o de folhetim. Moda em Paris, a veiculação diária de literatura nos jornais trazia enredos dos mais variados, atraindo tanto a elite como os menos abastados.

Sobre Visconde de Taunay

Alfredo D'Escragnolle Taunay (1843-1899) nasceu no Rio de Janeiro-RJ. Neto do pintor N. Antoine Taunay (integrante da Missão Francesa) e filho do Barão Félix Emílio Taunay, desempenhou atividades relacionadas à pintura e fez carreira militar como engenheiro.

Com essa ocupação, acompanhou a Guerra do Paraguai, dirigindo-se ao Mato Grosso (a partir dessa experiência, escreveu *A retirada da Laguna*, em 1871). Foi, na época, responsável pela redação do *Diário do Exército*. Em seguida, exerceu as carreiras de professor e de político, ocupando cargos de deputado e senador. Afastou-se do cenário político quando a República foi proclamada.

No campo artístico, além de compor extensa obra literária, foi um grande incentivador da cultura nacional. Como político, empenhou-se para divulgar a arte brasileira na Europa — Taunay foi responsável por conseguir patrocínios junto ao Imperador para promover apresentações de óperas brasileiras em Paris e na Itália; em uma de suas mais importantes atuações, foi responsável pela primeira viagem do compositor de óperas Carlos Gomes a Europa — em tal oportunidade, Carlos Gomes foi aclamado pelo já consagrado Verdi como seu sucessor. Durante toda sua vida viajou pelo Brasil, encantando-se cada vez mais com a fauna e a flora. Faleceu no Rio de Janeiro, no ano de 1899, em decorrência de complicações causadas por diabetes.

Visconde de Taunay, apesar de ser visto pela crítica literária como autor de obra com seus altos e baixos, é reconhecido por sua capacidade de atento observador da natureza. Viajante que era, tornou-se um regionalista romântico muito elogiado, tanto pelo público como pela crítica; a explicação está relacionada ao distanciamento, por exemplo, de modelos como o de José de Alencar, justamente por não enveredar pelo caminho de idealizações. A prosa de Taunay está ancorada em suas observações, em seu contato com os sertanistas encontrados ao longo de suas andanças, sem revoadas ao sentimentalismo.

Essa questão de observar o que está à sua volta e planejar seus escritos em um contexto bastante verossímil muitas vezes leva o leitor a imaginá-lo como um predecessor do Realismo. O fato de escrever já na década de 1870 também colabora para isso, porém sua obra não está voltada a retratos realistas, positivistas, da sociedade de sua época, mas sim a enredos ainda com temática amorosa, situando o casal de protagonistas no cenário sertanista brasileiro.

QUESTIONÁRIO*

1. A partir da leitura de *Inocência*, explicite três aspectos do livro em que o regionalismo apresenta sua vertente romântica. Justifique a resposta com elementos do texto.

2. Cirino, ao consultar algum paciente, sempre faz referência ao "Chernoviz", compêndio medicinal e farmacêutico; o uso que a personagem faz dele, no entanto, é bastante peculiar. O que representa esse uso?

3. Pode-se afirmar que Inocência é uma típica personagem romântica?

4. Pode-se afirmar que Cirino é um típico personagem romântico?

5. O que se pretende demonstrar com a postura de Pereira ao lidar com Inocência? Justifique com elementos do texto.

6. Compare a postura de Pereira e de Cirino em relação à figura feminina. Justifique com elementos do texto.

7. Por qual motivo Pereira escolhe Tico, o anão mudo, para vigiar Inocência?

8. Pode-se afirmar que *Inocência* é uma espécie de *Romeu e Julieta* regionalista? Justifique sua resposta com elementos do texto.

9. Por qual motivo Meyer seria o grande vitorioso da narrativa?

10. Qual é a relação entre as epígrafes e o conteúdo apresentado pelos capítulos?

---

* Professores podem obter o gabarito desta seção entrando em contato com o nosso departamento editorial.

Questões de vestibular

1. (Unicentro) Relativamente ao romance *Inocência*, de Taunay, todas as afirmativas abaixo são procedentes, EXCETO:

a) O autor desenvolve toda a história em cenário e meio tipicamente sertanejo.

b) Numa atmosfera agreste e idílica, a gente rústica do sertão de Mato Grosso vive seus conflitos.

c) Pereira decide casar a filha com Manecão, homem honrado e rude tal como o pai de Inocência.

d) Órfã de mãe desde o nascimento, Inocência é criada pelo pai, Pereira, mineiro afetuoso mas turrão.

e) Inocência, que vivia, desde menina, apaixonada pelo prático Cirino, deixa de aceitar o noivado imposto pelo pai.

2. (PUC-PR) Leia atentamente os textos a seguir, para responder à questão sobre *Inocência*, de Visconde de Taunay:

Capítulo 1: O sertão e o sertanejo

"Todos vos bem sentis a ação secreta
Da natureza em governo eterno;
É de ínfimas camadas subterrâneas
Da vida o indício à sugestão emerge."

(Goethe)

"Então com passo tranquilo metia-me eu por algum recanto da floresta, algum lugar deserto, onde nada me indicasse a mão do homem, me denunciasse a servidão e o domínio; asilo em que pudesse crer ter primeiro entrado, onde nenhum importuno viesse interpor-se entre mim e a natureza."

(J. J. Rousseau)

I. Os textos são epígrafes do romance de Taunay, fato que reforça a comunhão entre o Romantismo europeu e as ideias do autor brasileiro.

II. Em *Inocência*, a descrição da natureza não aparece nesse capítulo, que se limita a apresentar o personagem Albino.

III. A ligação entre a epígrafe retirada de Rousseau e o texto de Taunay remete o leitor à separação da natureza e do homem, cuja presença no sertão é nociva.

IV. "Ora é a perspectiva dos cerrados, não desses cerrados de arbustos raquíticos, enfezados e retorcidos de São Paulo e Minas Gerais, mas a garbosas e elevadas árvores". Esse trecho reafirma a ideia contida na segunda epígrafe do capítulo.

V. A epígrafre de Goethe se relaciona com o primeiro capítulo e com a obra como um todo, pois traduz a relação entre homem e natureza, que nela se encontra.

Assinale a alternativa *correta*:

a) As assertativas l, lll, lV e V são verdadeiras.
b) As assertativas l, ll e lll são verdadeiras.
c) Somente as assertativas l e V são verdadeiras.
d) As assertativas l, ll e V são falsas.
e) Todas as assertativas são verdadeiras.

3. (PUC-PR) O primeiro capítulo do romance Inocência (1872), de Visconde de Taunay, inicia com as seguintes epígrafes:

"Todos vós bem sentis a ação secreta
Da natureza em seu governo eterno,
E de íntimas camadas subterrâneas.
Da vida o indicio a superfície emerge."
Goethe, *Fausto*, 2ª parte

"Então com passo tranquilo metia-me eu por algum recanto da floresta, algum lugar deserto, onde nada me indicasse a mão do homem, me denunciasse a servidão e o domínio;

asilo em que pudesse crer ter primeiro entrado, onde nenhum importuno viesse interpor-se entre mim e a natureza."

J. J. Rousseau, *O Encanto da Solidão*

Considerando que epígrafes são citações da criação de outros autores, postas antes do início dos capítulos e que, em geral, são escolhidas por se ligarem aos interesses e às ideias do que virá a ser narrado, é INCORRETO afirmar a respeito da relação que as frases estabelecem com o romance de Taunay:

a) A referência à natureza na primeira sequência citada (de Goethe) é o anúncio de que o leitor terá diante de si, na ação de *Inocência*, uma típica obra do Realismo/Naturalismo, uma vertente da ficção brasileira do século XIX que pouco se desenvolveu como tendência de grupo, tendo em Taunay um dos seus poucos representantes.

b) *Inocência* é um exemplo da ficção sertanista ou regionalista do nosso Romantismo. Nessa tendência, o foco de interesse das obras é a descrição positiva e idealizada da natureza e do modo de vida do sertão brasileiro, com seus tipos humanos característicos, vistos do ponto de vista do exótico e do "autêntico".

c) A afirmação de Rousseau, na segunda sequência citada, faz pensar na imagem do interiorano como símbolo da pureza e dos bons princípios, que evoca a figura do "homem natural" da filosofia rousseauniana. Além disso, o contato com o mundo natural, por si só, é visto como purificação e melhoramento individual.

d) A afirmação de Rousseau também antecipa, de certo modo, uma característica do protagonista do romance, Cirino: a solidão. Descrito como um falso médico vindo da cidade que, endividado, se embrenha pelo interior disposto a "tratar" mazelas de saúde em comunidades atrasadas, o personagem vive sem paradeiro e relações afetivas, até se apaixonar por Inocência durante sua estada na fazenda de Pereira. Inocência encarna, com sua pureza, os encantos da natureza, onde Cirino encontra refúgio.

e) Além da exaltação da natureza física, visível nas imagens plasticamente belas dos espaços da ação, a natureza é vista em Inocência em oposição à "cultura", entendida como o complexo dos valores sociais. A ordem moral de seu grupo impede que Inocência viva seu amor por Cirino. A busca do direito (visto como "natural") de se amarem os coloca à margem dos valores coletivos, martirizando-os. Nisso se vê um traço forte do Romantismo: a crítica às imposições culturais que submetem a vontade (e o sentimento) dos indivíduos.

4. (PUC-PR) Observe a sequência abaixo, retirada de *Inocência*, de Visconde de Taunay:

"Desenvolveu Pereira todas aquelas ideias e aplaudiu a prudência de tão preventivas medidas.

— Eu repito, disse ele com calor, isto de mulheres, não há que fiar. Bem faziam os nossos do tempo antigo. As raparigas andavam direitinhas que nem um fuso... Uma piscadela de olho mais duvidosa, era logo pau... Contaram-me que hoje lá nas cidades... arrenego!... não há menina, por pobrezinha que seja, que não saiba ler livros de letra de forma e garatujar no papel... que deixe de ir a fonçonatas com vestidos abertos na frente como raparigas fadistas e que saracoteiam em danças e falam alto e mostram os dentes por dá cá aquela palha com qualquer tafulão malcriado... pois pelintras e beldroegas não faltam. Cruz!... Assim, também é demais, não acha? Cá no meu modo de pensar, entendo que não se maltratem as coitadinhas, mas também é preciso não dar asas às formigas... Quando elas ficam taludas, atamanca-se uma festança para casá-las com um rapaz decente ou algum primo, e acabou-se a história."

Considere as afirmações a seguir, referentes ao trecho citado:

I. A fala de Pereira é uma demonstração dos seus cuidados com a filha Inocência, moça excessivamente assediada por homens da localidade onde transcorre a ação. Esse cuidado e o respeito que deve a Pereira impedem que Cirino se aproxime da moça, a qual acaba por se casar, como anuncia seu pai, com um primo.

II. A fala de Pereira é a justificativa para a escolha que ele fez, de casar Inocência com Cirino, um "rapaz decente". Seu medo é que aconteça com a filha algo do que afirma acontecer com as moças "nas cidades". Cirino, porém, recusa a proposta, entendendo que, devido às diferenças culturais entre os dois, a relação será difícil. Por isso, incentiva o casamento dela com o primo Manecão.

III. A declaração do pai de Inocência traduz o pensamento reinante na sociedade patriarcal do Brasil interiorano a respeito das mulheres e seus direitos. Inocência é impedida pelo pai de ter vida social e instrução formal, não podendo nem mesmo ler. Tudo em nome da "honra" e da pureza. O amor de Cirino por ela quer perverter essa ordem, apontando o que há de atrasado nela.

Está(ão) CORRETA(S):

a) Somente II.
b) Somente III.
c) Somente I e II.
d) Somente I.
e) Somente II e III.

(UEL) Texto para as duas próximas questões

Ali começa o sertão chamado bruto.

Pousos sucedem a pousos, e nenhum teto habitado ou em ruínas, nenhuma palhoça ou tapera dá abrigo ao caminhante contra a frialdade das noites, contra o temporal que ameaça, ou a chuva que está caindo. Por toda a parte, a calma da campina não arroteada; por toda a parte, a vegetação virgem, como quando aí surgiu pela vez primeira.

A estrada que atravessa essas regiões incultas desenrola-se à maneira de alvejante faixa, aberta que é na areia, elemento dominante na composição de todo aquele solo, fertilizado aliás por um sem-número de límpidos e borbulhantes regatos, ribeirões e rios, cujos contingentes são outros tantos tributários do claro e fundo Paraná ou, na contravertente, do correntoso Paraguai.

Essa areia solta e um tanto grossa tem cor uniforme que reverbera com intensidade os raios do sol, quando nela batem de chapa. Em alguns pontos é tão fofa e movediça que os animais das tropas viageiras arquejam de cansaço, ao vencerem aquele terreno incerto, que lhes foge de sob os cascos e onde se enterram até meia canela.

5. Com relação à descrição do ambiente, assinale a alternativa correta.

a) Percebe-se a intenção crítica social presente no regionalismo modernista.
b) A paisagem é utilizada para criar um *locus amoenus* idílico.
c) O tom simbolista e experimental é fruto das pretensões de cientificidade dessa obra.
d) Trata-se de um exemplo, ainda que sóbrio, do regionalismo romântico.
e) Vê-se uma valorização do elemento nacional que ilustra o indianismo romântico.

6. A respeito da personagem Martinho dos Santos Pereira, no romance *Inocência*, de Visconde de Taunay, é correto afirmar:

a) Ele ilustra um modelo de sertanejo cômico, de caráter duvidoso e sujeito a recorrer à mentira, porém de uma simpatia cativante.
b) Ele representa o sertanejo em alguns de seus aspectos mais severos e conservadores, sobretudo no que diz respeito à criação da filha.
c) Taunay caracteriza-o como um misto de sertanejo e cientista, propondo-o como um homem à frente de seu tempo.
d) Suas falas, sempre demonstrando erudição, representam o esforço de Taunay para evitar o estereótipo do sertanejo inculto.
e) Ao buscar aproximar Inocência de Cirino, ele externa o desejo de um país que supere as diferenças e as fronteiras regionais.

7. (UEL) "Ao se colocar como um meticuloso observador das situações, o narrador de *Inocência* nos oferece descrições da paisagem que mais parecem pequenos quadros pintados com palavras, criando a impressão de um cenário vivo, cujos elementos são descritos em suas formas e cores com a precisão de algo sensível, vigoroso, grandioso."

(MACHADO, Irene A. *Roteiro de Leitura*: Inocência de Visconde de Taunay. São Paulo: Ática, 1997. p. 89.)

Quais trechos do romance correspondem às observações de Irene Machado sobre as descrições da paisagem em Taunay? Depois de analisá-los, assinale a alternativa que responde corretamente a essa pergunta.

I. "Ora é a perspectiva dos cerrados, não destes cerrados de arbustos raquíticos, enfezados e retorcidos de São Paulo e Minas Gerais, mas de garbosas e elevadas árvores que, se bem não tomem todas o corpo de que são capazes à beira das águas correntes ou regadas pela linfa dos córregos, contudo ensombram com folhuda rama o terreno que lhes fica ao derredor e mostram na casca lisa a força da seiva que as alimenta (...)."

II. "Não há ponto em que não brote o capim, em que não desabrochem rebentões com o olhar sôfrego de quem espreita azada ocasião para buscar a liberdade, despedaçando as prisões de penosa clausura."

III. "Não haviam descontinuado as visitas feitas a Cirino por enfermos de muitas léguas em torno. (...) Prescreveu-lhe Cirino amargo do campo, genciana e quina, e ordenou-lhe certas cautelas firmadas na voz geral, mas com algum fundo de razão."

IV. "Riscava-se o horizonte de dúbias linhas vermelhas, prenúncio mal percebível da manhã; nos espaços pestanejavam as estrelas com brilho bastante amortecido, ao passo que fina e amarelada névoa empalidecia o tênue segmento iluminado do argento astro."

V. "Decorreram dias, sem que os dois tocassem mais no assunto que lhes moía o coração. Ambos, calmos na aparência, viviam vida comum, visitavam as plantações, comiam juntos, caçavam e só se separavam à hora de dormir, quando o mineiro ia para dentro e Manecão para a sala dos hóspedes.”

a) Apenas I, II, III.
b) Apenas I, II, IV.
c) Apenas I, III, IV.
d) Apenas II, III, IV.
e) Apenas II, III, V.

Gabarito

1. e
2. a
3. a
4. b
5. d
6. b
7. b

Relação dos Volumes Publicados

1. Dom Casmurro
Machado de Assis
2. O Príncipe
Maquiavel
3. Mensagem
Fernando Pessoa
4. O Lobo do Mar
Jack London
5. A Arte da Prudência
Baltasar Gracián
6. Iracema / Cinco Minutos
José de Alencar
7. Inocência
Visconde de Taunay
8. A Mulher de 30 Anos
Honoré de Balzac
9. A Moreninha
Joaquim Manuel de Macedo
10. A Escrava Isaura
Bernardo Guimarães
11. As Viagens - "Il Milione"
Marco Polo
12. O Retrato de Dorian Gray
Oscar Wilde
13. A Volta ao Mundo em 80 Dias
Júlio Verne
14. A Carne
Júlio Ribeiro
15. Amor de Perdição
Camilo Castelo Branco
16. Sonetos
Luís de Camões
17. O Guarani
José de Alencar
18. Memórias Póstumas de Brás Cubas
Machado de Assis
19. Lira dos Vinte Anos
Álvares de Azevedo
20. Apologia de Sócrates / Banquete
Platão
21. A Metamorfose/Um Artista da Fome/Carta a Meu Pai
Franz Kafka
22. Assim Falou Zaratustra
Friedrich Nietzsche
23. Triste Fim de Policarpo Quaresma
Lima Barreto
24. A Ilustre Casa de Ramires
Eça de Queirós
25. Memórias de um Sargento de Milícias
Manuel Antônio de Almeida
26. Robinson Crusoé
Daniel Defoe
27. Espumas Flutuantes
Castro Alves
28. O Ateneu
Raul Pompeia
29. O Noviço / O Juiz de Paz da Roça / Quem Casa Quer Casa
Martins Pena
30. A Relíquia
Eça de Queirós
31. O Jogador
Dostoiévski
32. Histórias Extraordinárias
Edgar Allan Poe
33. Os Lusíadas
Luís de Camões
34. As Aventuras de Tom Sawyer
Mark Twain
35. Bola de Sebo e Outros Contos
Guy de Maupassant
36. A República
Platão
37. Elogio da Loucura
Erasmo de Rotterdam
38. Caninos Brancos
Jack London
39. Hamlet
William Shakespeare
40. A Utopia
Thomas More
41. O Processo
Franz Kafka
42. O Médico e o Monstro
Robert Louis Stevenson
43. Ecce Homo
Friedrich Nietzsche
44. O Manifesto do Partido Comunista
Marx e Engels
45. Discurso do Método / Regras para a Direção do Espírito
René Descartes
46. Do Contrato Social
Jean-Jacques Rousseau
47. A Luta pelo Direito
Rudolf von Ihering
48. Dos Delitos e das Penas
Cesare Beccaria
49. A Ética Protestante e o Espírito do Capitalismo
Max Weber
50. O Anticristo
Friedrich Nietzsche
51. Os Sofrimentos do Jovem Werther
Goethe
52. As Flores do Mal
Charles Baudelaire
53. Ética a Nicômaco
Aristóteles
54. A Arte da Guerra
Sun Tzu
55. Imitação de Cristo
Tomás de Kempis
56. Cândido ou o Otimismo
Voltaire
57. Rei Lear
William Shakespeare
58. Frankenstein
Mary Shelley
59. Quincas Borba
Machado de Assis
60. Fedro
Platão
61. Política
Aristóteles
62. A Viuvinha / Encarnação
José de Alencar
63. As Regras do Método Sociológico
Emile Durkheim
64. O Cão dos Baskervilles
Sir Arthur Conan Doyle
65. Contos Escolhidos
Machado de Assis
66. Da Morte / Metafísica do Amor / Do Sofrimento do Mundo
Arthur Schopenhauer
67. As Minas do Rei Salomão
Henry Rider Haggard
68. Manuscritos Econômico-Filosóficos
Karl Marx
69. Um Estudo em Vermelho
Sir Arthur Conan Doyle
70. Meditações
Marco Aurélio
71. A Vida das Abelhas
Maurice Materlinck
72. O Cortiço
Aluísio Azevedo
73. Senhora
José de Alencar
74. Brás, Bexiga e Barra Funda / Laranja da China
Antônio de Alcântara Machado
75. Eugênia Grandet
Honoré de Balzac
76. Contos Gauchescos
João Simões Lopes Neto
77. Esaú e Jacó
Machado de Assis
78. O Desespero Humano
Sören Kierkegaard
79. Dos Deveres
Cícero
80. Ciência e Política
Max Weber
81. Satíricon
Petrônio
82. Eu e Outras Poesias
Augusto dos Anjos
83. Farsa de Inês Pereira / Auto da Barca do Inferno / Auto da Alma
Gil Vicente
84. A Desobediência Civil e Outros Escritos
Henry David Toreau
85. Para Além do Bem e do Mal
Friedrich Nietzsche
86. A Ilha do Tesouro
R. Louis Stevenson
87. Marília de Dirceu
Tomás A. Gonzaga
88. As Aventuras de Pinóquio
Carlo Collodi
89. Segundo Tratado Sobre o Governo
John Locke
90. Amor de Salvação
Camilo Castelo Branco
91. Broquéis/Faróis/Últimos Sonetos
Cruz e Souza
92. I-Juca-Pirama / Os Timbiras / Outros Poemas
Gonçalves Dias
93. Romeu e Julieta
William Shakespeare
94. A Capital Federal
Arthur Azevedo
95. Diário de um Sedutor
Sören Kierkegaard
96. Carta de Pero Vaz de Caminha a El-Rei Sobre o Achamento do Brasil
97. Casa de Pensão
Aluísio Azevedo
98. Macbeth
William Shakespeare

99. Édipo Rei/Antígona
Sófocles

100. Lucíola
José de Alencar

101. As Aventuras de Sherlock Holmes
Sir Arthur Conan Doyle

102. Bom-Crioulo
Adolfo Caminha

103. Helena
Machado de Assis

104. Poemas Satíricos
Gregório de Matos

105. Escritos Políticos / A Arte da Guerra
Maquiavel

106. Ubirajara
José de Alencar

107. Diva
José de Alencar

108. Eurico, o Presbítero
Alexandre Herculano

109. Os Melhores Contos
Lima Barreto

110. A Luneta Mágica
Joaquim Manuel de Macedo

111. Fundamentação da Metafísica dos Costumes e Outros Escritos
Immanuel Kant

112. O Príncipe e o Mendigo
Mark Twain

113. O Domínio de Si Mesmo Pela Auto-Sugestão Consciente
Émile Coué

114. O Mulato
Aluísio Azevedo

115. Sonetos
Florbela Espanca

116. Uma Estadia no Inferno / Poemas / Carta do Vidente
Arthur Rimbaud

117. Várias Histórias
Machado de Assis

118. Fédon
Platão

119. Poesias
Olavo Bilac

120. A Conduta para a Vida
Ralph Waldo Emerson

121. O Livro Vermelho
Mao Tsé-Tung

122. Oração aos Moços
Rui Barbosa

123. Otelo, o Mouro de Veneza
William Shakespeare

124. Ensaios
Ralph Waldo Emerson

125. De Profundis / Balada do Cárcere de Reading
Oscar Wilde

126. Crítica da Razão Prática
Immanuel Kant

127. A Arte de Amar
Ovídio Naso

128. O Tartufo ou O Impostor
Molière

129. Metamorfoses
Ovídio Naso

130. A Gaia Ciência
Friedrich Nietzsche

131. O Doente Imaginário
Molière

132. Uma Lágrima de Mulher
Aluísio Azevedo

133. O Último Adeus de Sherlock Holmes
Sir Arthur Conan Doyle

134. Canudos - Diário de Uma Expedição
Euclides da Cunha

135. A Doutrina de Buda
Siddharta Gautama

136. Tao Te Ching
Lao-Tsé

137. Da Monarquia / Vida Nova
Dante Alighieri

138. A Brasileira de Prazins
Camilo Castelo Branco

139. O Velho da Horta/Quem Tem Farelos?/Auto da Índia
Gil Vicente

140. O Seminarista
Bernardo Guimarães

141. O Alienista / Casa Velha
Machado de Assis

142. Sonetos
Manuel du Bocage

143. O Mandarim
Eça de Queirós

144. Noite na Taverna / Macário
Álvares de Azevedo

145. Viagens na Minha Terra
Almeida Garrett

146. Sermões Escolhidos
Padre Antonio Vieira

147. Os Escravos
Castro Alves

148. O Demônio Familiar
José de Alencar

149. A Mandrágora / Belfagor, o Arquidiabo
Maquiavel

150. O Homem
Aluísio Azevedo

151. Arte Poética
Aristóteles

152. A Megera Domada
William Shakespeare

153. Alceste/Electra/Hipólito
Eurípedes

154. O Sermão da Montanha
Huberto Rohden

155. O Cabeleira
Franklin Távora

156. Rubáiyát
Omar Khayyám

157. Luzia-Homem
Domingos Olímpio

158. A Cidade e as Serras
Eça de Queirós

159. A Retirada da Laguna
Visconde de Taunay

160. A Viagem ao Centro da Terra
Júlio Verne

161. Caramuru
Frei Santa Rita Durão

162. Clara dos Anjos
Lima Barreto

163. Memorial de Aires
Machado de Assis

164. Bhagavad Gita
Krishna

165. O Profeta
Khalil Gibran

166. Aforismos
Hipócrates

167. Kama Sutra
Vatsyayana

168. Histórias de Mowgli
Rudyard Kipling

169. De Alma para Alma
Huberto Rohden

170. Orações
Cícero

171. Sabedoria das Parábolas
Huberto Rohden

172. Salomé
Oscar Wilde

173. Do Cidadão
Thomas Hobbes

174. Porque Sofremos
Huberto Rohden

175. Einstein: o Enigma do Universo
Huberto Rohden

176. A Mensagem Viva do Cristo
Huberto Rohden

177. Mahatma Gandhi
Huberto Rohden

178. A Cidade do Sol
Tommaso Campanella

179. Setas para o Infinito
Huberto Rohden

180. A Voz do Silêncio
Helena Blavatsky

181. Frei Luís de Sousa
Almeida Garrett

182. Fábulas
Esopo

183. Cântico de Natal/ Os Carrilhões
Charles Dickens

184. Contos
Eça de Queirós

185. O Pai Goriot
Honoré de Balzac

186. Noites Brancas e Outras Histórias
Dostoiévski

187. Minha Formação
Joaquim Nabuco

188. Pragmatismo
William James

189. Discursos Forenses
Enrico Ferri

190. Medeia
Eurípedes

191. Discursos de Acusação
Enrico Ferri

192. A Ideologia Alemã
Marx & Engels

193. Prometeu Acorrentado
Ésquilo

194. Iaiá Garcia
Machado de Assis

195. Discursos no Instituto dos Advogados Brasileiros / Discurso no Colégio Anchieta
Rui Barbosa

196. Édipo em Colono
Sófocles

197. A Arte de Curar pelo Espírito
Joel S. Goldsmith

198. Jesus, o Filho do Homem
Khalil Gibran

199. Discurso sobre a Origem e os Fundamentos da Desigualdade entre os Homens
Jean-Jacques Rousseau

200. Fábulas
La Fontaine

201. O Sonho de uma Noite de Verão
William Shakespeare

202. Maquiavel, o Poder
José Nivaldo Junior

203. Ressurreição
Machado de Assis

204. O Caminho da Felicidade
Huberto Rohden

205. A Velhice do Padre Eterno
Guerra Junqueiro

206. O Sertanejo
José de Alencar

207. Gitanjali
Rabindranath Tagore

208. Senso Comum
Thomas Paine

209. Canaã
Graça Aranha

210. O Caminho Infinito
Joel S. Goldsmith

211. Pensamentos
Epicuro

212. A Letra Escarlate
Nathaniel Hawthorne

213. Autobiografia
Benjamin Franklin

214. Memórias de Sherlock Holmes
Sir Arthur Conan Doyle

215. O Dever do Advogado / Posse de Direitos Pessoais
Rui Barbosa

216. O Tronco do Ipê
José de Alencar

217. O Amante de Lady Chatterley
D. H. Lawrence

218. Contos Amazônicos
Inglês de Souza

219. A Tempestade
William Shakespeare

220. Ondas
Euclides da Cunha

221. Educação do Homem Integral
Huberto Rohden

222. Novos Rumos para a Educação
Huberto Rohden

223. Mulherzinhas
Louise May Alcott

224. A Mão e a Luva
Machado de Assis

225. A Morte de Ivan Ilicht / Senhores e Servos
Leon Tolstói

226. Álcoois e Outros Poemas
Apollinaire

227. Pais e Filhos
Ivan Turguêniev

228. Alice no País das Maravilhas
Lewis Carroll

229. À Margem da História
Euclides da Cunha

230. Viagem ao Brasil
Hans Staden

231. O Quinto Evangelho
Tomé

232. Lorde Jim
Joseph Conrad

233. Cartas Chilenas
Tomás Antônio Gonzaga

234. Odes Modernas
Anntero de Quental

235. Do Cativeiro Babilônico da Igreja
Martinho Lutero

236. O Coração das Trevas
Joseph Conrad

237. Thais
Anatole France

238. Andrômaca / Fedra
Racine

239. As Catilinárias
Cícero

240. Recordações da Casa dos Mortos
Dostoiévski

241. O Mercador de Veneza
William Shakespeare

242. A Filha do Capitão / A Dama de Espadas
Aleksandr Púchkin

243. Orgulho e Preconceito
Jane Austen

244. A Volta do Parafuso
Henry James

245. O Gaúcho
José de Alencar

246. Tristão e Isolda
Lenda Medieval Celta de Amor

247. Poemas Completos de Alberto Caeiro
Fernando Pessoa

248. Maiakósvski
Vida e Poesia

249. Sonetos
William Shakespeare

250. Poesia de Ricardo Reis
Fernando Pessoa

251. Papéis Avulsos
Machado de Assis

252. Contos Fluminenses
Machado de Assis

253. O Bobo
Alexandre Herculano

254. A Oração da Coroa
Demóstenes

255. O Castelo
Franz Kafka

256. O Trovejar do Silêncio
Joel S. Goldsmith

257. Alice na Casa dos Espelhos
Lewis Carrol

258. Miséria da Filosofia
Karl Marx

259. Júlio César
William Shakespeare

260. Antônio e Cleópatra
William Shakespeare

261. Filosofia da Arte
Huberto Rohden

262. A Alma Encantadora das Ruas
João do Rio

263. A Normalista
Adolfo Caminha

264. Pollyanna
Eleanor H. Porter

265. As Pupilas do Senhor Reitor
Júlio Diniz

266. As Primaveras
Casimiro de Abreu

267. Fundamentos do Direito
Léon Duguit

268. Discursos de Metafísica
G. W. Leibniz

269. Sociologia e Filosofia
Émile Durkheim

270. Cancioneiro
Fernando Pessoa

271. A Dama das Camélias
Alexandre Dumas (filho)

272. O Divórcio / As Bases da Fé / e outros textos
Rui Barbosa

273. Pollyanna Moça
Eleanor H. Porter

274. O 18 Brumário de Luís Bonaparte
Karl Marx

275. Teatro de Machado de Assis
Antologia

276. Cartas Persas
Montesquieu

277. Em Comunhão com Deus
Huberto Rohden

278. Razão e Sensibilidade
Jane Austen

279. Crônicas Selecionadas
Machado de Assis

280. Histórias da Meia-Noite
Machado de Assis

281. Cyrano de Bergerac
Edmond Rostand

282. O Maravilhoso Mágico de Oz
L. Frank Baum

283. Trocando Olhares
Florbela Espanca

284. O Pensamento Filosófico da Antiguidade
Huberto Rohden

285. Filosofia Contemporânea
Huberto Rohden

286. O Espírito da Filosofia Oriental
Huberto Rohden

287. A Pele do Lobo / O Badejo / o Dote
Artur Azevedo

288. Os Bruzundangas
Lima Barreto

289. A Pata da Gazela
José de Alencar

290. O Vale do Terror
Sir Arthur Conan Doyle

291. O Signo dos Quatro
Sir Arthur Conan Doyle

292. As Máscaras do Destino
Florbela Espanca

293. A Confissão de Lúcio
Mário de Sá-Carneiro

294. Falenas
Machado de Assis

295. O Uraguai / A Declamação Trágica
Basílio da Gama

296. Crisálidas
Machado de Assis

297. Americanas
Machado de Assis

298. A Carteira de Meu Tio
Joaquim Manuel de Mace

299. Catecismo da Filosofia
Huberto Rohden

300. Apologia de Sócrates
Platão (Edição bilingu

301. Rumo à Consciência C
Huberto Rohden

302. Cosmoterapia
Huberto Rohden

303. Bodas de Sangue
Federico García L

304. Discurso da Ser
Voluntária
Étienne de La B

305. Categorias
Aristóteles

306. Manon Lescaut
Abade Prévost

307. Teogonia / Trabalho e Dias
Hesíodo

308. As Vítimas-Algozes
Joaquim Manuel de Macedo

309. Persuasão
Jane Austen

310. Agostinho - Huberto Rohden

311. Roteiro Cósmico
Huberto Rohden

312. A Queda dum Anjo
Camilo Castelo Branco

313. O Cristo Cósmico e os Essênios - Huberto Rohden

314. Metafísica do Cristianismo
Huberto Rohden

315. Rei Édipo - Sófocles

316. Livro dos provérbios
Salomão

317. Histórias de Horror
Howard Phillips Lovecraft

318. O Ladrão de Casaca
Maurice Leblanc

319. Til
José de Alencar

Série Ouro
(Livros com mais de 400 p.)

1. Leviatã
Thomas Hobbes

2. A Cidade Antiga
Fustel de Coulanges

3. Crítica da Razão Pura
Immanuel Kant

4. Confissões
Santo Agostinho

5. Os Sertões
Euclides da Cunha

6. Dicionário Filosófico
Voltaire

7. A Divina Comédia
Dante Alighieri

8. Ética Demonstrada à Maneira dos Geômetras
Baruch de Spinoza

9. Do Espírito das Leis
Montesquieu

10. O Primo Basílio
Eça de Queirós

1. O Crime do Padre Amaro
Eça de Queirós

Crime e Castigo
ostoiévski

to
ne

cídio
Durkheim

Perdido
17. on

18. er

19. A
Hu
Ma s de Finn

20. Pau
Ernes Apóstolo

21. Eneida
Virgílio

22. Pensamentos
Blaise Pascal

23. A Origem das Espécies
Charles Darwin

24. Vida de Jesus
Ernest Renan

25. Moby Dick
Herman Melville

26. Os Irmãos Karamazovi
Dostoiévski

27. O Morro dos Ventos Uivantes
Emily Brontë

28. Vinte Mil Léguas Submarinas
Júlio Verne

29. Madame Bovary
Gustave Flaubert

30. O Vermelho e o Negro
Stendhal

31. Os Trabalhadores do Mar
Victor Hugo

32. A Vida dos Doze Césares
Suetônio

33. O Moço Loiro
Joaquim Manuel de Macedo

34. O Idiota
Dostoiévski

35. Paulo de Tarso
Huberto Rohden

36. O Peregrino
John Bunyan

37. As Profecias
Nostradamus

38. Novo Testamento
Huberto Rohden

39. O Corcunda de Notre Dame
Victor Hugo

40. Arte de Furtar
Anônimo do século XVII

41. Germinal
Émile Zola

42. Folhas de Relva
Walt Whitman

43. Ben-Hur — Uma História dos Tempos de Cristo
Lew Wallace

44. Os Maias
Eça de Queirós

45. O Livro da Mitologia
Thomas Bulfinch

46. Os Três Mosqueteiros
Alexandre Dumas

47. Poesia de Álvaro de Campos
Fernando Pessoa

48. Jesus Nazareno
Huberto Rohden

49. Grandes Esperanças
Charles Dickens

50. A Educação Sentimental
Gustave Flaubert

51. O Conde de Monte Cristo (Volume I)
Alexandre Dumas

52. O Conde de Monte Cristo (Volume II)
Alexandre Dumas

53. Os Miseráveis (Volume I)
Victor Hugo

54. Os Miseráveis (Volume II)
Victor Hugo

55. Dom Quixote de La Mancha (Volume I)
Miguel de Cervantes

56. Dom Quixote de La Mancha (Volume II)
Miguel de Cervantes

57. As Confissões
Jean-Jacques Rousseau

58. Contos Escolhidos
Artur Azevedo

59. As Aventuras de Robin Hood
Howard Pyle

60. Mansfield Park
Jane Austen